解放の文学

一〇〇冊のこだま――

音谷健郎

解放出版社

はじめに

「解放の文学」とは、大胆な看板を掲げてしまった。看板の中心にあるのは、差別からの解放である。差別からの解放は、差別意識との対決だけにとどまらない。封建的な家門意識、男尊女卑、権力意志、強者の論理などと向き合う生き方となる。

だが、それだけでは私の願う「解放の文学」は満たされない。現代社会を一望すると、人間の内に巣くっている分別し難いマグマがある。複雑に絡み合っているこの地雷を解き放たなければ、解放は結実しない。文学に託して、それを試みたいと思う。

「解放」という言葉には、強い惹起力《じゃっきりょく》がある。人を奮い立たせる力がある。西欧の近代はこの言葉が引っ張ったと、私は思っている。ヒューマニズムも、人権も、民主主義願望も、「解放」との二人三脚で手にしてきたと思う。

日本では、「解放」に陰影を伴ったのは1871（明治4）年の解放令からである。賤民《せんみん》解放令とも呼ばれている。だが、こういう名称の布告はない。名称は解放を願う人々が獲得したものである。元々は、太政官布告による「穢多《えた》・非人《ひにん》等の称被廃《はいされ》候条、自今《じこん》身分・職業共平民同様たるべき事」という一文があるだけだ。内容は明快だ。「穢多・非人」などの賤称は廃止し、身分も職業も平民と同一にすべしというものだった。

実現への保証はなかったが、解放される人々の喜びは大変なものだった。一方で既得権益を侵されたと思い、反対する人々の妬《ねた》みも大きかった。各地で政府の政策に反対する農民一揆《いっき》が起こったとき、矛先が部落に向かい放火殺傷が起きた。福岡県では、二つの村の部落八〇〇戸が焼き尽くされたという。

このように、「解放」には明と暗の2つの影が引っ張り合う様相がつきまとっている。解放を進める力が勝って初めて「解放」となる。

日本での「解放」の欣求《ごんぐ》は、身分差別からの解放に始まったが、一筋縄には行かなかったことは歴史に見るとおりだ。そのうえに、固陋《ころう》な封建意識からの解放、政治制度のたくらみからの解放など難問が折り重なった。複雑化する現代社会は、生活が地球規模で広がるなかで異文化に対する自己利益からの解放など新たな課題がのしかかる。

それでも近年、こと外的な縛りからの解放については、鳥瞰《ちょうかん》できるようになったのではなかろうか。そして最後の関門、自分自身のなかにある自分自身を縛っているものからの解放が待ち受けている。だが、自分による自分への縛りは再生産されており、いまだ尽きないテーマとなっていると痛感する。

文学作品を通じて人間の尊厳、真の解放を探る試み。解放を求めての私の文学の旅はさまざまな実相に迷い込んで足踏みした。ただ、試行錯誤した足跡だけは残ったと思う。「解放」への何らかの手掛かりになればと願うばかりである。

解放の文学——100冊のこだま　もくじ

装幀●西村健三

序

『破戒』から100年
丑松は何を残したか

島崎藤村《しまざきとうそん》の小説『破戒』の舞台となった長野の千曲川《ちくまがわ》沿いの町々を訪ねていると、藤村の息づかいが聞こえるようだった。日露戦争をはさんだ明治の高揚期に、藤村が描こうとしたものは何だったのだろうか。そして、世に出て100年の歳月のなかで、『破戒』が残したものは何だったのだろうか。

藤村は教師として赴任していた長野県小諸《こもろ》を足場に構想を練り、教師のかたわらこの長編の原稿にとりかかって1年後、執筆に専念するために生活費を前借りして上京し、脱稿した。本が世に出たのは1906年3月だった。切り詰めた生活で妻は栄養失調による夜盲症にかかったという。なみなみならぬ決意だった。

『破戒』のモデルとなったのは大江磯吉《おおえいそきち》という実在の人物だ。磯吉は長野県南部、飯田《いいだ》の出身で、長野県師範学校で学び、教師になった。行く先々で差別にあい学校を追われるがくじけず、兵庫県の柏原《かいばら》中学校長になった。が、34歳のとき腸チフスにかかり急死した。

大江の故郷の飯田で昨年（05年）秋に、大江磯吉顕彰会ができた。きっかけは、『破戒』研究者の東《ひがし》栄蔵《えいぞう》さんが著した『大江磯吉とその時代』（信濃毎日新聞社、00年刊）だった。近隣の医者や富裕な農家の人たちが、磯吉の学費を出し支援したことが証明され、その係累の人たちがよびかけたのだ。そして「磯吉忌」がもたれた。この地では、03年に生家の近くの円通寺境内に、磯吉の胸像が建てられている。

顕彰会発起人代表の矢澤喜尚さんは、「部落の外からも磯吉を支えていたことは、誇っていいことです。だが、藤村は応援した人がいたことや、磯吉が異例の出世をしたことを知っていて、なぜ書かなかったのでしょうか」と、主人公、瀬川丑松《せがわうしまつ》のあつかいに疑問を投げかけた。

では、藤村が明治のこの時に見据えようとしたものは何だったのだろうか。一つの手がかりは、日露戦争の開戦直後に従軍記者になろうとしたことである。

交遊の深かった作家、田山花袋《たやまかたい》が従軍記者で行くのを知って１９０４年3月に上京するが、花袋は出発した後だった。「止むなく従軍を断念し、例の著作生涯に例の如き日を送り居候」と後日、花袋に書き送った。従軍記者の志で、『破戒』に心血を注ぐというのだ。

詩集『若菜集』で、新しい時代の抒情《じょじょう》をうたった新星詩人の藤村だったが、小諸ではさらに新しい小説世界を切り開こうとの野心を抱いたと思える。

『破戒』を世に問うと反響は大きかった。気をつけて読むと、讃辞《さんじ》の多くは「自然主義の描法を完全に行った」といった文学的な位置づけが多かった。被差別部落の現実ととりくむ姿勢についての評価はなかなか見あたらない。また作品では、部落の人に対して「特色のある皮膚の色が明白《ありあり》と目につく」と、藤村自身の驚くような先入観による叙述がある。「種族の違う」「卑賤《いや》しい階級」と、固定的にとらえられてもいる。当時の世間の強い差別意識のなかでは、さして不自然だとは思われなかったのだろうか。藤村も、既成の観念から解放されていなかったと思える。

だが、被差別部落の人々の心情を正面から描こうとの試みは、藤村の前には誰もしていなかった。部落を舞台にした作品はいくつかあったものの、以後も含めて、踏み込んだ作品は、指折るほどしかない。

『破戒』は、正確な描写でリアルな舞台を作り、その空間に人間ドラマを展開させた。主人公・丑松もまた、ようやく露わになった時代の転換期のなかで、「近代人」にふさわしい彫りの深い精神性をきわだてたと思う。「穢多《えた》」として遠ざけられ、惨めに差別されている側からの心理が、初めて描き出されたのだ。

夏目漱石《なつめそうせき》の小説『坊つちゃん』は、『破戒』の上梓《じょうし》を追うように『破戒』と同年に出された。坊っちゃん先生は、俗物の校長、教頭に嫌気がさし、あっさり辞表を送りつけ、学校を去った。その爽快さが人気だ。対する丑松は、「放逐か、死か」と深い悩みのなかで進退伺を出した。この落差。明治という時代の影の部分を、藤村が深く照射しようとしたのだ。

藤村が追求したものは、社会矛盾そのものの告発より、個としての精神性の屹立《きつりつ》への試みに、比重がかけられていたのではなかろうか。

藤村はその後、『家』で家族の問題を、『新生』で性と愛を、『夜明け前』で歴史の転換期をと、そのつど大きなテーマを取り上げている。『破戒』は、調べられるだけ調べて書いたもので、日本の近代の人権と向き合ったのだと、見ることができる。

戦後、『破戒』は舞台や映画になった。その場合、記録的な観客を動員した民衆芸術劇場の舞台では、丑松は解放運動に向けて新しい出発をするという筋書きになった。木下恵介《きのしたけいすけ》・監督、池部《いけべ》良《りょう》・主演の映画「破戒」でも、決意を新たに民権の運動に立ち向かうかのように潤色されている。

小説『破戒』自体は、作品の差別性をめぐって論争が重ねられてきた。しかし、『破戒』は解放運動の教科書にはならないと思う。差別への人間的な憤りから書かれているのは確かだが、時代の先頭に立つほどの行動的な思想で固められてはいない。

にもかかわらずというべきか、手元にある新潮文庫の『破戒』は、05年12月現在で１２９刷とある。漱石の『坊っちゃん』の05年10月１２３刷を上回っている。とにかく読まれてきたのだ。

明治の酷薄な差別社会と向き合い格闘して現在があるが、その途上で、『破戒』は大海に浮かぶブイのように一つの目印であり、通過したものには過去を証言する標識なのだと思う。

千曲川沿いには、１００年を経ても、昔ながらに被差別部落が散在している。ただし取材では、丑松をこえて打破すべき社会に立ち向かい、あるべき社会をごく自然に語る人たちに多く会うことができた。大江磯吉を郷里の誇りとする気風が育ってきたことに感動を覚えた。

（「解放新聞」２００６年3月20日号掲載、以下「解放新聞」を省略）

1　近代への目覚め

石川啄木　短歌『九月の夜の不平』

明治の曲がり角に反応

「地図の上朝鮮国にくろぐろと墨をぬりつ、秋風を聴く」

百年前の１９１０年、詩歌雑誌『創作』の10月号に「九月の夜の不平」として石川啄木の短歌連作34首が載った。そのなかの1首だ。これと並んで

「何となく顔がさもしき邦人《くにびと》の首府《しゅふ》の大空を秋の風吹く」

「誰そ我にピストルにても撃てよかし伊藤の如く死にて見せなむ」

「明治四十三年の秋わが心ことに真面目になりて悲しも」

の歌が見られる。

「明治四十三年」、つまり１９１０年には5月に大逆事件検挙が始まり、8月には韓国併合という一見、何のかかわりもない２つの大きな出来事があった。この２つを重ねて受け取ったのは、文学者では啄木だけではなかっただろうか。

大逆事件では、幸徳秋水《こうとくしゅうすい》をはじめ社会主義・無政府主義者ら数百人を検挙、12人を処刑して、国家を批判することへの恐怖心を国民にあおった。

一方、韓国併合は、8月22日に調印された。当時は、新聞などは、「未拓の美田」「日朝同祖」など併合の美点を報じた。実際には日露戦争後の第2次日韓協約で韓国の外交権を奪うなど併合の工作は着々と進められており、幸徳秋水ら平民新聞の論陣は「併呑《へいどん》は韓国滅亡に働く」と鋭く批判していたのだ。

校閲係として朝日新聞社に勤めていた啄木は、6月に幸徳秋水が逮捕されたことで大逆事件の推移を注意深く見守った。このころから、安寧秩序紊乱《びんらん》の名目で言論・思想取り締まりが厳しくなり、啄木に目をかけていた新聞人、杉村楚人冠《すぎむらそじんかん》の随筆『七花八裂』など、発禁が広がった。この「明治四十三年」を境に、自由民権運動や反戦論陣の「民権」と、国家求心力を高める「国権」がせめぎ合っていた明治は、「国権」一色に舵《かじ》をとったのだ。

啄木は、文字通り9月9日の夜に39首の歌稿をなし、これを34首に凝集させて発表した。「朝鮮国」に対しては、かねてより「亡国の惨状を近く隣国に見たる」（06年の評論「古酒新酒」）と関心を寄せていた。

「誰そ我に——」の歌の背景としては当時、岩手日報に啄木が連載していた社会時評の「百回通信」に興味深い記事がある。その一八回目に、韓国人・安重根《アンジュングン》に狙撃（09年10月）された伊藤博文《いとうひろぶみ》を悼み、「一貫したる穏和なる進歩主義」と評して「吾人の痛悼は深し」とする一方、「吾人は韓人の愍《あわれ》むべきを知りて、未《いま》だ真に憎むべき所以《ゆえん》を知らず」としているのだ。「愍む」は、心が乱れて悲しむ意。亡国の民の狙撃犯に深い同情を寄せてもいる。

「明治四十三年――」に関しては、啄木が大逆事件を契機に、社会主義、資本主義やクロポトキンの勉強を進め、自ら蒙《もう》を啓《ひら》いている事情をうかがわせる。

この連作では、他に「秋の風我等明治の青年の危機をかなしむ顔撫《な》で、吹く」「時代閉塞の現状を奈《い》何《か》にせむ秋に入りてことに斯《か》く思ふかな」がある。韓国併合と大逆事件と合わせて、時代の閉塞感の気分を色濃く打ち出している。

新聞掲載を願った論評「時代閉塞の現状」は、この連作直前の8月下旬に執筆したと見られている。翌11年には、大逆事件への無念さを秘めた詩「はてしなき議論の後」「ココアのひと匙《さじ》」などを残している。が、啄木は肺結核に苦しみ12年、27歳であえなく死出の旅にたった。

大逆事件については、森鴎外《もりおうがい》の短編「沈黙の塔」、平出修《ひらいでしゅう》の「逆徒」（発禁）、沖野岩三郎《おきのいわさぶろう》の「宿命」、永井荷風《ながいかふう》の短編「花火」などに痕跡が残るが、韓国併合を批判的に見つめた文学作品は昭和を待たなければ出現しなかった。

啄木のわずかな短歌だけが、時代の曲がり角を同時代人として見抜いたとは、物寂しい日本の文学界だと思えてならない。解放の道は長い。

（10年6月14日号掲載）

いしかわ・たくぼく　1886～1912年。岩手県生まれ。歌集『一握の砂』。詩、評論なども手がけた。

平出修『逆徒』

大逆事件の鋭利な弁護

日本の近代は、天皇制国家を翼賛するための二つの大きなフレームアップ（でっちあげ）をこうむったと思う。一つは明治の大逆事件であり、他は昭和の治安維持法である。この大逆事件の弁護士・平出修は、事件を正確に認識して弁護にあたっただけでなく、小説「逆徒」（1913年）を発表して世に知らせようとするが、小説は発禁の処分となった。大逆事件の真相と「逆徒」は、天皇制国家が続いた1945年、つまり太平洋戦争の敗戦まで、人々の目にふれることはなかった。

大逆罪というのは、皇室に危害を加え、あるいは危害を加えようとしただけで死罪となる罪刑。減刑は、恩赦により「無期懲役」となるだけの空恐ろしい罪刑だ。1911（明44）年、天皇に爆弾を仕掛ける計画を進めた管野《かんの》スガら4人と、それを示唆したとして思想家・幸徳秋水、さらに秋水と交流のあった全国の社会主義思想をもった人ら計24人が死刑判決（うち12人は翌日、恩赦で無期）となった。

裁判は非公開で進められ、事件の発端から8カ月余りで捜査・裁判・死刑執行がなされるというスピードだった。以後、事件の真相はタブーとされて口にすることができず、作家たちは、「ある事件」と暗にふれることしかできなかった。社会主義者は沈黙を強いられ、活動は1918年の米騒動まで冬の時代を迎えた。

こんななか、平出修は事件翌年にこれを題材にした遠回しな短編小説「畜生道」「計画」を発表した。さらに、その翌1913年、中編「逆徒」を当時の穏健な一流雑誌『太陽』に発表するが、雑誌もろとも発禁処分となったのだ。

平出はもともと、与謝野鉄幹《よさのてっかん》が主宰する文学雑誌『明星』に短歌や評論を発表する文学青年でもあった。『明星』の廃刊後は、みずからが発行責任者となって、石川啄木らを誘って文学雑誌『スバル』を出した。

与謝野晶子《あきこ》が詩「君死にたまふことなかれ」を発表して評論家・大町桂月《おおまちけいげつ》に「日本国民として、許すべからざる悪口也」と非難されたときには、押しかけて大町と面談して論難した。そのうえで、緻密な反論を『スバル』に発表し大町らの非難を沈黙させた。森鴎外の「ヰタ・セクスアリス」が発禁になったときは『スバル』で「発売禁止論」を掲げてたたかった。

朝日新聞社に勤めていた啄木は、早くから大逆事件の発覚を知って衝撃を受け、平出修の話す弁護論に耳を傾けた。啄木が後世に残した貴重な記録「日本無政府主義者陰謀事件経過及び附帯現象」は、平出から秋水らの陳弁書、裁判資料を見せてもらい写し取ったものだ。

「逆徒」では、主人公「秋山亭一（幸徳秋水）」にふりかかる強引な捜査や非公開の奇妙な裁判の過程をリアルに描いた。平出は、発禁に抗議して、『スバル』に「発売禁止に就《つい》て」を掲載し、条項を立てて反駁《はんばく》した。最後「第九」の条目では、「皇室を尊崇し、国民忠良の至誠を思ふことは人後に落ちない積りである。……何等咎《とが》められるべきことの全く無い余自身に対し、内務当局者は秩序紊乱《びんらん》の汚名を与へた。しかも多くの誤謬《ごびゅう》と、粗雑と、邪推とを交へた見解の下に、余を罪人扱にした」と断じた。そのうえで、「不思議の感じがすると云ふのは即ちこの事である」と満腔《まんこう》から皮肉を発している。

半年後に病死。35歳。『平出修遺稿』に序文を寄せた鴎外は、「平出君は凡《およ》そわたくしの持って居る限の物を、殆《ほとんど》悉《ことごと》く持って居られる。……わたくしの持って居らぬ物をも、多く持って居られる」と讃《たた》えた。

鴎外は「沈黙の塔」で、永井荷風は「花火」で、沖野岩三郎は「宿命」でと、明治の作家たちは遠回しに事件の深刻さにふれるが、「逆徒」ほど事件に迫った小説は類を見ない。平出は、明晰《めいせき》な頭脳で、巨大な壁に恐れることなく向き合ったといえる。「解放」の戦士の惜しまれる死だった。

（07年6月11日号掲載）

ひらいで・しゅう　1878～1914年。新潟県生まれ。明治法律学校を卒業し弁護士に。歌人、評論家、小説家。小説集『畜生道』など。没後50周年記念に『定本平出修集』刊、ついで続編、さらに全3巻が出る（いずれも春秋社）。

森鴎外　短編『沈黙の塔』

大逆事件と向き合う

天皇暗殺の陰謀があったとの理由で幸徳秋水を首謀者に仕立てて、社会主義・無政府主義者らを数百人検挙し、12人を処刑した大逆事件の発端は、ちょうど100年前の1910年5月だった。天皇家の直系に危害を加えようと計画したというだけで死刑となる「大逆罪」への恐怖心を国民に植えつけた。

4年のドイツ留学をはたし、明治の大知識人と目されていた森鴎外は、実はこの事件処理とかかわっていた。鴎外は石見《いわみ》・津和野《つわの》藩出身で長州藩に近く、長州閥の元老・山縣有朋《やまがたありとも》がリードする歌会の常盤会で幹事役を務めていた。その縁から山縣に欧州の社会主義・無政府主義思想について講釈したと見られているのだ。この事件捜査の陰の立て役者だった山縣がどう受け取ったかは不明で、鴎外の姿勢は作品から推測するしかない。当時はまだ無政府主義思想と社会主義思想の区別が、周りには判然とせず恐れられていたのだ。

一方、この事件の弁護で果敢な論陣を張った弁護士・平出修は、鴎外が指導する文芸誌『スバル』の実質編集長だった。平出は、鴎外の家に1週間近く通い、新思想の背景の講義を受けている。

鴎外は、知識を披露しただけでなく、この問題とどうかかわったらいいのか頭を悩ました形跡が見られる。端的に見られるのが、短編の「沈黙の塔」「食堂」「かのやうに」などだ。明らかに事件にふれている。遠回しな表現は、当時の事情として精いっぱいだったのだろう。なかでも事件の捜査のさなか、

10年11月発行の文芸誌『三田文学』に発表したのが「沈黙の塔」だ。

ゾロアスター教（拝火教）の教徒が、鳥葬の風習のため遺体を安置するという「沈黙の塔」に、20、30体の死骸が運び込まれる。危険な書物を読むヤツを内部で殺したという設定だ。これをめぐっての会話である。

「芸術の認める価値は、因襲を破る処にある。因襲の目で芸術を見れば、あらゆる芸術が危険に見える」「一国の一時代の風尚《ふうしょう》（好み）に肘《ひじ》を掣《せい》せられてゐては、学問は死ぬる」と。

架空の集団の内部での争いを設定することで当時、新聞社が繰り広げ、鴎外にも向けられていた「危険な洋書」追放というキャンペーンと、大逆事件とを串刺しにして風刺している。前年に『スバル』に寄せた自作の「ヰタ・セクスアリス」が発禁処分を受けたこともあり、舌鋒《ぜっぽう》は鋭い。

続く「食堂」は、役所の食堂での3人の男の論議である。「日本にこんな事件が出来《しゅったい》しようとは思はなかった」と、爆弾を投げ付けた無政府主義者の死刑をめぐって話が進む。

最古参の男が、「当局が巧に舵を取って行けば、殖《ふ》えずに済むだらう。併《しか》し遣《や》りやうでは激成するといふやうな傾きを生じ兼ねない。その候補者はどんな人間かと云うと、あらゆる不遇な人間だね」と言い、〝やけ（自棄）になった連中〟の仕業と切り捨てる気の利いた風の男に対し、最古参が多少の訳知り顔をする。さらに、西欧の無政府思想の淵源《えんげん》を解説してみせるという啓蒙的な趣向だ。

「かのやうに」では、日本の歴史を書こうとして、神話と歴史の境界に苦慮している「秀麿」が、友人の画家と論議する。「神が事実ではない。義務が真実ではない」とする思想の持ち主だが、危険思想と見なされないような、防戦の論理を組み立てようとする。「ぼんやりして遣《や》ったり、嘘を衝《つ》いてやれば造做《ぞうさ》はないが、正直に、真面目に遣らうすると、八方塞がりになる職業を、僕は不幸にして選んだのだ」と述懐する。軍医の最高位の陸軍軍医総監に上り詰めた鴎外が、この事件に遭遇した心境のようでもある。

鴎外は、社会主義を危険と危惧するが同時に、封殺することに対してはそれ以上の拒絶をみせる。が、行動には出さない。鴎外に潜む深い無力感や諦念を私は感じる。

大逆事件で死刑執行のあった次の年、1912（明治45）年に鴎外は突如、歴史小説に手を染め、思い詰めた自刃を扱った「興津彌五右衛門の遺書」の後、「阿部一族」「佐橋甚五郎」「大塩平八郎」などを次々書いた。「阿部一族」以下に共通しているのは、時の大義に異を唱えた人々の生き方を見つめていることだ。

文学の大御所として中庸を保っていたと見られている鴎外の内面に、静かに燃えていたものは何なのか。「自分は一切の折衷主義に同情を有せない」（「妄想」）とも言っている鴎外を、「仮面の人」と決めつけるのは的を得ていない。もう一つの〝明治のこころ〟、精神の「解放」への希求がわだかまっているように思う。

（10年5月24日号掲載）

〈注〉大逆事件に関連したおもな小説　正宗白鳥「危険人物」（1911年）▽木下杢太郎「和泉屋染物店」（同）▽平出修「逆徒」（1913年、発売禁止）▽田山花袋「トコヨゴヨミ」（1914年）▽沖野岩三郎「宿命」（1918年、大阪朝日新聞懸賞小説2席、改稿して掲載）▽永井荷風「花火」（1919年）

もり・おうがい　1862〜1922年。東大医学部を卒業の後、4年間ドイツに留学。「舞姫」「雁」「高瀬舟」。翻訳にゲーテの「ファウスト」。

森田草平『煤煙』

明治の新しい女を造型

ちょうど100年前の1909年元日から、朝日新聞に小説「煤煙《ばいえん》」が連載され評判をよんだ。前年3月、栃木県塩原《しおばら》の尾花峠で「帝大学士と政府高官の娘」の心中未遂事件があり、新聞がスキャンダラスに報じた。その当事者で夏目漱石の門下生、森田草平がこれを題材に起死回生をはかったものだ。漱石の配慮だった。相手の女性は、平塚明《ひらつかはる》、のちの平塚らいてう（雷鳥）である。

草平は、東京帝大を出て1年目、与謝野晶子による講座「閨秀《けいしゅう》文学会」で講師を務め、教え子に平塚明がいた。『煤煙』では、事実関係をなぞりながら手紙のやりとりを軸に、平塚明との心中未遂にいたる背景となる「厭世観」と「不安」を描き出している。

主人公「要吉」は、郷里に帰らせている妻「隅江」がいるが、東京の寄宿先の娘とも深い仲にある。自分の出生の秘密への呪詛《じゅそ》意識にさいなまれて無気力になっている。そんななかで才気走った女子大卒の「朋子」に巡り会い、夢中になる。再び上京してきた妻を捨てるわけだが、要吉はそんな自分を省みて「妻を捨てゝ置いて、妻を愛したい。（中略）こんなに迄《まで》心置きなく隅江を虐待することが出来るのは、心の底でこの女を一番深く愛してゐる証拠ではあるまいか」と詠嘆する。

このあたり、明治の男性の身勝手な男尊女卑の論理にうんざりするが、一方で、〝新しい女〟である朋子への憧れの強烈さを印象づける。なんといっても小説の新鮮さは、朋子の身ごなしにある。その恋愛心理にある。朋子は、最初の密会で口づけを許す。そこで要吉は、恋愛の成就を求め「(私は)何の希望もない。何の目的もない。それは全く絶望的な執着です。(中略)若《も》し貴方の心の隅に私といふものを記憶してさへ貰ったら、それで十分です」と言いよるのだが、朋子の視線はそこを突き抜けているのだ。

朋子は、「恋とは純一無雑なものでせう。自分を形造る幾億万の細胞の一つ一つが、等しきヴァイブレーションに燃えた時に名付けべきものでせう。私はさういふのでなければ満足しません」「我寂滅(死を意味する)の日は、やがて君が寂滅の日と覚悟したまふや」と激しく迫る。

またある時は、小刀を出し、「私の肉を裂いて——血を啜《すす》って下さいまし。それより外に両人《ふたり》一つになる道はありません」と求める。

こうして「貴方は私のために死に、私は貴方のために死ぬ。さう言って下さい」(朋子)、「言へない」(要吉)とやりとりしつつ、2人の心中道中が始まる。

だが、朋子はこんな遺書を女友だちに書いていた。

「われは決して恋のために人のために死するものに非ず、自己を貫かんがためなり、自己の体系《システム》を全うせむがためなり、孤独の旅路なり。我が二十年の生涯は勝利なり」。朋子のいくつもの手紙は、一貫して観念的で生硬だ。だが、強く何かを求めて身を投げ出す覚悟の強烈さがうかがえる。

漱石は、「煤煙」のすぐ後に朝日新聞に連載した「それから」で、主人公「代助」に託して不満をのべている。

「代助は門野の賞《ほ》めた『煤煙』を読んでいる。（中略）ダヌンチオ（小説「死の勝利」の作者）の主人公は、みんな金に不自由のない男だから、贅沢の結果あゝ云ふ悪戯をしても無理とは思へないが、『煤煙』の主人公に至っては、そんな余地のない程に貧しい人である。それを彼所《あすこ》迄押して行くには、全く情愛の力でなくっちゃ出来る筈のものでない。所が、要吉といふ人物にも、朋子といふ女にも、誠の愛で、已《や》むなく社会の外に押し流されて行く様子が見えない」と。

朋子は、漱石の『三四郎』に登場する新しい女性「美彌子」に似ている。だが、三四郎は美彌子に強く惹かれながら距離を置いている。そこに漱石のバランス感覚と〝健全さ〟を見る。これに対し、若い草平は、新しい女に突進し、その正体に迫らずにはおれなかった。

小説のモデルの平塚明は、2年後の1911年、平塚雷鳥として女性文芸雑誌『青鞜』を創刊し、「元始、女性は太陽であった」と高々と宣言する。婦人解放運動の道に踏み出した。

100年前の青年群像の、「不安」をかこちながらも熱気を帯びた生き方に圧倒される。「解放」への強烈な意志と読み替えることができるのではなかろうか。

（09年3月23日号掲載）

もりた・そうへい　1881～1949年。岐阜県稲葉郡生まれ。小説家、翻訳家。長編『自叙伝』『輪廻』『夏目漱石』、歴史小説に『吉良家の人々』。戦後は共産党に入党して政治運動にも参加。

長塚節『土』

自然を介した人間成長

「烈しい西風が目に見えぬ大きな塊《かたまり》をごうつと打ちつけては又ごうと打ちつけて皆痩こけた落葉木の林を一日苛《いぢ》め通した。木の枝は時々ひうひうと悲痛の響きを立て、泣いた。……」

長塚節の長編小説『土』の冒頭だ。この自然主義文学の記念碑的な作品が登場するのが明治43年、つまり100年前の1910年だ。森鴎外の短編小説や石川啄木の短歌に託して紹介した「大逆事件」や「韓国併合」とあわせて、この明治43年はめまぐるしく時代が転換した年だった。『坂の上の雲』を書き終えた司馬遼太郎が指摘した〝青春の明治〟は、この年を境に明治の区切りを待たずに終焉《しゅうえん》したと、私は思う。

『土』は、夏目漱石の推挙で東京朝日新聞に6月から5カ月連載された作品だ。尾崎紅葉《おざきこうよう》ら硯友社の有為転変の小説に慣れた読者にとって、重苦しい小説であった。だが、自然環境を描き込む克明な観察眼は、観念を脱皮し、物自体に語らせる現代の感覚だ。そのうえで、物言わぬ貧農一家の実相を執拗《しつよう》に描き、日露の戦勝気分や「近代化」に酔う明治の夢を揺さぶっている。

『土』の展開は、働き者の「お品」の家に婿入りした「勘次」の生き様。貧しさゆえに、3人目を身ごもったときにお品は自分で堕胎し、その破傷風であっさり死んでしまう。残された勘次は、16歳の長女「おつぎ」に、畑は「深く耕《うな》へ」と農作業を仕込みつつ、舅《しゅうと》の「卯平」とはしっくりいかない。名前で登場するのは、これに3歳の一男「與吉」を加えたほとんど家族4人だけである。たいしたドラマもなく、春を待ち、夏をしのぎ、冬の寒風にさらされる歳月をひたすら繰り返すのである。おつぎが心根の優しい娘に育っていくのが救いである。だが、22歳になっても勘次はおつぎを手元から離さない。

勘次は黙々と働くのだが、狡猾《こうかつ》であり、ケチである。食を欠き盗みもした。村人からはとかく言われながら、だが唐鍬《とうぐわ》を肩に働く手は休めない。この勘次とおつぎを取り巻くものは村びと以上に、自然の風物である。

庭先の栗《くり》、柿や井戸端の鳳仙花《ほうせんか》、田んぼの榛《はん》、村はずれの櫟《くぬぎ》林、白い辛夷《こぶし》、白膠木《ぬるで》、川端の枸杞《くこ》。草花では、與吉を遊ばせる鼠麹草《ははこぐさ》や赤まんま、仙人草、菖蒲《あやめ》、萱草《かんぞう》、薺《なずな》……と、おびただしい。春には、「白い絓絲《すがいと》のやうな雨」が降り、勘次が「麦も一日毎に腰引《ひ》つ立《た》つ」と喜ぶ。冬は、「埃《ほこり》を捲《ま》いて来る西風」が「先ず何処《どこ》よりもおつぎの家の雨戸を叩く」。

先ごろ9月に、国際ペンクラブの大会が「環境と文学」のテーマで日本（東京）でひらかれたが、このように自然にさいなまれつつ耐え、たくましく生命をつなぐ生き方こそ、環境文学の真骨頂ではあるまいか。

長塚節は、鬼怒川《きぬがわ》沿いの村、茨城県結城郡岡田村（現、常総市）の地主の一男に生まれ、描いている農作業や自然、風俗はその郷里の実体験をありのままに写したといわれる。おつぎが真夜中に十丁（約1キロ）のあぜ道を鬼怒川まで歩いて、盗んだトウモロコシを棄てに行く場面では、長塚節自身が同じ道を夜に辿り、正確を期したというのだ。

しかし、連載への世評は芳しくなかった。長塚節は、社の代理に立った作家・森田草平から、女学生などに喜ばれるものでないから、回数を短縮してほしいと打診される。短くはできないが、社に不利益なら只今《ただいま》でも中止すると返答し、結局、長く続けた。

単行本に際して漱石は序文で、「『土』は、寧《むし》ろ苦しい読みものである」、だが、「苦しいから読め」という。その理由は、「何も考へずに暖かく生長した若い女（男でも同じである）の起こす菩提心や宗教心は、皆此《みなこの》暗い影の奥から射《さ》して来るのだと余は固く信じて居るから」と断じている。

小説『土』の可能性を引き継ぐ文学は以後、顕著には出なかった。農民文学としての系譜は脈々と続くが、村社会を描くことに比重がかかった。荒々しい自然の息づかいに励まされながら生きる農民本来の姿は、主要なテーマから外れたままになった。ここにも、人間解放の分野が在ったはずなのに。百年は長いようで短い。

（10年11月15日号掲載）

ながつか・たかし　1879～1915年。茨城県生まれ。正岡子規に学んだ根岸派の重鎮歌人。「馬酔木」同人。歌集『鍼（はり）の如く』、短編集『芋掘り』など。

有島武郎『或る女』

「愛のかたち」の末路

ピューリタン（清教徒）的な作家、有島武郎は新しい「愛のかたち」を描こうとしたに違いない。だが、その末路は壮絶だった。明治という時代が、ひいては大正という時代がそれをはばんだと思える。

有島が『或る女』に着手するのは、幸徳秋水ら12人が大逆罪で処刑された1911年だった。創刊してまもない文芸誌『白樺』の同年1月号から16回（前編に当たる）。筆を置いたものの満足できなかったのか、単行本にしなかった。有島の作家的出発であり、長編で代表作となるのだが、この時点ではあまり話題にならなかった。

物語は、作家・国木田独歩《くにきだどっぽ》と半年で離婚した「美貌の才女」佐々城信子《ささきのぶこ》が、米国にいる新しい婚約者の元へ行く外国航路の船上で、同船の事務長と恋仲になったことに想を得ている。この米国の婚約相手の男性が、有島の札幌農学校の2歳年上の同窓生であり、信子の渡米を有島が見送っているという因縁もあった。

信子は「葉子」として、独歩は「木部」、事務長は「倉地」として登場する。そして、婚約者は「木村」で、木村を「（葉子は）木村という首枷《くびかせ》を受けないでは生活の保障が絶え果てなければならないのだから」と位置づけている。

葉子は、美貌で才のはじけた女性として、周囲を圧倒する。傍目《はため》には、悪女と紙一重の自由奔放さを見せる。それは、日清戦争の後の「一種の不安、一種の幻滅」のなかで、「時代の不思議な目覚めをした」女性として描かれる。葉子の根っこには「平穏な、その代り死んだも同然な一生が何んだ。……愛する以上は命と取り代えっこする位に愛せずにはいられない」という心情が巣くっているのだ。

葉子は、男と立ち並んで自分を立て行くことのできる米国にあこがれていたものの、米国に着いても病気だからと船から一歩も出ずに日本に引き返す。横浜に帰還するとそのまま、倉地と愛の巣を作る6日間が描かれ、前編は終わる。

この間、婚約者・木村とは婚約のままなのだ。ただここで、葉子は「倉地をしっかり握るまでは木村を離してはいけない」と自嘲する。これほどの気性の勝った女性でも、男の庇護《ひご》を受けなければならない明治の枠組みからは、出られないことを暗示している。

政府高官を父にもち、札幌農学校に学び、キリスト教に近づき、4年近い米国留学を果たした有島は、女性の解放運動にも敏感だった。この年、1911年9月には平塚らいてう（雷鳥）らの女性解放誌『青鞜』が創刊されている。

後編に当たる部分が書き継がれるのは、8年後の1919（大正8）年になってからだ。同棲した倉地と葉子の「愛のかたち」を描く。前編とは違って、官能的な関係が生々しい。愛は惜しみなく奪うのか、愛は惜しみなく与えるのか。有島の狙いどころ。複雑な葉子の心理が、執拗《しつよう》に描き込まれる。強い自我をもち、生活に妥協をしない葉子。だが、現実生活では、船上の醜聞のために解雇された倉地が、葉子の気位が高くカネのかかる生活を支えるには陰の仕事に手を出すしかなかった。しだいにそれが2

人の愛に暗い影を落とす。葉子の派手さに釣り合う倉地の気構えが示されるものの、葉子の神経は高ぶり、周囲のすべてを疑っていくことになる。病院のベッドで落魄《らくはく》し、死に向かう葉子。

有島は葉子を「一番嫌いだけども、同時にまた一番引き付けられる」と述懐したという。葉子については、「その頃『国民文学』や『文学界』に旗挙げをして、新しい思想運動を興そうとした血気なロマンティックな青年達に、歌の心を授けた女の多くは、大方葉子から血脈を引いた少女等であった」とも書く。が、女性に自立の道のない時代に女性を待ち受けた袋小路を、有島は突き崩せなかった。

有島が、既婚者で『婦人公論』記者だった波多野秋子《はたのあきこ》と軽井沢の別荘で心中するのはこの4年後、1923（大正12）年だった。「或る女」の思想的な結末を思わせる出来事だった。そして世の潮流は、無産階級の文学へと雪崩をうつ。有島が近づきつつ、一線を踏み越えなかった社会主義思想が異様な勢いで展開され、愛の極限の探究はかすんでいった。一筋縄ではいかない「解放」の道筋である。

（11年3月28日号掲載）

ありしま・たけお　1878～1923年。東京生まれ。「カインの末裔」「生れ出づる悩み」「惜みなく愛は奪ふ」「宣言一つ」「星座」。

武者小路実篤『世間知らず』

新しい男女観の実践

明治から大正に変わったのが100年前の1912（明治45）年7月。1910年の大逆事件を境に、政治活動の世界は強権支配の「冬の時代」に入るが、文学はなぜか個人の内面に光をあてて活気づいてきた。その象徴が、10年に創刊の文芸雑誌『白樺』であり、12年に掲載した武者小路実篤の『世間知らず』は、人道主義の楽天的な傾向を決定づけた。跳ね返りの女を信じ、〈家〉の重圧に軽々と立ち向かっていく青年の気概には驚かされる。これは、一体なにに由来するのだろうか。

『世間知らず』の登場人物はいたって少ない。作家とおぼしき「自分」は、ある日、といっても「5月24日」、手紙で前触れした若い女性の訪問を受ける。美しい女であってほしいと待ち受ける。「顔色のわるい痩せたヒステリーのやうな女」「眼のふちがくろく、お白粉をぬった顔にはしみがあるやうに見えた」。そんな髪をお下げにした、変な女が立っていた。「帰れ」とも言えず、部屋に通す。が、話すうちに、首から肩への線の美しいのに気づく。女の無遠慮な、非常識な、人の注意を集めて平気なところに興味をもつ。女は「C子」と名づけられている。

翌日、手紙がくる。「あなたは私をきらひですか、ご返事をください」。そして文通が続く。あるとき、「たいていの男は私を専有したがります、そして世に矜《ほこ》らうとします。私はだれの手にも帰ることを好みません」とあった。「自分」は、立腹して絶交だと思い、「自分は貴女より美しい女や、ノーブルな女を知っている」と書く。「ただ、貴女のやうな自由な女を知らなかった」とも書いた。C子からは、「私もういばらないわ。いい声でうたひます、私は横笛の真似が上手ですって」としおらしい返事がかえってきた。

また、C子は、「私はうつくしい心を持ってゐると云ふ信念がきずつけられたら何のほこりが御座いませう」と言いつつ、１００円という大金の借金を申し込んでくる。「自分」は騙されているかもしれないと何度も疑う。が、「自分や自分の運命を信じるのと同じ態度」でC子を信じようとするのだ。

8月上旬までの3カ月近く、「自分」は3日にあげず手紙をやりとりする。2人は、2度目の逢い引きで、「深入りするだけ深入りしてしまった。C子は子どもは生まれないと云うことを保証した」というのだ。やがて、変わった女としてC子を遠ざけていた「自分」の母親も折れるのである。

この小説世界は、周囲の雑音をいっさい排除して、何と明るいことか。人を信じようとする楽観主義はトルストイ信奉からきているのだろうか。

明治の自然主義文学は、女性に執着する男性を描き、とかく痴情小説と陰口をたたかれた。『世間知らず』にもこの傾向はあるが、女性の内面に注目し、理解し共感しようとする男性を描いたことで、決定的な違いと新しさを見せる。それにしても、政治活動の八方塞がりのあの時代であっても、眼を転じると、こういう楽天的な世界がひらけていたのだった。時代の転換期のダイナミズムとでもいうのだろうか。

有島武郎の『或る女』は、これより2年前に連載された。世間の眼にとらわれない男女の愛のかたちを、勇気をもって描いたものだが悲劇に終わった。女性に自立の道がない時代に、女性の側から描いて袋小路に入った。これに対して『世間知らず』では、個性的な女性を、受け止める男の側から率直に描き成功している。

実篤は、実生活でもこれと軌を一にしたように、12年初夏に竹尾房子という女性の突然の訪問を受け、翌年には生活をともにし、その翌年に婚姻届を出した。実篤はほどなく、房子を伴い理想郷「新しい村」づくりに打ち込み、18年には宮崎県日向《ひゅうが》に開村した。だが、その4年後に房子とは離婚した。房子は「新しい村」の他の青年と結婚し、実篤も「新しい村」に入村した他の女性と結婚して3女をもうけた。

作家としては、実篤は『幸福者』『友情』『真理先生』『馬鹿一』と、戦後まで一貫して個性や愛、真理を追い求める人間像を描いた。戦後の60年代までは『友情』は、夏目漱石の『こころ』と並んで青年の〝必読〟の書だった。いま、武者小路文学が、青年の口に上ることは稀《まれ》になった。率直で、直截《ちょくせつ》で、ひたすらな情念は、高度化する産業社会にはばまれたのだろうか。

（12年9月17日号掲載）

むしゃのこうじ・さねあつ　1885～1976年。東京・麹町生まれ。子爵の家に生まれ兄は外交官。文化勲章受章。『武者小路実篤全集』全18巻（小学館）など。

2 束縛への挑戦

田中伸尚『大逆事件』

「国家犯罪」にあえぐ群像

100年前、1911年の1月19日は「寒い晩」だった。東京の街角に立つ慶大予科の学生だった作家・佐藤春夫《さとうはるお》は、こう書いている。

その時、古オーバーの上に三尺帯をしめ、腰にたくさんぶらさげた鈴を騒々しく揺り鳴らしながら、「号外、号外！　大逆事件の逆徒判決の号外！」と、どなり立ててゐるのであった。その胸に下げたビラは、交錯した街頭の灯かげに「死刑十二人無期十二人！」と読まれた。

（「わんぱく日記」から）

佐藤は、全身冷水を浴びせられた思いで2人の友人と遊興をともにすることを断って、ひとり下宿に帰ったのだった。佐藤の郷里、和歌山県新宮《しんぐう》から死刑2人、無期懲役4人が出ていたのである。ごく近所の親しい人の名もあった。中心人物に仕立てられた幸徳秋水《こうとくしゅうすい》の名を冠して別名「幸徳事件」とよばれたこの大逆事件が、「えん罪だ」と告発されるようになったのは戦後である。戦前は事件にふれることすらタブーだった。恐懼《きょうく》すべき出来事だったのだ。

だとすると、これら24人の家族や子孫はどうなったのだろうか。それを丹念に追ったノンフィクションライター田中伸尚の『大逆事件――死と生の群像』（岩波書店、10年刊）は、無為に死に追いやられた被告の無念さや家族の苦しみに、田中自身がしばしば絶句している。

この事件の発端は、前年の1910年5月、長野県明科《あかしな》の山林で爆裂弾実験があったとの警察の聞き込みによる宮下太吉《みやしたたきち》ら5人の逮捕。天皇暗殺計画として捜査が進められた。背後に幸徳秋水がいるとの検察の判断から、その思想の影響下にあると思われる全国の社会主義者を軒並みに捜査。幸徳と接触のあった大石誠之助《おおいしせいのすけ》ら紀州グループ6人、先鋭な「熊本評論」を発刊していた熊本の松尾卯一太《まつおういった》ら、さらに幸徳の「平民新聞」廃刊のあと大阪で「大阪（日本）平民新聞」を編集した森近運平《もりちかうんぺい》らを〝11月謀議〟参加者に見立てて捜査を絞っていった。

「大逆」の意図のない大石、松尾、森近らはいずれも、取り調べに対し、「ちょっと行ってくるは」と軽い気持ちで出向き、帰らぬ人となった。田中がとくに念入りに取材、報告するのは森近運平の身辺だ。

森近は09年3月、幸徳と袂《たもと》を分かって郷里岡山の高屋村（井原市）に帰郷。温室栽培の営農にいそしんでいた。戦後は森近の妹・栄子が再審請求に名を連ねた。近年、森近の妻・繁子が危険をおかして、運平の獄中からの手紙など膨大な書簡類を保管していたのが見つかった。それは、運平が社会主義者であっても「大逆罪」とは無関係なことを裏づけてもいる。田中は、事件の本質は国家による「思想の暗殺」だったとする再審請求の弁護士の言葉を取り上げる。

　昨年10月以来メディアを賑わす大阪地検特捜部による証拠改ざん隠ぺいのえん罪事件を見ていると、恣意的なまでに強引な検事調書が浮き彫りになる。最近の報道では、この事件の特捜部長が証拠改ざんを疑われている主任検事に対し、「（厚生労働省局長を逮捕することが）君に与えられたミッション（使命）だ」と、予断による取り調べを促している。大逆事件では首相の意を体した司法省民刑局長で次席検事の平沼《ひらぬま》騏《き》一郎《いちろう》指揮のもと、捜査陣の功名心の争いが演じられた。

　この大逆事件の弁護士だった平出修《ひらいでしゅう》は、処刑の翌々年に事件をモデルにした小説『逆徒』（発禁）を書き、死刑囚に最後の一言を独白させている。「俺は判決の威信を蔑視した第一の人である」と。理を説いたのに一顧だにされなかったとの平出の司法不信が読み取れる。田中の想いもピッタリ重なる。

　この事件の後、東京、大阪に特高警察が置かれ、思想捜査はさらに強化された。平沼は翌年に検事総長に、23年には司法大臣にとトントン拍子に出世、総理大臣に上り詰める……。

　田中は、「国家が時おり見せる『虚偽性』と『暴力性』の果てに『大逆事件』があった」と断じる。そして、「それらは、現在の問題としてもある」と見る。文末の参考文献を眺めるだけでも、いかに多くの先人たちがこの大逆事件裁判の非を指摘したことか。解放への過酷な道のりだった。

（11年1月24日号掲載）

たなか・のぶまさ　1941年、東京生まれ。朝日新聞記者を経てノンフィクションライター。『ドキュメント昭和天皇』（全8巻）『不服従の肖像』『憲法九条の戦後史』など多数。

有島武郎　評論『宣言一つ』

時代思想への希求

あり余る才能とあり余る財産に恵まれた男がいた。その男が、大正デモクラシーのなかで、折から形をはっきりさせてきた「第四階級」（無産者階級のこと）の解放へと関心をよせていく軌跡は、私にはどうも気がかりだ。作家・有島武郎のことである。

学習院を卒業後、農業改革を志して札幌農学校に進む。学習院では皇太子の学友を務めた。米国留学して欧州にも遊び、華麗なまでに精神のおもむくまま学を修めた。4年後に帰国し、東北大学農科大学（札幌農学校の後身）の講師、教授を務める。文芸雑誌『白樺』の創刊に参加し小説を手掛ける。1917年の「カインの末裔《まつえい》」で広く文名をあげ、作家生活に入った。「生れ出づる悩み」「或る女（後編）」「惜みなく愛は奪ふ」などを次々と発表した。22年1月、無産者階級の台頭に対し、他階級、つまり自分はどういう態度をとったらいいのかを論じた評論「宣言一つ」を発表し、論壇に波紋を投げかけた。水平社結成の2カ月前である。

まず、「第四階級は他階級からの憐憫《れんびん》、同情、好意を返却し始めた」と見る。だが、「私は第四階級以外の階級に生れ、育ち、教育を受けた。だから私は第四階級に対しては無縁の衆生《しゅじょう》の一人である」「従って私の仕事は第四階級者以外の人々に訴へる仕事として終始する外はあるまい」と自分を規定した。

力説するのは、「どんな偉い学者であれ、思想家であれ、（中略）第四階級的な労働者たることなしに、第四階級に何物をか寄与すると思ったら、それは明らかに僭上《せんしょう》沙汰である」という部分だ。思想の潔癖さがきわだつ。

ここにいたるまでには、思想家エマーソン、詩人ホイットマン、劇作家イプセン、社会思想家クロポトキン、カウツキーと、留学中の欧米での読書の影響が読み取れる。

同22年8月には、高級官僚だった父が武郎に残した北海道・羊蹄山麓《ようていざん》の狩太村《かりぶと》（現ニセコ町）にある440ヘクタールの有島農場を、小作人に無償解放したのだ。すでに『白樺』の同人の武者小路実篤らの共同農場「新しき村」が宮崎県で試みられていたが、それには批判的だった。「寄付などで成り立ち、村からの生産で生活していない」というのだ。解放の農場を共産農場としようとするが許可が下りず「狩太共生農園」とした。土地共有と小作株による形態だ。戸数約70戸。戦後、農地解放で解散に追い込まれるが、「農場解放記念」の碑が建ち、同村はいまもある。

有島は記す。「今迄ちつとも訓練のない人達のことですから、私の真意が分つてくれて、それを妥当に動かして行くといふことは、なかなか困難なことでせう」（「私有農場から共産農場へ」から）。確信に満ちた選択ではなかった。

この農地解放から1年後の翌23年6月、既婚の『婦人公論』記者・波多野秋子と軽井沢の別荘で縊死《いし》した。死後1カ月、腐乱死体で発見された。

13年間と短かった作家活動。有島の足跡は、求道者のような一途さをうかがわせるが、それだけではない。「カインの末裔」の野性的な主人公に見られる荒々しい本能にも、理解を示そうとしている。「大不在地主」としての自分の生い立ちを引きずりながら、時代を牽引《けんいん》する思想に向かって、力ずくで自分の思想を純化していこうとした人だったと思えてならない。心中への傾斜については語っておらず、私信から憶測するだけだ。「解放」への志を読みとることはできる。

（06年10月2日号掲載）

ありしま・たけお　１８７８～１９２３年。東京・小石川区生まれ。『有島武郎全集』は叢文閣（全12巻）、新潮社（10巻）、改造社（３巻）が刊行された。現在は筑摩書房（16巻）版がある。

金子文子　獄中手記『何が私をこうさせたか』

人間の尊厳への矜持

幸徳事件とは別の大逆罪で死刑の判決（１９２６年）を受けた金子文子は、死刑から無期への「恩赦」の減刑状をびりびりと破った。３カ月後、獄中で首をくくり自死した。23歳の短い生涯だった。

この人ほど、泥沼のような境遇のなかで妥協をせず、人間の尊厳への矜持《きょうじ》を手放さなかった人は稀《まれ》だろう。一度は家庭の貧困と荒廃のなかで、二度目は国家権力の理不尽な裁きのなかで、納得いく生き方を手探りした。

文子に人並みの楽しい記憶があるのは４、５歳までだ。放蕩《ほうとう》な父親は母親の妹と通じて文子母子を捨てる。やがて母親も文子を置き去りにして結婚、離婚を繰り返す。母方の祖母に預けられるが、「無籍」のままなので小学校に入れない。やっと入った私立の貧弱な小学校では、無籍者なので成績は一番でも修業証はもらえなかった。

10歳のころ、朝鮮で高利貸しをしている父方の祖母に迎えられる。が、獄中手記『何が私をこうさせたか』（春秋社、31年刊）では、「金があって、ぶらぶら遊んでいて、……そんな階級人が威張っている」「交際は派手で、虚栄的で」と、日本人の金持ちたちへの嫌悪感を隠さない。文子は朝鮮の地で使用人同然にこき使われ、虐待され、７年後、「ウチにはもういらない」と、日本の母方の祖母の元に返された。

東京に出て新聞売子、露天商人、女中奉公などを転々としながら学校に通う。社会主義の本を読み、何人かの男性とも交際。が、身体は疲労と困窮を極める。そんなとき、朝鮮人の朴烈《パクヨル》と出会い、初めて夢を紡ぎ始める。アナーキストの結社に入り、朴と雑誌『太い鮮人』を出す。「不逞《ふてい》鮮人」とのそしりを秘めた題名だ。が、翌年の1923年9月、関東大震災の直後、保護検束された。そのまま警察犯処罰令該当者から治安警察法違反、さらに爆発物罰則違反、そして翌々年には「皇太子暗殺謀議」の大逆罪へと罪状がエスカレートした。尋問に対して文子は、「天皇は病気なので、坊ちゃん（皇太子のこと）を狙った」と、言い放った。

26年、死刑判決が予想されるなか、獄中で憑《つ》かれたように手記を書いた。「間もなく私は、この世から私の存在をかき消されるであろう。しかし一切の現象は現象としては滅しても永遠の実在のなかに存続するものと私は思っている」と、記している。

手記は、幼少の思い出から成長して朴に出会うまでの生活が、性をふくめて赤裸々に描かれている。ただ、母親の記憶によると、文子は朝鮮での家がモルヒネの密売をしていたことを、「いくら暮らしが楽であっても阿片や密輸入をやるような盗人稼業には愛想がつきる」と常々話していた。そのことには触れていない。が、植民地での日本人の所業を冷静に見据えていた。

権力に反逆する姿勢は、強い自尊の気持ちから出ているように思う。酷薄な成長期に手をさしのべてくれる人は誰もいなかった。生き延びるために築いた自立の思想。孤立無援のなかで、精神の自立に向かって手探りする強靭《きょうじん》さに驚く。朝鮮での体験から、金持ちへの反発と、朝鮮人への共感を深く刻み込んだのだ。
獄中の「身神状態鑑定書」には「身長、体重の劣れること著明……全身発育著しく遅滞し、筋力量甚だ劣る」「知能は其の学歴に比しては甚《はなは》だしく優り」とある。成長期の過酷さと独学苦学の志のギャップが、いかにもいたましい。
獄中手記は、ずっと裁判に立ち会った栗原一男が、何度も宅下げを願い出て、刊行にこぎつけたものだ。国家権力の暴威のもとで、ひっそりと歴史の闇に呑《の》み込まれた人は少なくなかったであろう。栗原がいなかったら、文子の解放の思想は、歴史の闇の彼方に打ち消されていただろう。

（06年6月5日号掲載）

かねこ・ふみこ　１９０４～26年。横浜市生まれだが本籍は母方の祖母の住む山梨県牧丘町。歌集『獄窓に想ふ』（自我人社＝発禁処分、１９２７年刊）、『朴烈・金子文子裁判記録』（黒色戦線社、91年）。05年に『何が私を――』の増補新装版が刊行された。

小林多喜二『蟹工船』
過酷労働に一抹の希望

労働者をテーマにした「プロレタリア文学」は、いまや死語のように逼塞《ひっそく》している。そのプロレタリア文学の代表作「蟹工船《かにこうせん》」の新潮文庫版『蟹工船・党生活者』が本屋の店頭に平積みされ、人目をひいている。私はターミナルのブックセンターで、いくつも横に並べて平積みされていることに、軽いめまいを感じながら手にした。政治の季節の60年代、プロレタリア文学として重苦しく読んだときと、いまではどう違うだろうか、それが知りたく再読した。

この「蟹工船」ブームは、新年（08年）の新聞対談がきっかけだった。毎日新聞紙上で作家高橋《たかはし》源一郎《げんいちろう》と反貧困ネットワークで活動の雨宮処凛《あまみやかりん》が「08年『格差社会』の希望を問う」のテーマで話し、雨宮が「たまたま昨日、『蟹工船』を読んで、いまのフリーターと状況が似ていると思いました」「プロレタリア文学が今や等身大の文学になっている」とふれた。高橋は、石川啄木の「時代閉塞の現状」をあげて、「明治に社会が戻った気がします」とのべたが、こちらはブームにはならなかった。

雨宮は、『生き地獄天国』などを著して非正規雇用の労働者の窮状、いわゆるワーキングプアと真正面からとりくみ、発言している。そのことと関係して社会現象にまでなったようだ。今年は、多喜二没後75年でもある。

「蟹工船」は1929年、共産党への弾圧が強化され、特高警察による拷問が繰り返されていたときに発表された。多喜二は翌年に共産党活動に資金を援助したとして逮捕される。以後、共産党活動に入り33年、特高により拷問され、虐殺される。

蟹工船とは、北の海で蟹漁をし、そのまま船の中で缶詰にする設備をもつ加工母船。小説は、海軍の駆逐艦に守られてロシア船の監視をかいくぐり、違法に漁をする蟹工船の中で、募集で集まった漁夫や水夫、火夫、雑役夫らが、過酷な労働を強いられる姿を描く。名前をもった主人公はなく、船をチャーターした資本から送り込まれた「監督」が凶暴に、労働者をモノとして追い回す。死者も出る。逃れることのできない北の海には氷雨が、雪が、嵐が待つ。そのようすを、「船のあらゆる部分が急にカリッ、カリッと鳴り出すと、水に濡れている甲板や手すりに、氷が張ってしまった。船腹は白粉《おしろい》でもふりかけたように、霜の結晶でキラキラに光った」などと描写する。自然描写だけ読むと、新感覚派の表現さながらに斬新で、散文詩のようでもある。

しだいに耐えられなくなった労働者らはついに示威行動に出て、「監督」をつるし上げ、「要求条項」を押しつける。団交は成功したかに見えたが、翌日、駆逐艦がやってきたのだ。主導者らが逮捕されたことをうかがわせる。

小説は、ここで終わらず、「附記」として後日談を書く。「イ、二度目の、完全な『サボ』は、マンマと成功したということ」「ニ、そして、『組織』『闘争』――この初めて知った偉大な経験を荷《にな》って、漁夫、年若い雑夫等が、警察の門から色々な労働の層へ、それぞれ入り込んで行ったということ」などをあげる。

これら、逃げ場がなく一方的に追い込まれる労働は、精神的には格差社会での派遣労働の現場とピッタリ重なると思う若者がいても、不思議ではない。この「蟹工船」ブームが、労働者の連帯感、プロレタリア文学への関心につながるのかどうか――。

「労働者意識」「階級闘争」「サボタージュ」といった言葉が、ごく普通に流通していた時代と今との違い。工場でのストライキが日常的だったころと「ストライキって何?」という時代の差。たとえ状況が似ていても、「労働者の団結」を〝ダサい〟と思う今の時代との落差は大きい。この小説なら、漁夫が「あったら奴に殺されて、たまるけア!」と悲鳴を上げているのが、今の段階だ。

小説に戻ると、2ページ足らずの「附記」を加えることで、無惨な結末にもかかわらず、一抹の希望を託していることになる。むしろメルヘン風な処理だ。巧みな技法がこらしてあることにあらためて驚く。このあたりが、読まれる現代性ではなかろうか。見方を換えると、「解放」への欣求《ごんぐ》と、解放感の疑似体験といえる。

（08年8月11日号掲載）

こばやし・たきじ　1903〜33年。秋田県生まれ。小樽高商卒。中編「一九二八年三月十五日」でプロレタリア文学の有力作家として登場。「不在地主」「工場細胞」など。日本プロレタリア作家同盟書記長も務めた。

黒岩比佐子『パンとペン』

「冬の時代」抵抗の流儀

明治末の大逆事件以後、「主義者」（社会主義者のこと）というだけで警察の執拗《しつよう》な尾行がついた。それまでも言論人の筆禍事件は頻発していたものの、彼らは数カ月から1、2年の監獄を覚悟すればすんだ。だが、以後は死刑の恐怖と、不埒《ふらち》者とのレッテルがつきまとった。大正デモクラシーの高揚期までを世に「冬の時代」といった。

主義者たちはこの時代をどう生きたのか。黒岩比佐子のノンフィクション『パンとペン』（講談社、10年刊）は副題に「社会主義者・堺利彦《さかいとしひこ》と『売文社』の闘い」とあり、とりわけ堺利彦の生き方に焦点をあてている。堺は、まとまった社会主義の著作がないせいか、取り上げられることが少なかった。黒岩は、その人臭い行跡を掘り起こし、新しい人間像を発見している。

表題は、堺が「売文社のペンはパンを求むるのペンである」としたことに由来する。「われらの主張は生活の切実さに根ざしているのだ」との趣旨だ。堺は、はじめ小説で立とうとした。が、新聞社「萬朝報《よろずちょうほう》」に入り、内村鑑三《うちむらかんぞう》や1歳年下の幸徳秋水らと非戦論の言論をくり広げることになった。「萬朝報」が主戦論に転じたことから見切りをつけ、秋水と「平民新聞」を起こした。

堺は、大逆事件での大量検挙の2年前、街頭で赤旗を振り回したとする「赤旗事件」のため獄中にあって、大逆事件への連座を免れた。出獄まもない10年12月、「売文社」を旗あげし9年間、舵《かじ》をとる。

売文という自嘲気味なこの看板からして人目を引いたが、祝辞や趣意書の代作から原稿の作成、翻訳まで何でも引き受けるというものだった。実際は、いまでいう広告代理店の先駆けのようなもので、盛時には社内と社外に十数人の執筆者がいた。主義者をどんどん引き受けて、生計の道を与えた。のちの労農派論客の山川均《やまかわひとし》、初めて『資本論』を完訳した高畠素之《たかばたけもとゆき》、小説『人生劇場』を書く作家・尾崎士郎《おざきしろう》、社会活動家・橋浦時雄《はしうらときお》らが身を寄せ、盟友として大杉栄《おおすぎさかえ》、荒畑寒村《あらはたかんそん》らが雨宿りしている。

ここでの堺を作者・黒岩は、「〈人を信ずれば友を得、人を疑えば敵を作る〉を身上とし、友のために尽力し、地味な下働きをいとわず、いつも笑顔でノンキ者を標榜《ひょうぼう》した反面、精神主義には冷ややかだった」――と描き出す。ほどなくはじめた気取らない名の機関紙「へちまの花」では、遊び心とユーモアを発揮した。これら、政治と生活の両立は、新しい人間類型ではなかろうか。

その秘密は、堺の当時としては稀有《けう》なまでのフェミニストぶりにあったのではなかろうかと私は思う。黒岩によると、堺は「萬朝報」での政治論陣のかたわら、家庭生活のあり方にも強い関心を見せた。雑誌に「家庭の新風味」という連載をし、男女同権を主張。「男に過ちのあった場合には、女も男に対して離婚を求める権利がある」「男に女狂をする権利があるならば、女にも男狂をする権利がある」と徹底していた。中等社会の娘は早婚を避け、学芸を修めた後に職業を持つべきだ、結婚後も共働きをするほうがいいとも主張しているというのだ。下女を置かないことも提言している。

好評のため、単行本にして『家庭の新風味』シリーズ6冊を出し、そのうえで、月刊の『家庭雑誌』を創刊している。先の「へちまの花」には、ベーベル『婦人論』の一節を「新社会の婦人」などとして翻訳し、載せている。

堺は若き日、放埓《ほうらつ》だったが結婚して一転、〝家庭改良論者〟になった。「愛妻居士」と揶揄《やゆ》されても、動じることはなかった。この生活感覚が、「政治性の絶対化」から免れ、「隠忍自重」と遊び心を支えたと思える。

「政治」活動をなおざりにしていたわけではなく、17年の衆院選挙に立候補し、得票「25票」で落選している。が、十余年後の29年の東京市会議員選挙（牛込区）では日本大衆党としてトップ当選を果たした。

62歳で死去したとき、葬儀には新聞人・長谷川如是閑《はせがわにょぜかん》や英文学者・馬場孤蝶《ばばこちょう》、プロレタリア作家・葉山嘉樹《はやまよしき》、社会主義の活動家では松岡駒吉《まつおかこまきち》、浅沼稲次郎《あさぬまいねじろう》、麻生久《あそうひさし》ら、それに現職の拓務大臣・永井柳太郎《ながいりゅうたろう》も参列した。主義をこえて、多くの人に愛されたことがうかがえる。

新しい人間像として堺に光をあてた黒岩は、この本の刊行と入れかわりに昨年2010年11月、がんのため亡くなった。

（11年4月25日号掲載）

くろいわ・ひさこ　1958〜2010年。東京生まれ。ノンフィクション作家。『音のない記憶——ろうあの天才写真家井上孝治の生涯』『編集者　国木田独歩の時代』（角川財団学芸賞）『古書の逍遙』など。

3　戦時下抵抗の形

山代巴『囚われの女たち』

貫く人権への執着

山代巴は、もともと作家をめざしたわけではない。美術を志し東京女子美術専門学校に進んだが、生家の破産で1931（昭6）年中退した。ちょうどプロレタリア芸術運動が盛んな時期だった。プロレタリア美術研究所にかかわって紙芝居を作り、さらに町工場の工員となり、日本共産党に入党した。労働争議を指導した青年、山代吉宗《やましろよしむね》と結婚し、京浜地方で女工たちと読書会を開き、仲間作りをした。40年5月、夫に「共産党再建」を企てたとして治安維持法違反容疑がかかり、彼女も同幇助《ほうじょ》で逮捕された。若い女子工員を集めて読書会を開いていた山代巴は数日で出られると思ったのが、「非転向」とみなされ懲役4年の判決。45年8月に重い腎盂炎《じんうえん》で刑期を1カ月余残して仮釈放されるまで5年3カ月、東京拘置所、広島県の三次《みよし》刑務所、和歌山刑務所で過ごした。夫は同45年1月、獄死した。

この体験をぶつけたのが大作『囚《とら》われの女たち』（全10巻、径《こみち》書房、86年完）だ。刑務所での体験を軸に、主人公「光子」に託して捕まるまでの社会での生活の回想や、アカを「非国民」として恐怖する郷里の父母らとの手紙のやりとりが、同時進行する。

広島県の山あいにある三次刑務所（三次市）では、思想犯は光子ただ一人。多くが常習窃盗犯や舅《しゅうと》殺し、放火犯などの女たち。だが、そんな彼女たちに光子は目を見張った。貧困と不運のどん底で人間らしく生きようとする姿に、「ひっそりと沈潜している自助の心」を見た。女囚に向けるとらわれのない目は、女囚の信頼を得ていく。

獄中まで及ぶ執拗《しつよう》な転向の強要。保護観察所長や教誨師《きょうかいし》から、夫の「常夫」に大陸宣撫《せんぶ》班員の志願を勧めるか、離婚をすれば仮釈放をすると迫られる。が、拒否し続ける。夫や父母と心のこもった手紙を交わす光子に、若い女看守たちが強い関心をもち、ひそかに好意を示した。

一方、逮捕されるまでの光子は、女性の立場を埒外《らちがい》においた組織の姿勢に疑問を感じ、反戦と人権の感覚のある人を見つけては、「話せる人」として、つながろうとする。郷里では、「天皇に弓をひいた国賊」を出した家として村八分にされかねず、家族は光子の下獄を近隣に隠し通す。こうして小説は、「御稜威《みいつ》」の掛け声で軍国化へと傾斜するなか、人間の誇りを守る抵抗を事細かに描く。

山代巴の戦後の活動は、この小説と相似形で進められた。自伝的なこの小説を、社会に目覚め突っ走るが挫折し、そこで思想を深めた教養小説と読めば、その到達した思想の地点から再出発したといえる。

実際の山代巴は、健康の回復とともに農業をするかたわら、農村組合の婦人部に所属して山間の村に新しい時代を説いて回った。「人権」と「反戦平和」を生活に引き寄せ、コツコツと実践しようとした。ほどなく、放火犯の女性の報われない生を描いた小説「蕗《ふき》のとう」や、忍従を強いられる地元の農村女性を浮き彫りにした「荷車の歌」を世に問うた。ことに、「荷車の歌」の反響が大きく、映画化され、各地で山代巴を囲む読書サークルができた。山代巴は、人々の話に静かに耳を傾けた。生涯、自分の家を持たなかった。広島の備後《びんご》地方の町などを転々とした。「自己表現が女の基本的人権を守ることになる」と農村の女性たちに辻説法し、「人権」を口にする勇気を促した。04年、自ら選んだ東京の老人ホームで逝った。92歳だった。山代巴が熱い思いで育てた「人権の思想」がいま、名ばかりになっていないだろうか。

（06年4月3日号掲載）

〈注〉山代巴に関する最近の本　牧原憲夫編『山代巴 獄中手記書簡集』（平凡社）が03年、小坂裕子著『山代巴 中国山地に女の沈黙を破って』（家族社）が04年、佐々木暁美著『秋の蝶を生きる――山代巴平和への模索』（山代巴研究室）が05年、刊行された。

やましろ・ともえ　1912〜2004年。広島県府中市生まれ。戦後、郷里に帰り社会運動。『原爆に生きて』、叢書『民話を生む人々』。

猪野睦『埋もれてきた群像』

反戦の若者に光

岐阜県の裏金問題（06年）などでの労働組合の関与が次々と明らかになって社会運動の神聖視は地に落ち、若者の社会運動への無関心に拍車をかけているように思えてならない。今の若者には死語かもしれないプロレタリア文学を扱った猪野睦『埋もれてきた群像』（印刷・大鳥、04年刊）には、反戦を掲げて権力に抗う若者の姿が描き出されている。「高知プロレタリア文学運動史」の副題が付く。

プロレタリア文学運動は80年も前のことだが、これらの人たちの埋もれた質の高い作品を、「文学史にくみ込んでいく仕事は地方でしなければならなかった」と執筆の動機を記している。

高知のプロレタリア文学運動と言っても、活況は１９３０年代前半のごく短い期間である。他でもない、数次にわたって警察の特別高等課、つまり特高にたたきつぶされたのである。猪野の調査・研究がなければ、一地方の些細《ささい》な出来事として歴史のなかに消えてしまったと思える部分も多い。「世の批評の対象となることもないままつぶされ、その後忘れ去られてきた」という。

高知という風土は、坂本龍馬《さかもとりょうま》らを輩出して明治維新を担っただけでなく、明治政府に対し〝もの申す〟群像でも際立っている。自由民権運動の指導者、板垣退助《いたがきたいすけ》を筆頭に民権論を提唱した中江兆民《なかえちょうみん》、「民権自由論」の植木枝盛《うえきえもり》、大逆事件に仕立て上げられた幸徳秋水らへと続く。この文学運動史では、そんな伝統に思いをめぐらせたくなるような若者の気迫を感じさせる。

日本プロレタリア作家同盟の高知支部を結成するのが31年。全国でも大阪、長野、山梨と数少なく、当時の高知での労働者文学活動の勢いがうかがえる。しかし、創刊される文芸誌、機関誌は発禁やメンバーの検挙、入獄で痛めつけられる。それでもゲリラ的に繰り返すが、33年7月、第4次の一斉検挙で支部そのものは壊滅した。

個人史を取り上げた項では、詩「間島パルチザンの歌」で知られる反戦革命詩人の槙村浩《まきむらひろし》、京大俳句事件に連なった仁智栄坊《にちえいぼう》や倉橋顕吉《くらはしけんきち》、大江満雄《おおえみつお》ら詳細な文学史には登場する人物だけでなく、ほとんど知られていない人物を加え、12人が描かれている。うちの1人、槙村は拷問の後に後遺症から病死、4人は激戦地に送られ戦死した。権力の過酷な仕打ちを見せつけられる。

たとえば、自由律プロレタリア短歌を詠った田村乙彦《たむらおとひこ》は33歳でビルマに戦死した。田村は高知師範学校に学ぶが5年生のとき、反戦組織の結成に参画して放校される。しばらく教師をした後、農民運動に身を投じ、こんな歌を残す。

「子を背負ひ／氷雨の中を病躯おして／やむにやまれず来たという女」

「ふりかへってもふりかへっても／手をふってゐた／あの日あの人々の忘れ得ぬ姿」

猪野が田村の出身地の町民館を訪ねたら、田村の遺品のトランクが手つかずにあった。開けると、「名刺大の半透明の薄紙を四つ折りに畳み込んだもの」が重ねて出てきた。尖らせた硬い鉛筆の小さな字で短歌がびっしり書かれていた。１２７首。隠し持っていたとみられる。

5回にわたる検束、検挙。その最後は36年の一斉検挙で2年半の入獄。やがて召集されて南方ビルマへ。新婚数日の妻を残して消息を絶った。田村の軌跡には哀惜迫るものがある。彼らは、「かかねばならない現実の問題を作品化してきたのだった」と、猪野は書く。いま、さりげなく遠ざけられる「人権」や「平和」。これに身を挺《てい》した若者たちのいたことを忘れるわけにはいかない。時代を逆行させてはならないと、強く思う。

（06年12月4日号掲載）

いの・むつし　1931年、高知県生まれ。戦争の残影をみつめた詩集『ノモンハン桜』（03年刊、ふたば工房）で第32回壺井繁治賞。評論集に『文学運動の風雪——高知1930年代』がある。槙村浩の会会長。

大西巨人『神聖喜劇』

軍隊で廉恥の思想を貫く

作家・大岡昇平《おおおかしょうへい》のフィリピン戦線の記録『レイテ戦記』は雑誌連載3年間の長編だったが、大西巨人の『神聖喜劇』（光文社）は通算18年をかけた全5巻の大作だ。長崎県の対馬《つしま》要塞重砲兵聯隊に教育召集された実体験をもとに、その3カ月を微に入り細をうがって描き、軍隊組織の理不尽さ、さらにいえばその滑稽さを暴く。

主人公「東堂太郎」は、一度読んだ書や法令文は丸暗記してしまうという異才の持ち主。彼ら二等兵に次々と降りかかってくる新兵教育という名のいじめ、暴力に対して、「陸軍刑法」「軍隊内務令」「砲兵操典」などの条項を逆手にとって反撃するのだ。最大限の知力を駆使する。

映画「兵隊やくざ」シリーズで田村高廣《たむらたかひろ》が扮《ふん》する大学出の万年上等兵をつい連想させる。悪慣習に抗ってはは上官らにさいなまれる新兵（勝新太郎《かつしんたろう》）を、万年上等兵が軍紀の条文を唱えて手助けするあの痛快さと一脈通じるものがある。

東堂には柔道2段の心得があるが、腕力を行使することは、「ある重大な何かが、私において中枢的に崩れ落ちるであろう」と抑える。

小説では、東堂は折にふれて古今東西の文学、哲学書から一節を引用しては想を拡げるのだ。たとえば、山鹿素行《やまがそこう》、橘樸《たちばなしらき》からマルクス、イェーリング……と。私は、その該博ぶりにあっけにとられ、読み進めた。日本の小説としてはユニークな手法だ。作者は、本当の知のあり方をデモンストレーションしているようだが、とうてい応えきれず、ほぞをかむ思いだ。

後半のヤマ場は、兵営内の剣鞘《けんしょう》のすり替え事件だ。同じ班の二等兵・冬木が、「執行猶予中の前科」があり、「被差別部落」の出だというそのことで嫌疑をかけられていると知った東堂が、憤然と対抗していく。例によって、規則をあげつらって上層部を突く。協力者もできて、嫌疑自体は沙汰止みになる。ほどなく、上官による二等兵への悪質ないたぶりに対して東堂らが「やめろ」と叫び、彼らが同調し、いたぶりは中止された。が、その場をまとめた少尉は東堂らの行動は「最も悪質の敵性思想だ」と不気味に宣告する……。

やがて、期間終了とともに東堂は最北の砲台守備隊に送り出される。上層部のさまざまな思惑のなかで、運命が決まっていくさまは、東堂にもどうすることもできないのだ。

小説の舞台はなまぐさい戦地とは違うものの、「いかに殺すか」だけを教育して送り出す軍隊の構造が、期せずしてあぶり出されている。東堂のスーパースター性を差し引いて読むと、意外と日常のある軍隊生活の実相がていねいに描かれていることがわかる。

このほど、漫画家のぞゑのぶひさの絵による原作に忠実な長編漫画『神聖喜劇』（全6巻、幻冬舎）の刊行がなされた。けれん味のない丁寧なペン画によるおもしろい試みだ。兵営の配置、兵の装備品などの理解に大いに役立つ。ただ、東堂など人物画も好感がもたれるものの、深い思索を尽くす東堂は具体的な顔をもたない得体の知れないままのほうが、私にとっては自然なのだと気づいた。漫画本は漫画として味わうことにした。

作者・大西巨人が追求するものは、強い個への視線。特徴的なのは、軍と対立する東堂が反戦思想の持ち主ではないことだ。「私はこの戦争に死すべきである」とさえ念じている。東堂の「闘志に似た苛《いら》立《だ》ち」が起こってくるのは、権力を嵩《かさ》に着た「むさときたなく候《そうろう》」（無分別で卑しい）な振る舞いに対してだ。いわば廉恥《れんち》、つまり恥を知る心を踏みにじるものへの強い嫌悪なのだ。

軍隊のなかで東堂のような抵抗が可能かどうかとは別に、人間の廉恥のために死力を尽くして思索をめぐらすということに、魂の救済を覚えた。「解放」の精神の真髄ではあるまいか。

（07年4月2日号掲載）

おおにし・きょじん　１９１９～２０１４年。福岡市生まれ。九大法文学部中退。新聞記者をへて作家・評論家。共産党分裂下の状況を扱った長編『天路の奈落』（「天路歴程」の改稿）、近刊『深淵』など。『神聖喜劇』は文春、ちくま、光文社の各文庫刊がある。

大家眞悟『里村欣三の旗』

「転向作家」の実像を発掘

里村欣三《さとむらきんぞう》――。文学史的には、「プロレタリア作家として活躍した後、数多くの戦場小説で戦争に協力」と、見られてきた。ただ、その人生は、ストライキで旧制中学を放校、徴兵忌避、旧満州放浪、市電車掌、労働組合結成、戸籍抹消、徴兵忌避を自首、徴兵、陸軍報道班員、戦場志願、フィリピンで爆死……と波瀾《はらん》に満ちている。

その事蹟《じせき》を克明に追ったノンフィクション『里村欣三の旗』（論創社）が今年5月、出版された。副題に「プロレタリア作家はなぜ戦場で死んだのか」とある。著者の大家眞悟は、学者でも、文芸評論家でもない。「真摯に自己の人生を生きた人間」である里村を、もっと顕彰したいとコツコツ調べあげた在野の研究者だ。

里村に関するまとまった研究はほとんどない。文学仲間などの断想録があるだけだ。ただし、戦争文学の研究者・高崎隆治《たかさきりゅうじ》の労による『里村欣三著作集』（全12巻、大空社）が編まれており、作品には接することはできる。

里村は、1902年、現在の岡山県備前市生まれ。旧満州の体験を書いた「苦力頭《クーリー》の表情」でプロレタリア文学作家の地位を築いた。「苦力」とは中国の下積みの肉体労働者をさす。太平洋戦争下ではマレー（現マレーシア）戦線の進軍を朝日新聞に連載した『熱風』やボルネオの先住民を取材した『河の民』などがある。1945年2月、フィリピン・バギオ付近の前線で取材中に敵機の炸裂弾にあい死去。42歳だった。

徴兵忌避の身である里村は、写真を撮られることを嫌い、過去を正確に語らず、潤色や誇張があり、大家はとくにその人生前半の確定に苦慮している。たとえば、「兵営を脱走」「水死を装って逃走」といった伝説の流布。徴兵検査の時期には、組合運動がらみで傷害事件をおこし、6カ月間の入獄中であったことを突き止めたものの、「徴兵忌避」は徴兵検査を受けなかったことなのか、検査は受けたものの入営を果たさなかったことなのかの確たる証明にはいたらなかった。入獄中に検査を受け、満州に逃亡したと推測している。

「転向」については、結婚して2児の学齢期を前に、戸籍が必要となり、里村は自首による社会復帰をすべきかどうかを悩む。結局は自首し、輜重《しちょう》兵として応召、2年4カ月を日中戦争に従軍した。41年、徴用による陸軍宣伝班員としてマレー方面に赴き作家活動に没頭した。「善良な人」「労をいとわない」と戦場仲間の評判はいたっていい。

大家は、プロレタリア文学への関心から、さらに里村研究へと傾いたことについて、「ごく私的な思いでいえば、自分の挫折体験の向こうに里村の挫折体験（徴兵忌避自首）を二重写しに見ているようなもの」という。「私的な思い」というのは、団塊の世代として全共闘運動にかかわり、その挫折をさすようだ。

ただ、里村の「転向」は、国家という権力の圧力で思想を変えたというより、思想的な行き詰まりと、召集によって素直に軍紀に服従できる身軽さとの間で、自責の念に苦しんだ面が強いように思える。命をかけて奮戦する兵士は描くものの、「戦場」の意味への深い洞察はうかがえない。

だから大家は、転向については、「戦争に引きずられていった、というのではない」として、「どこまでも頑固に姿を現すプロレタリア的なものの見方をする自分と、この自失した自分との乖離《かいり》の大きさ」に、注目している。「自失した自分」とは、召集という不可避の事態にホッとしている里村のことである。

『里村欣三の旗』をとおして見えてくることは、里村の幼少時代の不幸だ。しっくりいかなかった歳若い継母、ひいては由緒ある家との関係。あっさり家を飛び出している。生活感覚の希薄さと生来の人柄の良さ。それにより、相手に直截《ちょくせつ》に同化しやすい体質を私は感じた。放浪先では底辺の人たちに、労働者としては組合の先端の理屈に、戦場では「真の兵士たち」に、突き動かされている。自分自身がそうなろうと努めている。

大家の研究姿勢で注目されるのは、途中からインターネットを利用したことだ。8年前に、「里村欣三ホームページ」を開設している。里村の徴兵検査の時期には、里村が獄中にあったという新発見は同好の士の指摘からだった。大家は当時の新聞記事から裏づけた。また、満州放浪は1回目は6カ月、2回目は1年間。また、日本社会主義同盟の創立発起人となる経緯、大正の大逆事件で死刑の宣告を受けた朴烈《パクヨル》、金子文子《かねこふみこ》との交遊、どん底生活など綿密な考証を重ねている。旧来なら、研究室や図書館の書籍に埋もれて進められるが、パソコンで同好の士の助けを得て調べあげるというのは新しい研究のスタイルだ。

全身で時代に揉《も》まれ続けた里村の人生。その必ずしも実らなかった事蹟を、長い時間をかけて慈しむように掘りおこしている著者の営為自体に感動する。同時に、「転向」と簡単に振りわけることの危うさを見せつけられた。

（11年7月18日号掲載）

おおや・しんご　1947年、和歌山県生まれ。奈良教育大卒。労働組合事務局、会社勤務のあと、定年退職。ネット上に「里村欣三ホームページ」をひらき在野で研究活動。

井伏鱒二『徴用中のこと』

ゆるがない言動

暴力が支配する不快な時代をどう生きるか。戦前のファシズムの時代に限らず、大なり小なりそんなときはどうするだろうかと、誰しも折にふれ考えてみると思う。原爆下の日常を凝視した『黒い雨』で知られる作家・井伏鱒二は、戦後三十余年たって、戦地での日常を『徴用中のこと』として文芸雑誌『海』に連載した。

太平洋戦争にあわせて、約80人の日本の作家が陸海軍から徴用されて南方に送られた。井伏は43歳という最年長組で召集され、陸軍宣伝班員として１９４１年12月、大阪から船に乗せられた。部隊はタイに上陸し、マレーシアを経由して１１００キロの道のりを激しく交戦しながら行軍してシンガポールに入った。シンガポールでは現地新聞を接収し、その発行責任者を命じられ、途中からは日本語学校の教壇にたった。そのほぼ1年間の見聞を記している。とくにきわだった出来事や主張があるわけではない。

この作品はあまり注目されず、かなり詳しい井伏鱒二の年譜にも載っていない。近年、井伏についての多くの研究書が出ているが、これら戦時下の井伏の文学を正面から取り上げたものはほとんど見当たらない。しかし、私は井伏の徴用中の文学姿勢こそ注目したい。

井伏は、徴用中の戦地から大阪毎日新聞と東京日日新聞（現・毎日新聞）に『花の町』を連載している。占領したシンガポールでの現地人の日常をまじえて淡々と描いたもので、勇壮さも悲惨さもない。「閑文学」と揶揄《やゆ》された。

『徴用中のこと』でも同様な調子で、マレー系や華僑《かきょう》や混血人ら現地の人たちの話を聞いたり、草木の名前に興味を示したり、血なまぐささとは縁遠い。彼の原稿は、「戦意高揚の気に乏しい」ため、指揮隊長の少佐の手で「五回に四回ぐらいの割で」バツ印がつき、内地の新聞雑誌社へ送れなかったと述懐している。

あまり変哲もないエピソードのなかで、少し耳目を集めたエピソードが一つある。ある日、山下奉文《やましたともゆき》マレー方面司令官がやってきた。が、井伏は気づかずに直立不動の礼をしなかった。激怒した山下司令官に、「こんなものは、内地に帰してしまえ」と、怒鳴られたのだ。これより以前には、「ぐずぐず云ふものは、ぶった斬るぞ」と訓示した輸送指揮官がいた。これらは、井伏のいくつかの作品に重複して登場しており、よほど腹にすえかねたようだが、とくに感想を差し挟んではいない。

軍の威をふりかざす「中尉」や「髭《ひげ》の准尉」などが登場するが、その風貌、身上にはふれていない。多くは、出来事だけ取り出して伝えている。文章の底にうかがえるのは、人間の品位を見つめている目だ。

当時は報じられなかったシンガポールでの日本軍による華僑虐殺事件があるが、これについては執着し、「人間があのやうな広大無辺の罪を犯すことがあるとは意外であった」と珍しく語気荒く書いている。

時として、脳天気なほど戦時に疎い姿をみせる。たしかに、この人以外で「閑文学」と名指しされた作家を私は知らない。しかしよく見ると、頑として戦時精神に取り込まれない心の有り様を示している。人に何一つ批判がましいことを言わず、また何一つ要求しないで、ひそかに自分の厭戦の流儀を貫いているのがわかる。

戦前、戦中、戦後と、これほど言動がゆらがなかった作家も珍しいのではなかろうか。そのスタイルは、「飄然《ひょうぜん》と」とでも形容したらいいようなところに、特徴があると思う。権威からの「解放」を、人知れずはたしていた人といえるのではあるまいか。

（06年5月1日号掲載）

いぶせ・ますじ　1898～1993年。広島県福山市生まれ。『徴用中のこと』は96年、講談社刊。『ジョン万次郎漂流記』で直木賞。戦地物では『南航大概記』『昭南日記』など。『井伏鱒二自選全集』（全12巻、新潮社）がある。

4　戦場の心

大岡昇平『レイテ戦記』

戦争体験の冷めた情念

太平洋戦争下、硫黄島《いおうとう》での日本兵の戦死を扱った米国映画「硫黄島からの手紙」（06年公開）が評判になっている。米国側からの目で、日本兵の生と死の悲しみを描いている。同島での日本兵の戦死2万3千人。この2カ月後までに、フィリピンのレイテ島ではなんと日本兵約8万人が戦死・餓死した。大岡昇平の『レイテ戦記』（中央公論社、全3巻、71年刊）は、これを克明に追った戦記文学の傑作である。が、真正面から論じられることの少ない作品でもある。

レイテ島は南北に長い、四国の3分の1強の広さ。この島南部の町が昨年2月、大規模な地滑りに襲われて千人をこす死者・行方不明者を出し、いまなお苦しんでいる。

大岡昇平は敗戦の前年44年7月に補充兵としてレイテ島の西方のミンドロ島に送り込まれた。翌年1月には米軍の捕虜となり、レイテ基地の収容所に入れられている。この体験を元にした『俘虜記《ふりょき》』と『野火』で戦後派作家として注目された。この間、恋愛小説『武蔵野夫人』がベストセラーとなり、スタンダール風の心理小説が本領であるかのように論じられることが多かった。

『レイテ戦記』は、これらとは対照的に膨大な資料を読みこなし、レイテ島の島全体に広がった戦場の全体像に迫ろうとする700ページ近い大作である。部隊名や師団長、大小の隊長が固有名詞で登場。相互に関連した作戦を、日時を追って克明に検証している。当然、人くさい出来事も盛り込まれている。そんななか、拙劣な作戦が露呈することがある。

たとえば、こんな感想が挿入される。「軍部という特殊集団には、いつも形骸化した官僚体系が現われる。夥《おびただ》しい文書化された命令、絶えず書き改められる指導要綱、『機密』『極秘』書類の洪水が迷路を形成する」と。

大岡は執筆で何を意図したのだろうか。あとがきに言う。「レイテ島で死んだ九万の同胞と、ミンドロ島で死んだ西矢隊の戦友たちのことを考えながら、この本を書いた」「旧職業軍人の怠慢と粉飾された物語に対する憤懣《ふんまん》も含まれていた」

が、それだけだろうか。『野火』などにみられる鋭利な心理描写とは打って変わった平凡な文体で、一見似たような出来事を執拗《しつよう》に書き連ねている。部隊の参謀や司令官による巧拙入り交じった作戦と、それによる兵士の消耗戦の現実が見せつけられる。偶然と必然の巨大な連鎖。そこに、手鎖のようにつなぎ止められ、引きずり回され、死に突き落とされる個人がある。

レイテ戦は、米軍のフィリピン奪還の第一歩として44年10月の上陸にはじまり、翌年5月までつづく。やがて主戦場はフィリピン本島のルソン島に移り、中部のバレテ峠を挟んで同6月まで日本軍の死闘が繰り返され、力尽きている。

大岡は、レイテ戦での「日本軍戦没者7万9261人、生還者概算2500人。米軍戦死者3504人」という数字をあげたうえで、「一番ひどい目にあったのはレイテ島に住むフィリピン人だった」と記す。何の野心もなく平穏な農耕生活をしていたフィリピン人にとって、戦争とは何だったのだろうか。戦争は壮大な虚だ、と満腔《まんこう》を振り絞って叫びたくなるに違いない。

もう一つ。戦場で大岡は、米兵と出くわした瞬間、優勢な位置にいたのに銃のひき金を引かなかった。「射つ気が起こらなかった」(「俘虜記」)と。戦意がなかった自分を日本人としてどう理解したらいいのか、端的にいうとどう正当化すればいいのか、巨大な戦場という力学のなかで確認したかったのではなかろうか。

(07年3月5日号掲載)

おおおか・しょうへい　1909〜88年。東京・牛込区生まれ。京大仏文学科卒。『花影』『事件』など。『大岡昇平全集』全16巻が中央公論社、『大岡昇平集』全18巻が岩波書店から刊行。『レイテ戦記』は新資料により『全集』第8巻や中公文庫(上中下巻、74年刊)で改訂を重ねている。

鈴木六林男『鈴木六林男全句集』

「戦場俳句」の半世紀の軌跡

2004年に亡くなった新興俳句の俳人・鈴木六林男の『鈴木六林男全句集』が今年、同刊行委員会から出された。これでやっと、〝戦場俳句〟を引っさげて登場した彼の半世紀の軌跡が見渡せる。というのは、句作の全体像を知りたくても一般に句集、歌集はほとんどが刊行の部数が数百冊と少なく、振り返って遠い過去の句集にふれることがむずかしいのだ。

第1句集『荒天』は、1949年刊。2年間の中国、フィリピンの戦線を中心に、戦後の耐乏生活までを描いている。まず、「入営以前」では、「怒りつつ書きゐしはわが本名なり」の句が鮮烈だ。学業を怠ってまで句作に熱中した身には、俳句から引き裂かれ、俳号「六林男」を奪われる兵役が耐えられなかったのだ。句集は、反戦思想に拠るものではないが、「聖戦」気分は微塵《みじん》もない。

豪雨の朝、陸軍の機関銃中隊の兵として大阪港から中国・揚子江中流の漢口に送り出された。「今日よりは遺族となれる者よ濡れ」と。

戦場では、兵たちを即物的に描き、それゆえに兵の哀れが際立つ。

「雨の中軍醫撃たれて地にころがる」「砲いんいん口あけてねる歩兵達」「ひとりづつ射角を馳ける背に残照」「水あれば飲み敵あれば射ち戦死せり」

生前、「戦争は大き過ぎて書けないが、戦場なら書ける」とよく言っていた。そのリアリストの目は、逃亡兵に関心が向く。自身も「逃亡」を経験する。

「ねて見るは逃亡ありし天の川」「秋深みひとりふたりと逃亡す」「夜の雪逃亡の喇叭《らっぱ》渡りゆく」

冷め切った目で見た戦場体験は、その後の句作に大きな影を落としていると思う。戦後に試みたのは、巨大な列車操車場をルポした現場俳句。第3句集『第三突堤』に「吹田操車場」60句として収められている。

「寒光の万のレールを渡り勤む」「把り凍て飛び降りるにも翼なし」。「把り」は、にぎり。76ヘクタールの広大な敷地に、鉄塊の貨車が無数にうごめき、寒気にさらされて鉄道員が制御する。無言の男たちの光景がある。ついで、石油化学コンビナートに挑んだのが第6句集『王国』。

「氷雨の夜こんなところに芳香族」「計器に疲れ性器の彼等夜へ散る」。芳香族は、ベンゼンなどの有機化合物。

第7句集に『後座』と名づけるが「どう読むのか知らない」と記す。『大日本兵語辞典』から取った言葉で、砲発射時の強い反動を意味する。「反動によって書き手も傷つく覚悟が必要」というのだ。多くの句集に敗戦日と原爆忌が読み込まれている。

俳句を、花鳥諷詠《かちょうふうえい》や軽みからは遠い位置で作りだした足跡がよくわかる。しかも、短行詩というより、生きる姿を刻む精神のドラマとして読める。

「未完句集」の締め括りは04年、奈良のお水取を扱った連作。その最後尾を飾って、「社会の方へ水取を観て歩き出す」。「拾遺集」の最晩年の句にも「おだやかな日の短刀《どす》を呑み枯野原」といった句。みずからの老いには無関心で、なお身構え、「社会」に視線を向け続けた姿に、瞠目《どうもく》する。

ここで、鈴木六林男の本来の顔にふれないわけにはいかない。何より新興俳句の継承者としての登場なのである。「月の出の木に戻りたき柱達」は、第10句集『雨の時代』。この句趣を引き立てているのが、最後の第11句集『一九九九年九月』にある「帆柱になる前の木を月照らす」。自然観照にとどまらないで、自然に同化することで発生する斬新なイメージだ。

新興俳句の実践として、次々と挑戦する未踏の領域。句からは、観念のあり方への意表を突く提言が読みとれる。「俳句の中で立ったまま死にたい」と言わしめたのだろうと推測する。『全句集』が生前に刊行されていれば、さまざまな推論を本人に確かめられたのにと悔やまれる。

（08年6月9日号掲載）

すずき・むりお　1919〜2004年。大阪府岸和田市生まれ。「吹田操車場」で現代俳句協会賞。『雨の時代』で蛇笏賞。

井上光晴『ガダルカナル戦詩集』

文学を覆う時代の力

今夏、直木賞を受賞した井上荒野《あれの》が新聞社の取材に答えて、「父は世の中を変えようとして小説を書いた。私は何も書くことがないところからはじめるしかない」と話す。受賞作「切羽《きりは》へ」は、父が若い日に暮らし、文学の原点になった炭坑の島に行ってみて、そこから書いたという。彼女がこよなく尊敬していたと思えるその父とは、井上光晴である。

「切羽へ」はその島での平凡な夫婦の生活を描く。彼女自身が「何も起きない小説です」と解説するように、光晴の小説世界とは大きく違っている。光晴のデビュー作の中編「ガダルカナル戦詩集」は、これと対照的な戦時下の青春を扱ったものだ。

「明後日の朝、入隊」という急な召集令状が来た「久保宏」の壮行会をする一夕、買い出しの手料理を囲んだ青年たちのやりとりだ。医専や高専、女専の学生らの読書会のグループ。どこかの俳句会が反戦思想だとして検挙されたことが気がかりで、万葉研究や皇道思想をささやき合う。この席で、出席できなかった友が託した小さな詩集『ガダルカナル戦詩集』に関心が集まる。評判だが手に入りにくい詩集となっている。

詩を朗読した親友の「倉地杉夫」は、「久保宏よ、元気で戦え、死ぬな、という熱い血液がかっと彼の全身を駆けめぐったが、すぐまた『死ぬな』という思いはこのガダルカナル戦詩集に対しても不忠なのだ、不忠なのだと頭をふった」のだ。

青年たちは揺れ動きながら、「がんばるよ」としか言えず、時代の潮流に呑《の》み込まれていくさまが描かれている。表面的にはごく日常的な会話が重ねられている。うっかりすると見逃しそうなこの主題への執着が、光晴の作家としてのその後を決めている。

ガダルカナルとは、先の大戦で連合軍オーストラリアを想定した太平洋戦線の南端に位置する飛行機基地の島。激烈な争奪戦が繰り返された。詩集『ガダルカナル戦詩集』は、ガダルカナル戦で生き残った吉田嘉七という元陸軍主計曹長の書いた詩だ。武器・糧食の補給を断たれ、飛行機を失い、逃げまどうだけの前線。吉田曹長には、「帰らじと予《か》ねて覚悟」があるのみなのだ。戦時下、よくぞ負け戦を歌うこの詩集が、発行を許されたものだとさえ思う。

詩集は、「この島や、小さかるとも、／退かば国は危うし。／この敵や、激しかるとも、／我ならで誰かささえん。／みいくさの尖兵にして、／我が身はも、わがものならず。」（「撃ちてし止まん」から）。このような詩で埋めつくされている。ここからうかがえることは、「死の覚悟」への賞賛である。

戦場俳句で注目された俳人・鈴木六林男の名句に「遺品あり岩波文庫『阿部一族』」がある。若者たちが死を意識し、納得のいく理由を探し求めていたことがありありとわかる。作家・城山三郎《しろやまさぶろう》の『大義の末』も、旧制中学の学生たちが杉本五郎中佐の書き残した滅私報国の書『大義』に傾倒するさまが描かれていた。

しかし、長編『人間の条件』の作者、五味川純平《ごみかわじゅんぺい》が怒りをもって書いた『ガダルカナル』では、約

3万人が上陸、5千〜6千人が戦死、そして1万5千人が病死・餓死したのが実情だ。五味川は、この作戦は補給を熟慮せず、粗雑で思考的に未熟だったと断じている。

19歳で敗戦を迎える井上光晴の戦後の青春は、国への献身から「公」への粉骨に方向転換する。「公」は彼の場合は、「人民」である。敗戦直後に日本共産党に入党（後に離党）している。以後、学徒兵、被差別、朝鮮戦争などを描き続け、戦後派文学の正統派とみられた。強固な思考体験なくしては、このような軌跡はたどれないだろうと思わせる。光晴のようなタイプの作家はもう見当たらない。当然に、「プロレタリア文学」に続いて「戦後派文学」も歴史の棚に押しやられている。

この親子の対比は、文学がいかに時代と密着しているかを思い知らされる。いまや大切なことは、「日本の高度成長以後」という枠を設定して、新しい作家像を見据えることだ、と教えているように思う。「解放」のバージョン・アップか。

（08年9月15日号掲載）

いのうえ・みつはる　1926〜92年。福岡県久留米市生まれ。『虚構のクレーン』『死者の時』『地の群れ』など。佐世保などで文学伝習所を開く。晩年、「全身小説家」としてドキュメント映画化された。

百田尚樹『永遠の0《ゼロ》』

「戦争」に迫る新たな試み

「零戦《ゼロせん》」の腕利き飛行士たちを描いたのが百田尚樹『永遠の0《ゼロ》』（太田出版、06年刊）である。殺気を身にまとった剣豪たちの世界のようでもあり、現代組織社会に傲然《ごうぜん》と生きるビジネスマンの世界のようでもある。しかし、舞台は紛れもなく戦場であり、太平洋戦争の真実に向き合おうとする戦争小説である。一昨年、講談社文庫になってから刷を重ねている。

ところで、百田は戦争を知らない戦後生まれだ。「戦無世代」の戦争小説については、作家・古処誠二《こどころせいじ》の『線』などがある。『線』が戦場の兵士の日常を克明に描いたのに対し、『永遠の0』では、開戦当初は無敵を誇った旧日本海軍の零式艦上戦闘機、通称「零戦」の盛衰を軸に、大局的に戦争をとらえようとしている。数々の戦記を読みこなし、史実に沿って戦争を再構成するスタイルである。

物語は、祖父「宮部久蔵」を神風《かみかぜ》特別攻撃で亡くした姉弟が、祖父の生前を知る戦友に次々と会い、その実像を浮きあがらせていく仕掛けだ。祖父といっても、祖母とは1週間だけの新婚生活だった前夫で、姉弟の母親はその忘れ形見。姉弟は、いまの祖父を実の祖父と思い育ってきた。祖母の死を契機にいまの祖父からこのことを聞かされたのだ。

最初に会った戦友は、「お命大事の大変な臆病者、卑怯《ひきょう》者だ」と祖父・宮部を口汚くなじった。しかし、「宮部さんは命の恩人」「腕利きの零戦飛行士だった」「立派な教官でした」という元部下や戦友があらわれる。宮部は１９３４（昭９）年に海軍に入隊し、操縦練習生を経て飛行士として日中戦争に従軍後、真珠湾攻撃に参戦。太平洋上のラバウルに赴き、ミッドウエー海戦、ガダルカナル戦、マリアナ沖海戦などを生き延び、内地で練習航空隊の教官をした後、特攻に加えられたことがわかってくる。

その間、宮部のエピソードには眼を見張るものがあった。飛行隊長が「特別攻撃に志願する者は前へ！」と言ったとき、「宮部は一歩も動かなかった。その顔は真っ白だった」。隊長は軍刀を抜き、再び怒鳴る。「しかし宮部は石像のように動かなかった。飛行隊長の体は怒りでぶるぶると震えた」のだ。

宮部は、下級兵士へも丁寧な言葉遣いをし、逆に部下から「お止めなさい」とたしなめられる。生き死にの戦いのただなかで家族のことを何よりも考える男として、冷笑される。が、ひるまなかった。一人の戦友に、「宮部の言葉が恐ろしかった。何かしら得体の知れない不気味な恐怖を感じたのだ。いま思えば、それは自分自身の姿を見ることへの恐怖だったのだ」と語らせている。

出撃の朝、自分の搭乗機に不具合があることに気づいた宮部は、一縷《いちる》の生還の途のあるその搭乗機を部下と交換し、特攻へと飛び立った……。

戦友たちは宮部の思い出とともに、それぞれの体験を交え、ガダルカナル戦やフィリピン・レイテ戦、マリアナ沖海戦など戦線のようすを事細かに振り返る。机上から繰り出す参謀本部や司令部の作戦と前線の実状とのズレ、徹底した人命軽視の思想、消耗品として扱われる兵士、さらには職業軍人と召集された兵士の身分上の差別などが露わになる。

この小説の結末にはあえてふれない。百田は、ストーリーテラーの才をいかんなく発揮して、読み手の涙腺を強く刺激する。そこで全編に漂う重苦しさから、読者は解放される仕組みになっている。再読したい気分にさせられる。

昨今、大きなブックセンターには必ず戦記物のコーナーがあり、戦記の本の量に圧倒される。多くが英雄的な闘いだったり、壮絶な死だったり、作戦の当否の検討だったりする。何よりもその一隅では、いまだ戦争がなまなましく息づいていることを実感させられる。こんななか、『永遠の0』は戦争を扱った作品ながら、ここには戦争を対象化しようとする意志がうかがえる。人の生死の極限状態として、人間性の最奥部が露呈するドラマを秘めた「戦場」。国家組織が根深く居座っている「戦争」。ここには、戦争体験者以外には軽々しく踏み込めない見えない遮断膜がある。だが、戦後65年余、そのタブーを打ち破り、戦場や戦争に新しい解釈をほどこす試みが出始めた。

たとえば、手元に『零戦撃墜王』（光人社NF文庫）という戦記実録がある。これは文字どおり「撃墜機202機」の伝説をもつ飛行士の英雄的な従来型の体験記だ。『永遠の0』に描かれた宮部の腕利き飛行士の側面に惹《ひ》かれた読者には格好の戦記読みものだ。だが、宮部の必死で生きようとする切なさに共感する者には、これとは似て非なる世界をのぞき見ることになるだろう。戦争文学は、読み手のどんな思いを誘い出すかによって大きく分かれる。

これからは、戦無世代によって「戦争」を自由に再構成し、新たな戦争の実相を浮き彫りにする作品が次々と生み出されることを予感させる。「お国のために」と一括りではない、戦争を見る肥えた目が育つことを祈るだけだ。

（11年6月27日号掲載）

ひゃくた・なおき　1956年、大阪府生まれ。放送作家で小説家。高校ボクシングを描いた『ボックス！』は映画化。『モンスター』『影法師』『錨を上げよ』など。

古処誠二『線』

戦無世代による戦争小説

8月の敗戦記念日が近づくと、兵士たちが玉砕した太平洋の島々が偲《しの》ばれる。飢えとマラリアによる野垂れ死にが、累々と続いたと聞けばなおさらである。

3年前、ニート（若年無業者）や派遣切りで失望した戦争を知らない青年が、「希望は戦争」と訴えて話題を呼んだ。「戦争によって、硬直化した秩序がガラガラポンとご破算になることを願う」というのだ。私は、その想像力の貧困に身震いした。

だが一方で、戦争をまったく知らない1970年生まれで、リアルな戦場小説を書き続ける作家があらわれた。古処誠二だ。フィリピン戦、沖縄戦、ビルマ戦などと続いて昨夏、ニューギニア戦を扱った『線』（角川書店）を出した。

このニューギニア戦は、ニューギニア東部にある豪州と米連合軍の重要基地ポートモレスビー攻略を狙って日本軍が42年3月、北岸のラエ、サラモアに上陸して展開した。日本軍は南下してギルワ付近から最高峰4千メートルのスタンレー山脈を越え、ポートモレスビーに進軍するも、基地を目前にして食糧・武器の補給が尽きた。43年には、北岸のマダンから南方最大の日本軍基地ラバウルへの脱出命令が出た。しかし、それでも島西部の戦線など45年まで戦闘が続き、20万人兵士のうち生還は2万人といわれる。『線』は、この東部の退却の戦いを「下士官」「病兵の宿」「お守り」など9編の短編で綴っている。

描写は、「足の包帯は泥に覆われていた。そこに浮腫《ふしゅ》が重なり、両足ともに丸太を思わせた」「子豚の肉に味をしめたが最後、班は間違いなくならず者の集団になり果てていた」「そもそもが死体を踏まずに進めない場所である。――死んだ者はそのまま泥になりつつある」と、苛酷な現実を描きながら、戦地でのどこか人間的な一線が淡々と語られている。

ところで私は、近隣の大学図書館で平和祈念事業特別基金が刊行している戦時の証言集『平和の礎』シリーズを見つけた。「軍人軍属短期在職者が語り継ぐ労苦」をはじめシベリア抑留者、海外引き揚げ者が語る「労苦」を91年から年1巻ずつ刊行していて、同図書館には軍人・軍属、シベリア抑留者、引き揚げ者の3系列が各19巻ずつ揃っていた。軍人・軍属の手記と聞き取りから、ニューギニア戦を拾って読んでみた。

「身辺にチョロチョロと這い寄るカナヘビをその棒で叩き、取って飯盒《はんごう》に入れる、五匹取れば十分で、焼いたものを夕食にした。――鼠《ねずみ》や、もちろんウジの類まで重要な蛋白質《たんぱくしつ》として胃に収められた」

「日を経るに従って病死者が増加し、路傍に戦友の遺体がここかしこに目立ってきた。百メートル置きに一人、二百メートル過ぎてまた一人枕を並べての遺体だ」

「死の瞬間を待つ心境は恐怖のドン底であった。括約筋が役に立たなくなり、無意識に大小便がたれながしになり、股が暖まっては冷え、冷えてはまた暖まっていった。耳はガンガンとなり、のどからは血が出そうにかわききり、――死の瞬間を待っていた」

まさに体験ならではの戦慄に満ち、戦地の地獄絵が報告されている。なまじの創作では追いつかない迫力である。だが、待てよ。ここにはばらばらの事実があるだけで、記憶という膨大な資料庫のなかで埋もれてしまうのではなかろうかと不安に駆られた。物語として秩序づけられて初めて、明快な形になるはずだと。

古処は、これらを丹念に読み、胸に刻んでいるに違いない。『戦争はどのように語られてきたか』（朝日新聞社、99年刊）の企画のインタビューに答えてこう言っている。

「少なくとも私はあの時代の何を批評するつもりもなくて、むしろ兵隊と同じ状況におかれていれば、同じことをしていただろうと思っています」

「回想記を読む限りでは前線も銃後も兵站《へいたん》も分け隔てがありません。ならば兵站戦場の人間を書く者が一人ぐらいいてもいいのではないかと思っています」

古処の文学は、戦争の犠牲者への敵味方をこえた静かな鎮魂ではなかろうか。その結果として、読み手の想像をかき立てている。「解放の文学」が、新しい触手を伸ばした領域といっていい。

（10年7月12日号掲載）

こどころ・せいじ　1970年、福岡県生まれ。00年『UNKNOWN』でデビュー。『ルール』『接近』『七月七日』『敵影』など戦争が舞台。元航空自衛官。

吉田満『戦艦大和の最期』

特攻死の意味をみつめる

えっ、「解放の文学」で戦艦大和《やまと》を？　といぶかる向きもあろうかと思う。「戦艦大和」といえば、大《だい》東亜《とうあ》戦争の象徴的な存在である。戦時の高揚感と無残な敗退を、なぜとりあげるのか。

吉田満の『戦艦大和の最期』は、いくつかの経緯をへて戦後の1952年に単行本として世に出た。「世界一」を誇る戦艦大和の壮絶な最期を、どうしても記録しておかなければならないとの気迫がこめられている。原民喜《はらたみき》が原爆に見舞われ「天ノ命ナラン」と、「夏の花」を書いたように。

45年4月1日、米軍が沖縄本島に上陸し、6月23日、沖縄守備軍の全滅まで、日本軍はなすすべがなかった。戦艦大和は、その沖縄援護の海上特攻作戦として4月6日に山口県徳山湾沖から出撃し、7日に轟沈《ごうちん》した。

出撃中の6日夜、少尉の吉田はこう書き記している。

「現兵力ヲモッテ本土決戦ヲ呼号スルモ成算全クナシ。我ラヲ待ツモノ　タダ必敗ノミカ。胸中火ノゴトキモノアリ」

吉田の周りの若手将校たちが議論しているようすが描かれている。文章はカタカナまじりの雄勁《ゆうけい》な文語体だ。随所に迫真の描写がある。

吉田と同じ若手の中尉、少尉ら約40人の居室に当てられている士官室でのこと。ここで戦艦対航空機の優劣が激論されるが、「戦艦必勝論ヲ主張スルモノナシ」としている。開戦まもないミッドウエー海戦をはじめ米軍の航空機戦に圧倒され、航空機優位が認識されていたものの、日本軍にはもはや航空機はほとんどなかった。大和は艦の全長263メートル、兵員約3000人。大和を旗艦とするこの艦隊に航空機は無しなのだ。迎える米軍は航空母艦11隻と艦載機約400機と航空機戦の構えだった。

作品の前半の山場は、この士官室での議論だ。

我ラガ命スデニ旦夕《タンセキ》ニ迫ル――何ノ故ノ死カ。何ヲアガナイ　如何ニ報イラルベキ死カ。これが命題だった。

兵学校出身の中尉、少尉は口を揃えて、「国ノタメ　君ノタメニ死ヌ。ソレデイイジャナイカ。ソレ以上ニナニガ必要ナノダ」と唱える。

これに対し、学徒出身の士官は、激しく反論するのだ。

「君国ノタメニ散ル。ソレハ分カル。ダガ一体ソレハ　ドウイウコトトツナガッテイルノダ。俺ノ死俺ノ生命　マタ日本全体ノ敗北。ソレヲ更ニ一般的ナ　普遍的ナ　何カ価値トイウ様ナモノニ結ビ付ケタイノダ」と。そして、ついには両者の「鉄拳ノ雨」となったのだ。

室長経験者の臼淵大尉が両者を納得させる。「進歩ノナイ者ハ決シテ勝タナイ。負ケテ目覚メルコトガ最上ノ道ダ。（中略）日本ノ新生ニサキガケテ散ル。マサニ本望ジャナイカ」と。この老成した態度の臼淵大尉は23歳。若者が前線の実務指揮を執っていたことがわかる。「戦争は老人が計画し、若者が死ぬ」とは鋭い警句だ。

7日正午すぎ、トカラ列島の西沖で戦端が開かれると、米軍の想像を絶する物量。100機をこえる編隊で、次々と規則正しく襲いかかってくる。技術の粋を集めたはずの大和の防御をはるかにこえた攻撃力。砲台が壊され、鉄扉がぶち抜かれ、人肉が飛び散る。火柱、水柱に包まれ、魚雷の右舷への集中攻撃で艦が傾く。7波、8波と攻撃。あの大和がまるでサンドバックである。戦闘は2時間。

「今ヤ予期シタル無慙《むざん》ノ敗北ノ　遂ニ現実トナッテ目睫《もくしょう》ニアリ。アラユル諫言《かんげん》。アラユル焦慮。アラユル自嘲。アラユル憤懣《ふんまん》。感無量ナルモ宜《ムベ》ナリ」と書く。

全編に静かに漂うのは無謀な作戦への悲嘆と、にもかかわらずそのなかで最良に生き抜こうとする健気さだ。あらゆる抵抗を飲み込んで、進行する戦争の力学を映し出しているといえる。

作品は46年、雑誌『創元』の創刊号に寄せるも、GHQ（連合国軍総司令部）の検閲で「ミリタリスティック（軍国的）」として掲載禁止になった。05年、この作品を下敷きにした映画「男たちの大和／YAMATO」が人気を博し、今年4月には出身地の石川県能登町に、臼淵大尉の先の発言を刻んだ臼淵大尉顕彰碑が建立された。

世間ではそのつど、この作品のどこに注目しているのか、それが気がかりだ。戦争からの解放のためには、「命」という視点を見失ってはいけない。

（09年7月13日号掲載）

よしだ・みつる　1923〜79年。東京都生まれ。東大在学中に学徒出陣。海軍電測学校を経て少尉に。副電測士として大和に乗艦。戦後は日銀に勤め監事に。

江成常夫 写真集『鬼哭の島』

「声なき伝言」を聴くには

写真が文学ではないのは重々、承知している。だが、兵士の吐息が幻視のように迫ってくる写真集のページをめくっていると、戦争文学の小説に感じるような胸騒ぎがした。どうしても取り上げ、考えてみたくなった。今夏、刊行された写真家・江成常夫の重厚な写真集『鬼哭の島』（朝日新聞出版）である。「鬼哭《きこく》」とは、浮かばれぬ亡霊が恨めしさに泣くこと、と広辞苑にある。登場する太平洋上の島々で、日本兵は武器、弾薬が尽き、糧食が絶え、それでも戦い、そして全滅している。

江成は、いまなお収集されていない百万余柱の兵士らの無念の声を聴くために、6年かけて太平洋の島々を巡礼者のようにめぐった。カメラを向けているのは約20の島だ。写真集は島々をたどる15の項目からなり、「ガダルカナル島」「ラバウル」「マダン」など項目ごとに経緯の解説と生還者の証言が収められている。これらの島々は、第1次世界大戦で戦勝国となった日本が、ドイツ領から委任統治権を得たもの。太平洋戦争では、連合軍の日本本土攻撃の足場になるのを防ぎ、さらには米豪への攻撃拠点にするためにいち早く基地化を進めていた。

日本軍は41年12月8日のハワイ奇襲攻撃を皮切りに、インドネシアのオランダ軍、マレーシアの英国軍へと電撃的な攻撃を仕掛け連戦連勝を手にする。だが、半年後の42年6月のミッドウエー海戦では早くも大敗し、やがて制空権を失う。島々の基地は孤立し、米軍の大量兵器の前に壊滅していった。米軍は密林の島が裸になるほどの砲爆撃を加えながら、島伝いに北上し、45年3月には硫黄島を足場に日本の本土空襲を容易にした。

カメラの前に今の姿をさらす島々は、対照的な二つの顔を見せる。要塞跡や戦車、銃、鉄兜《てつかぶと》などドス黒くさびた残骸と、鮮やかな草花に彩られた紺碧《こんぺき》の海原。無惨な人間の営みと、悠久の自然美の対比とでもいえようか。戦争の傷痕を見定めようとする江成の目に焼き付いたものはなにか。

そのおびただしい死者の数を、江成は執拗に記録している。南から順に、豪州のすぐ北の基地、ガダルカナル島での日本軍戦死者は2万1000人、うち餓死・病死が1万6000人に及んだ▽東部ニューギニアでは米軍に追われ、死の逃避行となり死者12万7000人▽フィリピンのレイテ島では弾薬、糧食を断たれての戦闘で死者8万人▽同ルソン島は死者20万人▽製糖業の邦人を巻き込んだ北マリアナ諸島サイパン島は民間の1万人を含む死者5万1000人▽米領を占領したグアム島は飛行場設営の守備隊2万人が戦死▽地下壕《ちかごう》延べ18キロをめぐらし死力を尽くし全滅した硫黄島は死者2万人。ここでは米軍も太平洋戦最大の損害として戦死者7000人▽米軍が上陸した沖縄県は死者20万人。うち半数は民間人だった。

証言は、圧倒的に飢えの記憶だ。ネズミ、ヘビ、トカゲなど、口を血で染めて生の肉を食ったともいう。「人間はね、食いものがないところへ追い込まれると、我慢できる者とできない者とがでるんだな。我慢できない者はそこらのモノを拾って食ったりする。それで下痢を起こして死ぬんです。それとももう一つ、運としか言いようがないね」（トラック諸島夏島の生還者）

戦傷者のうめきと死体——。「行けども行けども死体が絶えることないんです」（ルソン島の生還者）そして、「軍人勅諭」に縛られ、玉砕へと突き進む姿——。「それこそ投降なんぞ口にしたら、仲間に殺られちゃうがな。だから思っておっても言えへんよ。軍には戦陣訓もそうやけど『敵ニ奔《ハシ》リタル者ハ死刑又ハ無期ノ懲役若《モシク》ハ禁錮ニ処ス』（陸軍刑法）という憲法みたいなものがあるで投降なんかでけへん」（グアム島の生還者）

米軍の攻撃がぱったりと止んだ後も、投降など考えもしなかったというのだ——。「だけど負けたなんて信じない。負けたなんて口にしたら（上官に）殺されちゃうから」（ペリリュー島の生還者）。「俺は絶対自決はしない。死ぬときは餓死する、そう決めてましたから……」（硫黄島の生還者）

写真家・江成は今を生きる私たちをこれら南の美しい島に誘い、死者の数を突きつけることで戦争の愚かさを思い知らそうとしているようだ。数字は「歴史」認識への確かな糸口だ。カメラに写し取ったこの砂浜、誇らしげな花弁、濃密な緑、ヤシのそよぎ。鮮烈な自然は、あの時と変わらないのだろう。その手のひらの上で人間が極限状況を作り、死へと向かった数々のいたましい痕跡をとらえている。「いまなお異国の島々に野ざらしにされ、あるいは土地に埋もれた亡魂の群れは、人間本来の仕合わせや心のあり方を、沈黙という言葉で問いかけている」と江成は言う。

軍部の作り上げた巨大な虚構。それはまさに「疾走する狂信」だった。江成はそんなことをつぶやきながらカメラを向け続けたに違いない。今月は、その「真珠湾奇襲」から70年目である。

（11年12月19日号掲載）

えなり・つねお　1936年、神奈川県生まれ。写真家。写真集『花嫁のアメリカ』（木村伊兵衛写真賞）、『まぼろし国・満州』（毎日芸術賞）など。

火野葦平ら『戦争×文学』

「戦場」も時代の延長

次々とくり広げられる、目を背けたくなるような人間の醜悪な蛮行。その陰で、時に静かなる品性も描かれている。戦争とは一体何なんだろうか。こんな大きな問いに答えようとするのが『コレクション戦争×文学』（全20巻、別巻1、集英社）だ。私がたどり着いた感慨は、「戦場」も時代の成熟度の延長線上にあるのではなかろうか、ということだ。

まず手にしたのは、第8巻『アジア太平洋戦争』だ。本書で取り上げた吉田満「戦艦大和ノ最期」や大城立裕《おおしろたつひろ》「亀甲墓」、三島由紀夫《みしまゆきお》「英霊の声」、それにふだんあまりお目にかかれない中短編など総計20編からなっている。

まず、これは高村光太郎《たかむらこうたろう》の「十二月八日の記」から。ハワイ真珠湾襲撃にはじまる太平洋戦争開戦の日――。

「私は不覚にも落涙した。国運を双肩に担った海軍将兵のそれまでの決意と労苦とを思った時には悲壮な感動で身ぶるいが出たが、ひるがえってこの捷報《しょうほう》を聴かせたもうた時の陛下のみこころを恐察し奉った刹那《せつな》、胸がこみ上げて来て我にもあらず涙が流れた」。後知恵で振り返ると、ここには理性より、情緒過多をみる。〝宗教国家〟さながらの日本だったことをうかがわせる。

上村暁の短編「歴史の日」でも開戦の日を、「なんだかカラッとした気分で、誰彼なしにお饒舌りがしたくてならなかった」と書く。開戦は、軍部の独走というより、時代の空気が後押ししたとさえ思えてくる。

この2作品は、戦時下で発表されたものだ。大半が戦後の作品のなかにあって、時代の空気を直に伝えている。

興味を引いたのは火野葦平の戦後の作品「異民族」だ。無謀な作戦だったといわれるインド国境インパール攻略作戦の最前線が舞台。ビルマ（現ミャンマー）側の国境の村に入った一隊。村長は、隊長を「知事閣下」と恭《うやうや》しくよんで迎える。隊長は村の青年を、イギリス軍に通じたとして見せしめに銃殺する。特に証拠があったわけではない。少数民族の現地兵を訓練して遠征するものの、再びこの村に立ち寄ることになる。が、地雷を仕掛けた村人の総攻撃にあって壊滅する。火野は「国境の民族たるチン人の協力も裏切も、思想とはなんの関係もない。（中略）暴力の脅威のまえに、弱小民族がつねにいだかなければならなかったエゴイズムの悲しさと、正直さとが、そこにあっただけだ。彼らには、勝利も敗北もないのである」と書く。

火野が兵隊作家ともてはやされた戦中の数多の作品とは、どこかが違う。戦争への接し方が変わっているのである。この作品には、軍隊を見つめる冷めた目がある。火野が戦後に手のひらを返したわけではない。戦中の作品も戦場のむなしさを読み取れる質は備えていた。だが火野は、死地に赴く兵の運命に対して、戦場になにがしかの価値を見出そうとする気持ちを自《みずか》ら奮い立たせていた。戦争の結末を知った戦後は、もうそのような細工は要らなくなったのだ。

と、ここまで考えて火野が戦中になぜそうできなかったかを問うてみる。いうまでもなく、軍部の検閲と監視の目であろう。石川達三《いしかわたつぞう》は「生きている兵隊」で、日本兵による中国娘の殺害をリアルに描き、「反軍的内容だ」として発売禁止と刑事罰を科されている。戦争文学は戦争の最中に書かれた作品なのか、戦後の批判精神で振り返った作品なのかの違いは大きい。

野間宏《のまひろし》「バターン白昼の戦」は、フィリピン・ルソン島の戦場バターンで、米兵と対峙《たいじ》している1日を初年兵の目から描いている。戦場でも変わらない四年兵、三年兵の嵩《かさ》にかかった初年兵いじめ。閉鎖社会、排除社会の投影をみる思いだ。

中山義秀《なかやまぎしゅう》「テニヤンの末日」は、サイパン島の南隣、米軍の艦砲射撃で壊滅したテニアン島の将兵らの末期のありさまを描く。語り部は、守備隊の軍医として赴いた大尉。兵士たちは、米軍の物量の前に無抵抗で逃げまどう。ヒトは追い詰められたときにどうなるのか。軍医たちは何の希望もないまま、淡々と死力を尽くす。それでも行き着く先には死が待っている。

軍隊の事大主義、絶対服従、身分社会的な差別、アジア人への蔑視と蛮行……。近代国家とはとうていいえない封建的な思考がどっと噴出している。極限状況のなかで、背伸びした時代相が露わになっているのだ。「戦場」が特殊な場所なのではなく、時代相がそこになだれ込んだにすぎないことを思い知らされる。

（12年2月27日号掲載）

ひの・あしへい　1907〜60年。北九州市生まれ。戦地で芥川賞を授与され、それを契機に軍報道部に移り、バターン作戦、インパール作戦に従軍、国民的人気作家に。服毒自殺。

5　被爆体験の凝視

峠三吉『原爆詩集』

怒りが導いた反核

これほど怒りを直接にぶつけながら、平明で共感をよぶ詩も珍しい。峠三吉の詩集『原爆詩集』（52年刊）の巻頭の詩である。題名は「序」と付いている。

ちちをかえせ　ははをかえせ
としよりをかえせ
こどもをかえせ

わたしをかえせ　わたしにつながる
にんげんをかえせ

にんげんの　にんげんのよのあるかぎり
くずれぬへいわを
へいわをかえせ

これが全文である。峠三吉は、爆心地から3キロ弱の広島市東部、翠町の自宅で被爆した。家は天井が抜けたが、ガラス片でけがをしただけで無事だった。近所の人を探して、近くの傷病者収容所になっていた広島陸軍被服廠《ひふくしょう》を訪ねて地獄絵図を見たのだ。

詩「8月6日」ではこの模様を克明に描く。

「兵器廠の床の糞尿《ふんにょう》のうえに／のがれ横たわった女学生らの／太鼓腹の、片目つぶれの、半身あかむけの、丸坊主の／誰がたれとも分からぬ一群の上に朝日がさせば／すでに動くものもなく／異臭のよどんだなかで／金ダライにとぶ蠅の羽音だけ」「帰らなかった妻や子のしろい眼窩《がんか》が／俺たちの心魂をたち割って／込めたねがいを／忘れえようか！」と。

爆心地から2キロ内で被爆した原民喜の詩「原爆小景」でも、ここまで無惨さを執拗《しつよう》に凝視した場面は出てこない。この体験が峠三吉の怒りの原点となっていると思える。

ところで、被爆都市・広島ではいま、あらゆる機会に核兵器廃絶の訴えを世界に発信しようとしている。世界中の核被爆者の参加を求めた国際会議をめざし、オバマ米大統領の被爆地訪問の誘いを続けている。だが、広島で平和集会さえ禁止された過去の歴史があったことは想像がつくまい。それは1950年。6月に朝鮮戦争が勃発し、米国が朝鮮半島爆撃の前戦基地として、日本を位置づけた年。爆心地の平和記念公園での8・6平和集会が禁止され、公園への道路は警官が縄を張って止めたのだ。

それまで、どちらかというと抒情《じょじょう》詩を書いていた峠三吉が、真正面から挑戦的な原爆詩を書くようになったのはこのころからだ。

「一九五〇年八月六日」では、「平和を愛するあなたの方へ／平和をねがうわたしの方へ／警官をかけよらせながら、／ビラは降る／ビラはふる」と、描写する。

「ちいさい子」では、「狂い死なせたあの戦争が／どのようにして（中略）／父さんを奪ったか／母さんを奪ったか／ほんとうのことをいってやる／いってやる！」

これらの詩を集めて500部を謄写版印刷したのが『原爆詩集』の原型である。51年の8・6平和大会に捧げ、ベルリン世界青年学生平和祭に送り、原爆の無惨をアピールした。翌年、「その日はいつか」など4編を追加して現在の詩集となった。

「その日はいつか」では、家事を片づけ、動員で工場に向かう1人の少女の爆死を追っている。「スカート風のもんぺのうしろだけが／すっぽり焼けぬけ／尻がまるく現れ／死のくるしみが押し出した少しの便が／ひからびてついていて／影一つないまひるの日ざしが照り出している」と歌う。だが、詩はここで終わらない。

「見たものの眼に灼《や》きついて時と共に鮮やかに／心に沁みる屈辱、／それはもう君をはなれて／日本人ぜんたいに刻みこまれた屈辱だ！」と。さらに「平和をのぞむ民族の怒りとなって／爆発する日が来る」と展開する。詩集は、原民喜の「原爆小景」に見られる、怒りを内に秘めた静かな観察者の目と対照をなしている。

こうして平和運動の活動に突き進み、時に詩の感動が活動の盛衰に左右されることにもなる。だが、峠三吉は、長年の肺の病気で2年後、無念の死をとげた。36歳だった。本人の原爆反対運動の期間は短かった。

残った1冊の詩集が、死後も人々の原爆阻止の意識を確かなものにした。『原爆詩集』はいまも、被爆の原点に立ち返らせる力をもっている。

原爆は人間性を否定する最悪の武器であり、一方で反原爆は「解放」への叫びとなる。

（12年7月16日号掲載）

とうげ・さんきち　1917～53年。大阪府豊中市生まれ。父祖の地、広島に戻り小学校入学、県立広島商業学校卒。肺葉摘出手術中に死亡。

正田篠枝　原爆歌集『さんげ』

原爆の記憶を絶やすまい

大き骨は　先生ならむ　そのそばに　小さきあたまの　骨あつまれり

これは、あの広島・原爆の日、爆心地近くの小学校に残された光景を歌ったものである。一瞬の出来事とはいえ、子どもたちが先生に寄せる気持ちと、どうすることもできなかった先生の無念さが胸を打つ。

先ごろ、福島原発事故について「死者が出ている状況ではない」と言ってのけた政権党要職の代議士がいた。被災地での人々のうめきになんと無関心なことか。原爆についても、「過去のこと」と言いかねない。核廃絶の市民の願いを尻目に、政府は今年4月、核不拡散条約の再検討会議に関して「核の不使用」の共同声明の署名を見送った。米国に依存する〝核の傘〟との不整合が理由だ。いま一度、原爆被爆の記憶に立ち返りたい。

広島の被爆の日「8月6日」を控え、取り上げるのは広島文学資料保全の会編の『さんげ――原爆歌人正田篠枝の愛と孤独』（社会思想社、95年刊）。

正田篠枝の原爆歌集『さんげ』は47年10月、被爆の直後を歌った100首を集めて出版された。原爆を描いた詩歌としては、栗原貞子《くりはらさだこ》の詩歌集『黒い卵』（46年8月）などに続く、きわだって早い時期の歌集出版だった。記憶の生々しさが迫る。

ピカッドン　一瞬の寂《せき》　目をあければ　修羅場と化して　凄惨のうめき
目の前を　なにの実態か　黄煙が　クルクルクルと　急速に過ぎる

あの朝、爆心地から1・7キロ離れた自宅は壊れ、2階が落ちた。会社経営の父親と自分は無事だった。一人息子は学童疎開中だった。

蒼白の　娘の顔が　眼のさきに　母さんと叫ぶ　鼓膜をつきて
奥さん奥さんと　頼り来れる　全身火傷や　肉赤く　石榴《ざくろ》と裂けし人体

当時、40万人と推定された市の中心地は焼け野原となった。篠枝は近所の人らといち早く船で郊外に避難した。

目玉飛びでて　盲目《めしい》となりし　学童は　かさなり死にぬ　橋のたもとに
石炭にあらず　黒焦げの　人間なり　うづとつみあげ　トラック過ぎぬ

米軍のＧＨＱ（連合国軍総司令部）の進出と同時にプレスコード（報道規制）がひかれ、原爆を書くと「見つかって死刑になる」「沖縄に連行されて強制労働」と噂《うわさ》が流れた。篠枝は覚悟のうえ、市内で唯一焼け残った刑務所の印刷所で１５０部刷った。ＧＨＱには届けない秘密出版として親しい人に手渡した。

歌は、敗戦の秋から詠み、近しい歌の師に見せたら「短歌ではない」と言われ、46年夏、もう一人の師の「不死鳥」主宰者・杉浦翠子《すぎうらすいこ》を長野に訪ねた。「すごい」と8月の号に「噫！原子爆弾」39首として掲載された。家族を失った義兄らからの伝聞をもとにした短歌も多い。これをさらに推敲し、書き足したのだ。

息をして　命はあれど　傷口に　蛆虫《うじむし》わきて　這《は》ひまわり居り
七人の子と　夫とを　焔火《えんか》の下に　置きて逃げ来し女　うつけとなりぬ
まざまざと　滅亡《ほろ》ぶる世界と　みさだめたり　悠遠の真理　したはしきかな

篠枝自身は、反核運動に身を入れる。栗原貞子たちと「原水禁広島母の会」の発起人になる。が、63年9月、九州大学病院で、「原爆症からの乳がんです。来春までの命」と告知される。死を見つめ揺れる心の歌へと歌い継ぐ。30万人の魂を鎮めようと、「南無阿弥陀仏」と仏の名を書く名号《みょうごう》書きを決意して日課として書き、30万の名号を果たす。亡くなったのは告知後1年10カ月。54歳だった。

わたくしが　救われてこそ　三十万の　爆死のかたが　犬死にならず

わがいのち　終わりのときの　呻吟を　思いついまは　癒《い》え祈るうめき

短歌集『さんげ』の末尾はこう結んでいる。

武器持たぬ　我等国民《くにたみ》　大懺悔の　心を持して　深信に生きむ

歌集は、正田篠枝一人の死の証言ではない。おびただしい原爆被災者のうめきの人生図でもある。

（13年7月15日号掲載）

しょうだ・しのえ　1910〜65年。広島県江田島市生まれ。『耳鳴り——被爆歌人の手記』。死後、『百日紅——耳鳴り以後』。

井伏鱒二『黒い雨』

極限での人間性を凝視

福島の原発事故による放射能汚染で、広島、長崎の原爆の〝黒い雨〟にともなう内部被曝《ひばく》が、にわかに関心を集めている。しかし、被爆67年たったいまもなお原爆症認定をめぐる訴訟が続いているのである。国側の厚生労働省が各裁判で敗訴を重ねながらも、かたくなに認定基準を守株《しゅしゅ》しているからだ。ちょうど、井伏鱒二の小説『黒い雨』が描く傲岸な軍人が、この国側の姿勢と重なる。新型爆弾がもたらした黒い雨の下でなにが営まれていたのか、もう一度、本をひもといてみる。

『黒い雨』は、文芸誌『新潮』に連載された作品を66年に刊行、原爆文学の白眉と高く評価された。主人公の閑間《しずま》重松は妻と姪《めい》の3人で戦後、広島県福山の北、小畠村《こばたけむら》（現・神石高原町小畠）に引き揚げている。被爆から4、5年がたったころ、姪が被爆者だという噂のため姪の縁談が進まない。原爆投下時には姪は広島郊外の工場に勤務していて広島市内にはいなかったことを証明するために、広島市内での被爆前後の自分と姪の日記を公開することを思い立ち、何日もかけて日記を清書していくという構成になっている。

その日記をとおして原爆被爆の惨事と、そんななかにも繰り返される日常が丁寧に描かれていく。井伏鱒二自身は当時、福山の郷里に疎開していて被爆者ではない。被爆者である原民喜の『夏の花』や大《おお》田洋子《たようこ》の『屍の街』の迫真性とはまた違って、第三者として多くのエピソードを交えて被爆のなかの日常を点検している。特徴的なのは、非常時でも失われていない人間の品性をさりげなく描いていることだ。

たとえば、小畠村から来た救護班が民家に飛び込み、罹災者の収容所にしたいからと申し出たら、奥さんが「まるで待っていたように」承諾した一家のことが書かれている。1階の4部屋全部を提供し、自分らは台所で寝て、嫌な顔を見せたことは一度もない。麦茶を出すときは、慇懃《いんぎん》でもなくお粗末でもない所作だったという。「顔はちらりと見た。その顔に相応《ふさ》わしい程のよい後姿はゆっくり見た」と、井伏文学にしては最大級の賛辞を送っている。

そんななか、重松が再三陳情に訪れる陸軍被服支廠の軍人は、非常時中の超非常時なのに、「管轄外だ」「会議を開いて検討せんければならん」とぬらりくらりするばかり。重松は、「あほらしい」とあきらめ顔となる。一方、軍医予備員の訓練では、陸軍中佐が「軍隊では貴様たちの知識は全然通用しない。貴様たちの頭の中は馬糞同様で軍人精神は蚤《のみ》の糞ほどもない」と傍若無人に訓示する。

また、こんな挿話も挟んでいる。山口から広島へ向かう混雑した列車の中で、1人の陸軍中尉が長靴を脱いで座席に寝そべっていた。「横暴の観が際立っていたが、誰もそれを咎《とが》める者はいなかった。検札に来た車掌も見て見ぬふり」だった。ただ、乗客の1人が、軍人の長靴に握り飯を半分ずつ放り込んで、何食わぬ顔で下車していった、と溜飲《りゅういん》を下げている。

『黒い雨』は、重松静馬という実在の人の日記をもとに書かれている。小説では、日記を筆写している時点で、姪に急に原爆病が出て瀕死の状態になる。姪は、郊外で「万年筆ぐらいな太さの棒のような」黒い雨に遭っていたのである。善良で控え目な姪が、初期症状を閑間夫婦に隠して、ひとり治療を手探りし病状は取り返しのつかないところまできているのだった。いたましいかぎりである。思えば、この小説にはおびただしい死と苦悩が塗り込められている。

広島市の統計では当時の人口は、市民や軍人約35万人。半数近い14万人がその年の年末までに亡くなったと推計している。また、爆心地から3キロ以内は電柱、木材が黒こげになり、3・5キロ離れたところでも素肌の部分は火傷したという。大量の放射線が人体の奥深く入り、細胞を破壊し血液を変質させたので、外傷がまったくない人もその後に発病し、死亡した。

国は、広島市の爆心地を中心に北方向に長く延びた地域を黒い雨の「大雨地域」として、無料の定期検診や援護を受けられる指定地域としている。が、近年、広島県、広島市は降雨の範囲を市のほぼ全域と周辺市町に及ぶ「推定降雨域」に広げるように国に申し入れているが、認定は進んでいない。見た目にはわからないためにぶらぶら病ともいわれ、疲労感の募る原爆症状のつらさは、共有する意思がないかぎり想像できないだろう。『黒い雨』は、正常心を共有する庶民の、切なさを静かに伝えている。

（12年8月20日号掲載）

いぶせ・ますじ　1898〜1993年。広島県福山市生まれ。早大文学部仏文学科中退。「山椒魚」「花の町」「遙拝隊長」など。66年、文化勲章受章。

青来有一『爆心』

原爆文学に被爆2世の眼

芥川賞作家、青来有一は、原爆投下を受けた長崎市の爆心地付近、浦上《うらかみ》天主堂近くに育った被爆2世だ。原爆ととりくんだ短編集『爆心』（06年刊、文藝春秋）を、世に問うている。

その彼が、西日本新聞の取材にこうこたえている。「既成のイメージを引き受けた上で、それを逆転する、ゆがめるといった試みがないと、長崎を書いたことにならないのではないか」と。この場合の長崎は、被爆地をあらわすナガサキである。こうも続けている。

「長崎で書き続ける者には、原爆を書くのは使命ではないかと思う一方、それを切実なテーマとして書く方法がわからない」

被爆六十余年をへた今、原爆を書く意味とむずかしさを、的確に言い当てていることに興味をそそられた。『爆心』は、長崎で繰り広げられる日常の出来事を扱った6編の作品からなっている。ちなみにタイトルは「釘」「石」「虫」「密」「貝」「鳥」である。「爆心」という作品があるわけではない。しかし、どの作品も「浦上堂」を見渡せる場所で展開するのだ。被爆を意識した連作であることがわかる。それぞれは、まったく別個の物語で、原爆は真正面に据えられているわけではない。また、それぞれが少しずつ、いわゆる日常からズレている。

「鳥」についてふれてみる。「私」は、同い年の妻と、養父母の残した一戸建ちの家で平穏に暮らしている。妻はしばしば家のなかで異様な音がすると不安を訴えるが、音の正体はわからない。「私」は被爆のとき、浦上で拾われ「父母不明」のまま養父母に大事に育てられたが、「過去がない」ようでどこか落ち着かない。養母が白鷺《しらさぎ》をさして「あんたの守り神」といったことがある。私の無事を確認に来た本当の母の化身だというのだ。

ある夜、屋根で音が続き、翌朝、釣り糸にからめられ、雨樋《あまどい》からぶら下がっている白鷺が見つかった。「つらかっただろう」と、鳥の成仏を祈って埋める。その午後、家が「肌にしっくりなじんできた感じ」になった。そして、「被爆時に零歳だった私の被爆経験のすべてがそこに埋められている」と思うのだった。

筋だけしか紹介しきれないが、作品にはこの筋とは無関係な日常の茶飯事や葛藤がこまごまと書き込まれている。だから人によっては、この筋とは別な読み方をするだろう。そんななか、「守り神」といった、因果関係をこえた世俗の信仰が登場する。いや、それによって自分を納得させ、癒されていることに注目したい。

「貝」では、４歳の娘を亡くした「ぼく」の枕元に毎朝、海が押し寄せるのだ。娘が、転がっている貝殻で遊んでいたりする。ある朝、ゴミ出しで会う、気むずかしそうな「おじさん」の亡くなった妹も、「海が押し寄せてくる」と言っていたことを知る。そして、いろいろないきさつがあり、「ぼく」は、海は妄想ではなく、人々がもつ共同の記憶の底に残っている痕跡ではないかと思うようになるのだ。

原爆文学はまず、被爆体験のなかから原民喜、大田洋子、栗原貞子、林京子《はやしきょうこ》らによって、使命感のような切実さで、鮮烈に描き出された。ついで、被爆体験のない大江《おおえ》健三郎《けんざぶろう》、井伏鱒二、小田実《おだまこと》らによって対象化されてきたと思う。しかし、それで語りつくされたわけではない。いまも被爆者の原爆症認定を求める訴えがあとをたたず、救済されないため裁判が続く現実がある。一方、いまなお口を閉ざす人がある。これら多数派の人々のなかに、被爆は痣《あざ》のように沈黙のままわだかまっている。

青来有一の描く原爆は、この静かなわだかまりを言い立てるのではなく、そっと寄り添っているような気配を感じる。作品にあらわれる原爆体験は、日常の茶飯事のなかにちらり、ちらりと顔を出すだけだが、身体に深く食い込んでいることを悟らせる。

この細い線画は、書き重ねることで、輪郭がはっきりする性質のように思える。線画の集積が、「解放」の方向性を指し示すことになるはずだ。

（08年7月14日号掲載）

せいらい・ゆういち　1958年、長崎市生まれ。長崎大卒。「ジェロニモの十字架」で95年に文学界新人賞、「聖水」で01年に芥川賞。ほかに『月夜見の島』など。

中沢啓治『はだしのゲン』
執拗に訴える被爆体験

漫画を、この文学コーナーで取り上げるかどうかで迷ったが、どうしても気になるので、取り上げる。中沢啓治の『はだしのゲン』（汐文社、全10巻＝第1部）である。出版後20年余り経っているにもかかわらず、アニメやテレビのドラマ化が進むだけでなく、海外にも飛び出している。

これは、作者・中沢が6歳のとき、広島市の中心にほど近い中区舟入本町で被爆し、父親、姉、弟を失った実体験を元にしている。原爆の威力のすさまじさと戦後の混乱期を、孤児同然に生きのびる姿を劇画タッチで描いたものだ。１９７３年から週刊『少年ジャンプ』に連載された。

物語は戦時下から始まる。主人公の少年「中岡元《げん》」の父親は、下駄の絵付け職人だが、竹やり訓練のバカバカしさを公然と批判して町内から「非国民」とののしられ、警察にも連行される。しかし、頑として「戦争はわしらを不幸にするばかり」と言って翻さない。実際には、市井でこのように抵抗を続け得た人はごく稀《まれ》だったと思うが、漫画でストレートに描かれると考えさせられる。漫画ならではの誇張がかえって、真実をえぐるようだ。その父親も爆風で倒壊した家の下敷きになり、迫り来る火には無力だった。

第2巻からは、原爆投下直後の広島の惨状が、これでもかこれでもかと描かれている。

絵を見て、原爆のトラウマになる子もあると言われるのに対し中沢は、「トラウマを植え付け、原爆に対する嫌悪感を持ってくれればいい」との見方だ。

悲惨のやりきれなさを吹っ飛ばすのが、ゲンの胸のすくような腕白である。いや、親思い、友だち思いに端を発する腕白である。世間が浮浪者に手を焼くとき、ゲンは同世代の浮浪者の側で行動をしていくのだ。

やがて、母親が被爆の後遺症で死に、ゲンは仲間と自力で生きていく。人助けや喧嘩《けんか》を繰り返しながら。

物語は、早くからアニメになっただけでなく、ミュージカル公演も続けられている。海外にも進出し、一昨年と昨年、東京外大生がウルドゥ語で劇にして核開発を競うインド、パキスタンで公演し、「核の悲惨を伝えに来た」と注目された。今年はインドで再演した。韓国では全10巻が刊行されていて、学校や図書館に備えられているという。ソウルの市民団体による「はだしのゲン」感想文コンクールもある。今年は8月に、地元のテレビ新広島が俳優・中井《なかい》貴一《きいち》らでドラマ化、放映する。

なぜこうも注目されるのだろうか。被爆を扱っているというだけでは回答にならないだろう。ゲンの腕白ぶりは相当なもので、時に羽目を外してきわどい。が、ゲンへの反発は起こらない。ゲンが、「非道」なものに立ち向かう敢然とした姿、生き抜くためには物乞いも喧嘩も辞さないたくましさ。読む者にも、そのような衝動が潜んでいて共感するのだろう。

欲望丸出しの戦後の誇張された社会・風俗の描写も見逃せない。

物語の全10巻は、一貫して被爆から離れない。波乱の多い人物が次々と登場するが、その人たちがひそかに原爆症に悩んでいることも特徴だ。

広島約40万人、長崎約30万人といわれる被爆者。生き残った者にも、ジワジワと襲ってくる発病の恐怖。陰にこもらざるを得ない悲しみを、爆発するような怒りに託し、外にはき出すゲンのバイタリティが大きな魅力だ。文字ではこのカタルシスは描けない。漫画ならではの力だ。

第2部は、中沢の健康上の理由で構想のまま進んでいない。

（07年7月9日号掲載）

なかざわ・けいじ　1939～2012年。広島市生まれ。手塚治虫の漫画に感動して漫画家になろうと上京。『はだしのゲン』は他にも各出版社から刊行。

長津功三良　原爆詩集『影たちの葬列』

記憶の風化に抗う志

原爆を真正面にとらえた詩集『影たちの葬列』（03年刊、幻棲舎）の冒頭の詩に、こんな一節がある。

ひろしまでは　いまでも
薄くなりかけた　影たちの
静かな
葬列が　続いている

これを前後からはさんで、原爆投下を記すつぎの詩片が置かれている。

午後二時五八分　エノラ・ゲイ号は　テニアン島北飛行場に　帰投した
指揮官チベッツ大佐には　戦略空軍総司令官スパッツ将軍により
栄誉十字章が　かけられ　他の者は　銀星章が　授与された
夕方から　盛大な祝賀パーティが開かれ　多くの者が　酔い潰れた

そして、影たちの葬列の詩句の後に、「トルーマン大統領は　戦争終結のために投下命令を下したとし／終生　そのことによって　夜　眠れない　などということは／なかった　そうな」となっている。

広島市の1万メートルの上空と地上という同じ時空で、まるで違う時間が流れ続けている。上空では栄光と讃辞の美酒が、地上では世界中の誰も想像できなかった惨事が繰り広げられた。長津の詩はこの対比を凝視している。

長津は、広島市内の千田町《せんだまち》に生まれ、市街地を転々とし、戦時下には爆心地近くの東白島《ひがしはくしま》に住んでいた。だが、44年6月に山口県の山村に縁故疎開していて、被爆はまぬがれたのだった。

8月末から9月初め母親と広島に入り、焼け落ちた家の跡に呆然《ぼうぜん》とたたずむ。国民学校5年生だった。戦後は被爆者のバラックの街、基町《もとまち》に引っ越し、間近に原爆ドームを見ながら中学、高校時代を過ごす。よどんだ川に、かつて緑の清流だった川床がいつもダブった。

59年に出した第1詩集『白い壁の中で』では、「俺の生まれた家の記憶、隣家の可愛い少女の記憶。それらはすでに辿るべき形態《すがた》の破片《かけら》すらも無く、たゞ足下に満潮の川があるばかり」と描く。

だが、原爆と真正面から渡り合うにはさらに半世紀近くの時間が要った。原爆は、被爆者でなければ描けないと思っていた。疎開で生き残ったことへの申し訳なさが付きまとった。どうすればいいのか。

「ひろしまは　変わったか」と問いかける詩がある。そこに回答が用意されているように思える。

影たちの　傷の痛み

生き残ったものの
心の中の　廃墟となった遺跡
きみよ　忘れないでくれ
ひとひらの　重い思念の塊を　語り継いでくれ
ひろしまを　風化させないでくれ

なぜなら、「掘り返し／建て替えても／記憶　という／昼間も　暗い／場所が　ある」からだ。原爆の記憶は、禍々《まがまが》しいだけだ。だが、「影たち」の痛みがつもり重なっている。目をそむけることができないのだ。

緑の多い政令都市に変わった広島。それでも、長津の記憶の広島はやっぱり、「変わらない／変えられない」のだ。

広島には、被爆の惨事を伝える多くの優れた詩が紡ぎ出されてきた。だが、長津が試みるのは、原爆投下の立体像である。米軍の行動を同時並行に見定め、被爆時の広島をドキュメンタリーのように描こうとする。それによって、人間の野心の産物、原爆を再び白日下に引きずり出し、「影たち」を可視化することに成功した。

長津の原体験をよりどころにした、風化に抗《あらが》う志は、もっと注目されるべきだ。（06年8月7日号掲載）

ながつ・こうざぶろう　１９３４年、広島市生まれ。元銀行員。94年の『影まつり』いらい、原爆をテーマにした詩集ばかり計４冊。詩誌「竜骨」などに所属。被爆の作家・原民喜を顕彰する広島花幻忌の会世話人。

原爆の子 きょう竹会編『「原爆の子」その後』

記憶が醸す反原爆

被爆70年を控え、被爆体験に関心が高まっている。〝生き証人〟が途絶えるとの危機感があり、広島では若者が語り部のバトンを引き継ぐと名乗り出るなど頼もしい。被爆の記憶とは、個人のなかでどのように発酵しているのだろうか。原爆の子 きょう竹《ちく》会編・改訂版『「原爆の子」その後』（本の泉社、13年刊）がその参考になる。

『原爆の子』というのは、被爆から6年たった1951年、教師だった長《おさ》田《だ》新《あらた》の求めに児童、生徒たちが寄せた被爆体験のうち、105人の手記が岩波書店から出版されたものだ。評判をよび、外国語に翻訳され、新藤《しんどう》兼《かね》人《と》監督で映画にもなった。さらに99年、被爆体験の「その後」について生存者たち33人が手記を寄せたのが自費出版の『「原爆の子」その後』だった。改訂版ではあらたに4人が加わった。副題を「『原爆の子』執筆者の半世紀」としている。

手記は、現在の日常をさりげなく書いたものも多く、『原爆の子』とあわせて読まなければ十分には理解がとどかない。だが、あの記憶がその後の人生に、トラウマのように居座っている人、まだ話せない人、慎ましい人生観にたどり着いた人と、大きな影響を与えていることが読みとれる。

小学3年生で被爆した「有重舜年」さんは、いま自分の2人の娘には「シンプルな生活、ささやかな幸せが最上なのです。大きな幸福を求めるその心が、際限のない欲望を生んでいく」「『みんなと一緒だから楽しい……』と感ずるような人になって貰いたい」と語りかけている。

有重さんは、爆心地から2キロの自宅で被爆し、気絶して家の下敷きになっているところを母親の呼び声で覚め、抜け出した。黒い雨の中を逃げた。母親は間もなく死に、姉も10日後に死んだのだった(『原爆の子』から)。

「『武器を持つものは、武器によって滅ぶ』は歴史の証明するところです。消極的に見えるかもしれませんが、この憲法(日本国憲法)を守るということが、平和の為の人類の幸福の為の力になるのだと改めて思い、かみしめました」と、しめくくっている。

「尾関和子」さんは小学3年のとき、集団疎開先の広島郊外で原爆にあい、広島市内に残っていた姉を失った。生きのびた母親はいま、物忘れが激しくて何を話しても「うん」と言うだけ。だが、ある日、姉のことを話していると突然、「熱かったろう」などと次々と言葉を発した。「考えてみれば、母に昔のことを話すということは、辛いことばかり、悲しいことばかり思い出させるということのようです。日に何度も何度も、仏壇の前にうずくまっていた母の祈りは何なのでしょうか」

あの日、姉は行方不明となり母と父は数日間、狂ったように姉の名を叫んで歩き、水槽の陰に洋服と水筒を見つけたのだ(『原爆の子』より)。

「私は世の中のどんな立派な人よりもこの母を尊敬し、誇りに思っています」と結ぶ。

小学校3年のとき、2キロ以内の自宅で被爆した「早志百合子」さんは、「原爆によって、すべてを失い、それまでの豊かだった生活が一変し、それからの数年間の、苦しく、つらく、悔しい生活は、今でも思い出したくないし、書くことも話すこともまだできません」と記す。

あの瞬間、家は全壊し、気がついたら真っ暗ななかでタンスの下敷きになって怖ろしさで震えていた。避難する道すがら、ガラス片で血まみれになって助けを求める人、呻《うめ》く人、死体の山などをみた。母親は、被爆から20年以上たって原爆症の甲状腺がんで7回の大手術をした。自身も乳がんや心臓発作に苛《さいな》まれた。

「いまだに、心と体に深い傷と不安をかかえながら生きていかねばならない、残り少ない私たちが、再びあやまちを繰り返さないために、今こそ、世界中に語り伝えていく使命があるのではないかと思っています」と訴えている。

原爆の恐怖と悲惨、その後のつらい生活は、やはり体験者でなければわからないだろう。だが、体験は生々しく語られたり、記録されることで、体験の一部は鮮烈に人の心に移り住むだろう。

先ごろ、原発事故の福島で、汚染土を保管する中間貯蔵施設の設置の交渉にともない、「最後は金目でしょ」と発言するなど補償金にしか目が向かず、被曝地の人々を怒らせた自民党の環境大臣がいた。それまでの住民説明会には一度も顔を出していなかった。このように、実体験から遠のくと、被災者の苦しみが置き去りにされるのだ。


（14年7月14日号掲載）

原爆の子　きょう竹会　72年、『原爆の子』執筆者たちが再会し親睦会として結成。90年、メンバーに手記をよびかけ99年、『「原爆の子」その後』を出版。

小田実『ＨＩＲＯＳＨＩＭＡ』

核状況への多元的な視野

新潟県中越沖地震という大震災がまた襲ってきた。救援活動が活発なのが、せめてもの救いだ。阪神淡路大震災（95年）の後、２年半がかりのねばり強い市民運動でかちとった市民立法である被災者支援法の成果を思う。その先頭に立ったのが作家・小田実だ。市民運動の実績と鋭い評論から市民運動家、思想家として見られがちだが、本分は作家だ。自身が「私は本質的に作家だ」と強調している。日本には珍しい行動する作家なのである。

太平洋戦争と広島の被爆を描いた長編小説に『ＨＩＲＯＳＨＩＭＡ』（81年、講談社）がある。この作品は、第三世界のノーベル賞といわれるロータス賞を受け、『ＴＨＥ ＢＯＭＢ』の題名で世界各国語に翻訳されている。

なぜ注目するかというと、原子爆弾を被爆地日本からだけでなく、投下する側からも眺めるという従来とはちがった視点があるからだ。そのうえで、原爆の広島投下とその後について、普通の人々の日常を描き込んでいる。

反戦の市民運動を海外の市民との連携で考えようと、しばしば海外に出かける行動派としては当然に行き着くテーマともいえる。構成は実験的で、相当に複雑である。

小説は、米国の核実験地のニューメキシコ州を思わせる地から始まる。その「白色砂地」はもともと「インディアン」の居住地。そこには、武器をとっていくさをしてはならないとの掟をもつインディアンが住んでいる。あのころ、そばの1500人の小さな町にも、「不意打ちの卑怯《ひきょう》なジャップ」をたたきつぶすための徴兵制が押し寄せてくる。日本人は収容所へ。米国人の若者たちは、サイパンなど島伝いに日本へ出撃する。

一方、日本では、広島の郊外に帰国した米国2世の少年が、「アメリカ・スパイ」とののしられ、「非国民」あつかいされる。

あの日、原爆はそれらをひとしなみに破壊してしまう。一転して戦後、米国の慈善病院の病室。原野での原爆実験で被災したインディアンの少年と傷痍軍人ら。寓意《ぐうい》に充ちた会話が繰り広げられる。

気づかされることは多い。原爆は、投下するまでにも道のりがある。ウラン採掘による放射能被災など、そこにもさまざまな無告の被害者がいることだ。核の状況は、広島への投下から発生するのではなく、実験成功の日、1945年7月を振り返る視線。小説では、少年がこの閃光《せんこう》で盲目になり、予言的な言葉を蓄える。

原爆投下を「しょうがない」（久間《きゅうま》元防衛大臣）などと言っていたのでは、現代の核状況の危機の深層には到底届かないことを痛感させられる。国境をひょいひょいと越える行動派の洞察は重い。

ほかにも『ガ島』『海暝』『ベトナムから遠く離れて』『大阪シンフォニー』『玉砕』など戦争を扱った作品が多い。戦争をどのようにとらえれば風化や軽視を超えて、向き合えるかと問い続けているように思える。彼は、末期の胃がんとの闘病を押して、「戦争のない国へ」と発言を投げかけた。

曰《いわ》く――

「戦争が起こると、小さな人間が被害者になる。戦争に駆り出されると、殺される被害者になる一方で、殺す加害者にもなる。戦争をする限り、その関係は永遠に続きます」

「日本は戦後、豊かになった。軍需産業に依存しなくてもできると証明したのは人間史上初だよ。この中流の暮らしをちゃんと守ることが大事ですよ」

長年、国家と戦争を考え続けた作家がたどり着いた言葉である。肝に銘じたい。

◆小田実さんは、この07年7月30日、東京都内の病院で亡くなられました。

(07年8月13日号掲載)

おだ・まこと　1932〜2007年。大阪市生まれ。61年、『何でも見てやろう』でデビュー。「ベトナムに平和を！」市民連合代表など務める。小説『現代史(上下)』『民岩太閤記』、評論集『戦後を拓く思想』『世直しの倫理と論理』『難死の思想』など多数。

6　戦後思想の形成

大佛次郎『敗戦日記』
堅持した市民的良識

日本が敗戦に向けて走り始めたとき、作家・大佛次郎は敗色濃い44年9月から突如、日記を付け始めた。翌年、敗戦直後の9月までの1年間、自由日記2冊に毎日ほぼ1ページを埋めた。

タイトルは書かれていないが、巻頭の余白に「物価、と云っても主として闇値の変化を出来るだけくわしく書き留めておくこと」とあった。そのとおりに、煙草《タバコ》や米など身近な物価がそのつど、記録されている。作家仲間や新聞記者、軍人など交際が広く、人々が気軽に出入りしており、その人たちの戦時下の見聞を書き記している。死後、『大佛次郎　敗戦日記』（95年、草思社）として刊行された。

大佛は東大法学部の出身だが、一時、女学校教師や外務省条約局に携わるだけで、早くから文筆活動に入った。戦時下も絶えることなく新聞に小説を連載し、いわば時代の〝本流〟にいた作家といえる。だが、軍部の専横や、戦時の行方を見極めようとする目を手放さなかった。

日記を始めた翌日の9月11日。「ドイツが負けたらヒットラーは死ぬだろうか」と問いかけ、「ヒットラーの顔はほかの連中に比べまったく人工的である。TOJO（東条英機）の顔がこれに近い」とのべている。自由な精神の側に身を置こうとしているのがわかる。

「戦果のあった時だけ勝った勝ったでは戦争をしているとは云えない話だ」（45年正月13日）と、現実生活をふまえ軍部をチクリと批判する。批判はエスカレートしていく。

「人間が事情によって幾らでも悪くなる」と嘆き、あわせて軍部への罵倒が口をつく。「デタラメに戦争しいるなり」（7月29日）

「発表は依然として損害軽微を繰り返している。国民はつながれた山羊の如くおとなしくじっとしている」（7月31日）

「いやな話ばかりである。正直に生きていることに悔はない。餓死をしてもいいと思う。夫婦野たれ死にも結構である」（8月4日）

戦時窮乏下なのにしょっちゅうビールにありついており、恵まれているのは確かだが、自家では、「庭の胡瓜《きゅうり》も残りすくなくなった。午食は馬鈴薯《ばれいしょ》一本槍である。副食になるもの何もない」（8月5日）と、食糧危機の不安は抱いていた。

原爆投下の翌日7日には、「原子爆弾らしく一発二十万の死傷者をだした」とほぼ正確に知っている。つづけて、戦争に負けて軍人と「心中」する悔しさをぶっつけ、「この感慨だけでも方法を講じて後に残したく思う。知らないで死んだのではなく知りつつ已《や》むを得ず死んだのだということを」と結んでいる。

8月15日は、「未曾有《みぞう》の革命的事件」と断じている。戦後の記述も驚くような冷静さで成り行きを予測し、見守っている。

作家の敗戦日記は少なくない。高見順《たかみじゅん》の『敗戦日記』は、知識人のいらだちが読み取れる。中野《なかの》重治《しげはる》の『敗戦前日記』は、特高による思想監視の下。表面的には、木で鼻を括ったような備忘録であり無味乾燥である。

一方、山田風太郎《やまだふうたろう》の『戦中派不戦日記』は、銃後の医学生の目で、大本営発表の新聞を頼りに、学生同士で激しく議論し、青春を燃焼させている。昨年、刊行された『中井英夫戦中日記　彼方より』は学徒兵として、戦争になだれ込むことへの憎悪の詩を叩きつけている。

大佛には戦前に、フランス言論界の抵抗をとりあげた『ドレフュス事件』などの歴史小説があり、時代を読み取ろうとする知識人の姿を見ることができる。市民的な良識を堅持し、容易に国策にながされなかった。

敗戦後は、『帰郷』『宗方姉妹』でその荒廃と希望を見据える。晩年は、日本の転換となる明治維新を克明に跡づける長期連載『天皇の世紀』（全10巻）に心血を注いだ。

知性的な市民による「解放」への地盤固めである。

（06年7月3日号掲載）

おさらぎ・じろう　1897～1973年。横浜市生まれ。『鞍馬天狗』の連作、『赤穂浪士』『乞食大将』の時代小説や『霧笛』『氷の階段』の現代小説など多作。64年、文化勲章受章。

中野鈴子　詩集『花もわたしを知らない』

ひたすらなる生き方

08年11月下旬、詩人・中野鈴子の没後50周年の記念展が郷里の福井県坂井市丸岡町の「ゆきのした史料館」でひらかれた。鈴子は作家・中野重治の4歳年下の妹で、肉親の重なる死や家倒壊の不遇のなかで詩を書き、生涯に1冊の詩集『中野鈴子詩集　花もわたしを知らない』を残した。

鈴子は、人生をふり返りふり返り、語るように詩に刻んでいる。とりわけ「花もわたしを知らない」は、悲痛で美しい。

古い村を抜け出て
何かあるにちがいない新しい生甲斐を知りたかった
価値あるもの　美しいものを知りたかった
（中略）
わたしは花の枝によりかかり
泣きながらよりかかった
花は咲いている

花もわたしを知らない
誰もわたしを知らない
わたしは死ななければならない
誰もわたしを知らない
花も知らないと思いながら

「われ幼きより／なにものかにあくがれ」ていた鈴子は、結婚、離婚の後、敬愛する兄・重治を追って東京に出る。

創刊された『働く婦人』の編集部員として働き、詩を書いた。詩は、プロレタリアの文学誌に多く掲載された。治安維持法で収監された兄・重治や「蟹工船」の作者・小林多喜二《こばやしたきじ》の差し入れに通い、多喜二の虐殺死に立ち会った。東京でのこの7年間は、結核療養をかねての帰郷で終止符が打たれる。

5年後に父親が亡くなり、すでに長兄と妹を亡くした中野家では病弱の母親と2人で農業を強いられる。戦時下の米の供出は、おんな手には過酷だった。

戦後は、農地解放で多くの農地を失い、48年の福井大地震で家屋敷が潰れた。地主兼自営農だった旧家・中野家の没落。さらに母の病臥と死が追い打ちをかけた。母の死後の8年間、ひとりで百姓仕事をして生きた。

「お茶のキユスと便器とを枕元にならべたまま／日の暮れるまでわたしは田圃にいた／つかれはてて

帰ってくると／母はうすくらがりの土間に立っていた／（中略）／母はもうここにいない／母の声は聞えない」（「東京へ行った母」から）

「わたしは初めて知った／百姓のはたらきのこのようなメンミツさと汗という汝の味を／煮える田の水／さかさに這ってなでまわる／目にはいる汗　ちぎれるような足腰の痛み／これが何百万の農民の姿だろう／何千百年の姿だろう」（「年とった娘のうた」から）

「わたしはたしかにふしあわせと云わねばならない／わたしはたしかにふしあわせと云わねばならないのに／どうしてこんなにいそいそとなるのだろう／目に泪があふれても泣き沈むことができない」（「陽は照るわたしの上に」から）

詠嘆はあるが、暗さはない。

恋心を歌った詩もなくはない。

「夕焼は燃えている／赤くあかね色に／あのように美しく／わたしは人に逢いたい」（「なんと美しい夕焼だろう」から）

家屋敷の続きにある自家の田から見る夕陽は、田圃がつづき、海に開かれる平野の彼方に落ちて美しかった。

過労で身体をこわしたといえる。手術入院を繰り返す。晩年の「決別」では「開腹手術は／最後のイチゲキをわたしに加えた」と結ぶ。同じころ、「友よ／わたしは失業青年のようにむらむらしている」（「わたしは」から）と歌う。無念さが伝わってくる。

最期は、東京の入院先で、肉親や壺井《つぼい》繁治《しげじ》・栄《さかえ》夫妻、佐多《さた》稲子《いねこ》、郷里の仲間らにみとられた。

鈴子が若い仲間と「新日本文学会」福井支部の文芸誌として創刊した『ゆきのした』は、その後も引き継がれた。「ゆきのした文化協会」がつくられ活動を支え昨秋、『ゆきのした』は４０７号まで出されている（08年現在）。50周年記念展は、自筆原稿10点余などを並べたささやかなものだったが、鈴子のひたすらな生き方への共感は広がっている。

「かつて少女の日に／わたしは希った／村の悪習を破り／真実ある女の道を開きたいと」（「かつて少女の日に」から）と歌った志は、不遇と清貧のなかでも捨てなかった。「蟹工船」ブームとは別なところで、労働者の「解放」を願って生きた詩人の軌跡を考えさせられる。

（08年12月８日号掲載）

なかの・すずこ　１９０６～58年。福井県生まれ。没後刊行の『中野鈴子全詩集』全２巻とその完全編集版『中野鈴子詩集』（80年刊）がある。ゆきのした文化協会は福井市米松２丁目11の13。

大江健三郎『飼育』

戦後思想をどう持続したか

ちょうど半世紀前の1958年1月、大江健三郎は「飼育」を世に問い、文壇での位置を築いた。この年、「人間の羊」「見るまえに跳べ」「不意の唖」「戦いの今日」などの短編や長編「芽むしり仔撃ち」など野心作を続々と送り出し話題を集めた。どれも、戦争や米軍兵士を扱い、ざらついた時代感覚をよび起こさせるものだった。

「飼育」は、戦時下、村に飛行機で墜落した黒人兵の捕虜を「飼育」する少年たちと、村社会の論理を描く。少年たちは、「英雄的で壮大な信じられないほど美しいセクス」を持った黒人兵を従え、「輝かしい夏」に喜びをまきちらすのだった。だが、黒人兵は〝処置〟の気配を知ると、少年を盾に部屋に立て籠もったのだ。少年たちの好奇の目、憧憬、狂喜、連帯、驚愕《きょうがく》、屈辱、敵意など、さまざまに変化する感情が寓意に充ちて描き出されている。

「人間の羊」はバスの中で酔った米兵にズボンを下ろされ、羊のように押さえ込まれた日本人乗客の屈辱。「戦いの今日」では、米軍からの脱走を働きかけた日本人兄弟と脱走兵との葛藤。「芽むしり仔撃ち」は戦時下、少年院の少年たちが疎開した山間の寒村が舞台。伝染病の発生で村に置き去りにされた少年たちは村の家に入り込み生きのびるが、戻ってきた村人に制裁される——。60年の安保改定を控え、米兵や戦争下の出来事をこれでもかこれでもかと取り上げる姿勢は突出していた。

大江はエッセイでは、「政治とセックス」に多弁だった。そして、〈遅れてきた青年〉を語り、〈われらの時代〉を語り、〈性的人間〉を語った。「飼育」を皮切りに、大江からほとばしる文学的なイメージは、解放と創造と挫折を抱えた青年たちに「戦後思想」の在処を示したように思う。

大江が持ち込んだもうひとつの手土産は、比喩に富むゴツゴツとした人工的な文体だ。たとえば、こうだ。

「僕も弟も、硬い表皮と厚い果肉にしっかり包みこまれた小さな種子、（中略）山やまの向うの都市には、長い間持ちこたえられ伝説のように壮大でぎこちなくなった戦争が澱んだ空気を吐きだしていたのだ」（「飼育」から）

生起する出来事が、観念化した属性として組み立てられている。出来事がもつ本来の属性の側では語られていない。これらの表現を嘘《うそ》っぽいと受けとるか、観念が自在に角度を変えて表現されていると受けとるかで、大江文学への好き嫌いが分かれるように思う。

この文体で創造した世界は広い。というか、現代を凝集したような複雑な精神世界はこの文体がなければ創出できなかっただろう。

一方、大江が小説に託した観念は、その一端がエッセイから読み取れた。7年後の全エッセイ集『厳粛な綱渡り』では、「強権に確執をかもす志」「ぼく自身のなかの戦争」「われらの性の世界」といったタイトルが並ぶ。いまも、大江は憲法改定に反対する「9条の会」の9人のメンバーの1人として発言する。

昨秋の長編『臈《らふ》たしアナベル・リイ　総毛立ちつ身まかりつ』（新潮社）は、かつて「私」があこがれた臈たけた老女優「サクラさん」の苦悩と再生を描く。アナベル・リイは、「私」がポーの詩で知った魅惑の女性であり、「サクラさん」はそれと重ねられている。再生のための舞台は、これまでもよく登場した「四国の森」での伝説の「一揆」。首謀者「メイスケ」の母が、「サクラさん」が芝居で求める役柄だ。その役柄を通して「サクラさん」は、積み重なる悲嘆と憤怒を突き破ろうとする……。

「飼育」の世界からは一見、遠い場所のようにみえるが、何かを求め続ける志の極限を描き出している一点で通底している。

大江の半世紀は難解だが、思想表現の長い冒険と、私は見る。その根底に、「解放」への確信を見て取ることができる。

（08年1月21日号掲載）

おおえ・けんざぶろう　１９３５年、愛媛県生まれ。『個人的な体験』『ヒロシマ・ノート』『万延元年のフットボール』『燃え上がる緑の木』、エッセイ集『持続する志』など。94年、ノーベル文学賞受賞。

柴田翔『されどわれらが日々──』
政治の季節の青春像

「潜《もぐ》るんだ。今日、決まったんだ」

その夜、佐野はもっとしゃべりつづけたそうだった。（中略）節子は、共産党に地下の軍事組織があること、そして、そこに参加していく学生たちがいることは、おぼろげに知っていた。

小説のなかのこの一節がどんなに強い印象を与えたことか。60年安保と70年安保のはざまの64年に、芥川賞をとってあらわれた柴田翔の『されどわれらが日々──』（文藝春秋）は、政治の季節の学生に強い衝撃を与えた。昨秋、新装版の文庫本（文春文庫）が出たのを機会に四十余年を隔てて読み返してみた。なんと、まぎれもなく「私」こと「大橋文夫」をめぐる恋愛小説の装いではないか。これまで「政治小説」と受け止めていた私は誤読していたのだろうか。

念のため粗筋を記すと、東大大学院で英文学を専攻する「大橋」は、婚約者の「節子」と卒業の来春に結婚の予定だ。毎土曜日、夜をともにし「仕合わせ」なのだが、大橋はその仕合わせに一抹の疲労感をもつ。この間、かつて「東大の社研」や演劇関係の女性たちとの大橋の遍歴が回想され、男たちのその後の処し方が語られる。最後は、節子が突然に大橋の元を去るのだ。

節子が、潜った「佐野」の行為にこだわっているようすは冒頭に引用した一連の場面に描かれるが、途中、節子は特にそれに影響されて行動を起こすわけではない。だが、節子は最後に、「私たちにつきつけられたのは、私たちには自我が不在であること、私たちは空虚さその物であるということでした」「私は、私を必要としてくれる人たちを必要とするのです」との長い手紙を残し、地方の高校の教師の口を探して旅立つのだ。

ここに登場する人たちの思考や会話は、つねに抽象的だ。「ぼくをここまで連れてきた自分でない何かに、ぼくをゆだねてやります」(佐野)、「自分は死に臨んで何を思い出すか」(節子)、「私たちはそれ(時代の困難)と馴れ合って、こうして老いてきた」(大橋)と。観念に遊んでいるのかと、じれったくなるほどだ。だが、おのおのが自分を凝視し続けている結果でもあるのだ。その背後に、この小説には自明のこととして、語られない部分があるように思う。

それは、あの時代、若者が一様にもっていた〈苛立ち〉だったのだと思う。「革命」という言葉がまだ力をもっていたように、日本変革の選択カードが残されていた。選択にかかわる政治的な姿勢をどうするのか。どう生きるのか。それにかかわらないことは「逃げる」ことのように思えた青春だったのだ。いまだ戦争の痕跡を共有していたといえる。それゆえ、絶望的ながら、「潜る」青年が次々とでた。それを片目で見ながら、女性との交渉を続ける大橋の不安定さに、リアリティがあったのだと思える。

その後の柴田の代表的な作品『十年の後』『贈る言葉』などでは、同じように学究の徒として、女性との出会いと不安定な交渉を描く。愛のありようを追求しているようにとれる。それらの作品では、「節子」のその後の生き方を知りたいとの期待は裏切られた。ただ、「われら戦友たち」では、学生活動家やそのパトロンの実業家、右翼論客の大学助教授らを登場させ、ドタバタ劇風の仕立てで、それぞれの言い分を饒舌《じょうぜつ》に語らせている。当時の政治状況は反映されているものの、「されど——」のような内面的な切実さはない。

「されどわれらが日々——」は、「私」こと大橋を正面にとらえて読むか、婚約者の「節子」を見据えて読むかが分かれ道だった。だが、その後の40年余、日本のたどった管理国家への軌跡を思うとき、同小説は愛と性をめぐる「私」の青春の感傷として受けとるのが、正解だったのかもしれない。不発の解放の文学ということなのだろうか。

（08年3月10日号掲載）

しばた・しょう　1935年、東京都生まれ。ゲーテ研究の独文学者。大江健三郎、小田実らと雑誌『人間として』を出す。ほかに小説『鳥の影』『立ち尽くす明日』、エッセー『風車通信』など。

高橋和巳『悲の器』

「わが解体」へと進む思想

あれが戦後派文学の絶頂期ではなかったかと思う。作家・高橋和巳が登場して若者に語りかけ、〝憤死〟したあのころ。その高橋のデビュー作は、第1回河出書房「文芸賞」の『悲の器』である。50年前の62年のことだ。

『悲の器』とは、源信《げんしん》の宗教書『往生要集』から引用した「我は悲《ひ》の器《うつわ》なり」に由来する。主人公「正木典膳」は、刑法の第一人者として確信犯理論を打ち立てている。戦前は検事に転じることで禍を免れてきた。「戦後十余年」の現在、某大学の法学部長として次期の学長を狙う位置にある。が、病床の妻を癌《がん》で亡くし、文学博士の娘「栗谷清子」との婚約を発表し、内縁の関係だった家政婦「米山みき」から婚約不履行と訴えられる。正木は名誉毀損で対抗し、刑法学者として法的な無謬《むびゅう》を主張するものの、じわじわと窮地に追いやられる。

正木典膳は、保守派のリベラルと目されている。日常は謹厳で、紳士的な態度は崩さず、刑法学会のために日々、学問の精進を続ける。情を交わす米山との日常でもこれは変わらず、米山は入籍の約束を切り出せずにいた。

こういった指導的なエリートの思索の内面を深く掘り下げる野心作なのである。たんなる思索ではなく、警察職務法改正が学生運動に波及した時代を背景に、改正反対の抗議声明を大学に要請する学生との折衝の矢面に立つ姿についても描く。

正木は、「友に裏切られ、家族からも遠のいて、なお追究されねばならぬのが、あの姿見えぬ〈新しき真理〉なのだ。一般的な正義感や安逸な夢からは、真理の生産はなされない」との霜烈な信念をもっているのだ。高橋は、この作品を引っ提げ、戦争の痛恨を直接の動機としない戦後派文学を名乗り出たといえる。

だが正直、正木のような人物は、離れた遠くからは尊敬できても、近くではご免被りたい人物だ。「私」の場面では権威主義、エリート意識が肥大する。家政婦・米山や婚約者・栗谷との関係は、本来は恋愛感情となるはずのものだがそうはならず、栗谷には美への憧憬の感情にとどまる。正木の「公」と「私」のこの落差。「公」の場面の思索の深さと、「私」の場合の情味の欠落。小説では、このような旧来のエリートを描ききることで、戦前戦後の日本の指導層の病巣をえぐり出そうとしたのではあるまいか。だが、同時に深く思索し精進する人間の、一面の魅力をも描いてみせたのである。

時代背景と密接不可分な人物の造型はこれにとどまらず、高橋は弾圧された宗派を生きる『邪宗門』、被爆を問う『憂鬱なる党派』、労働運動で知識人が敗退する『我が心は石にあらず』と矢継ぎ早に長編を世に問うた。

生身の高橋は、中国古典文学への造詣の深さから、恩師の中国文学の泰斗《たいと》、吉川幸次郎《よしかわこうじろう》・京大教授から京大助教授に呼び戻される。67年のこと。研究生活は2年足らずで、69年に始まった京大全共闘運動の渦中に投げ込まれる。スト学生の処分を検討する教授会の秘密主義、権威主義に抗議して孤立を深めていく。訪ねてくる学生とは深夜まで議論した。腹痛による体の不調に悩まされ、病床からの原稿も辞さなかった。腹痛は癌だったのだが、本人には長く知らされなかった。だが、高橋のこの思索の姿勢は、『わが解体』へと向かった。

『わが解体』とは、同69年に文芸誌に連載したエッセイのタイトル。なぜわが解体なのか。「他者に加えた批判は、必ず自らに照り返すゆえに、同時にそれは自らのよって立つ地盤を奪うことにもなるはずである」と。その末尾は「しかし誰も怨《うら》むことはない。自ら選んだ自己解体の道なのであるから」と結ばれている。『悲の器』に予兆された殉教者的な崩壊への感覚。正木典膳の「公」の部分の秋霜の志だけでなく、「私」の部分でも高橋は病のなか、学生らと誠実に向き合い、自己変革をいとわず死期を早めた。小田実、開高健《かいこうたけし》、柴田翔、真継伸彦らと、人間の理念を求めて始めた季刊の文芸誌『人間として』は死後ほどなく終刊した。

全共闘運動はラディカル、つまり過激、急進的とレッテルを貼られたが、ラディカルの語彙の第一義は「根源的」である。高橋和巳の思想は、常に「根源」に向かい、それゆえ、みずからを痛めつけた。――高橋の没後、70年代、80年代は、世は豊かさへと傾斜し、「根源的」思索を求めなくなった。あるいは、高橋のように思索を徹底する新しい文学者が出なくなったためか、戦後派文学がほどなく光彩を失っていったように思う。この50年がもたらしたかくも深い隔たりを、痛感させられる。「解放」の停滞といわないまでも。

（12年6月18日号掲載）

たかはし・かずみ　1931～71年。大阪市生まれ。立命館大学講師、京大助教授。評論『孤立無援の思想』。『高橋和巳全集』（全20巻、河出書房新社）など。

真継伸彦『光る聲』

行動的知識人を追求

若者の保守化が目立つ。ひるがえって60年代、若者がなぜあんなに左傾化したのだろうか。革命に身を投じる学生たちを描いた柴田翔《しばたしょう》『されどわれらが日々――』（文藝春秋）が64年に芥川賞を受賞してベストセラーとなった。学生たちが、とりつかれたように読んだ。翌年の高橋和巳《たかはしかずみ》『憂鬱なる党派』（河出書房新社）、さらに真継伸彦『光る聲』（同、66年刊）と続いた。

この場合、「左傾化」は時代への熱気といっていいだろう。『光る聲』を再読してみた。56年に、東欧・ハンガリー市民の自由化の動きに対してソ連が戦車を差し向けて鎮圧したハンガリー事件を受けて、東京のある私大の教授たちの共産党組織が、存在をかけて態度を決する様を描く。

突き放したドラマとしてではなく、主人公に託して真の「共産主義者」を追求する作者の切実な姿勢が読み取れる。

マルクス経済学の高名な学者「中川教授」と、彼に経済的な援助と指導を受け講師になっている主人公の「松本」。ソ連の侵攻に非難決議を提案する中川教授に対し、日本共産党の方針に従って冷徹に「ソ連支持」を貫こうとする松本。

その論理はこうだ。「失敗は避けられない。しかし、失敗のたびにわれわれは絶望するのだろうか。

主義から離脱して、それで事が済むのだろうか。……前向きの態度で一致団結して、われわれは悲劇を乗りこえてゆくんだ」

この松本の周囲には同僚や学生、恋人を配し、性格を浮き上がらせる。松本の思想を支える性格も、単純なものではない。「自由な未来を夢想する詩人の心は、長い建設の時代に起きるさまざまな出来事を、きっと見るに耐えないのですね。……この回復期を耐え抜くのは、粗野で残忍かもしれないが、反面、外科医のように冷厳な精神の持ち主」だと独白させる。そして「（党の活動の）おかげで自分のために生きる必要がない。これは何と言っても幸せなことだ」と言わせる。

松本に、行動的知識人像を造型しようとしていることがわかる。だが、いま読むと、造型はあくまで試みだ。作者自身がストレートには「松本」に寄り添いきれず、宗教への関心をぬぐいきれない様がうかがえる。

もう一つ見逃せないのが、背景となるハンガリー事件からちょうど半世紀が経って、いまはその後の歴史が見通せることだ。端的にいえば、ソ連の崩壊と東欧のＥＵ（欧州連合）化だ。ヒューマニズムの立場をとろうとする中川教授が「ソ連の非道を非難してはじめて、おそるべき未来の悪夢に抵抗できる！」と示唆したように、ソ連は自己崩壊していった。計画経済で生産があがるとされた社会主義経済は惨憺《さんたん》たる状態。「窮乏と残酷を極むる」と決めつけられた資本主義は市場経済の磁場として生き残り、繁栄している。

中川教授も松本も、経済恐慌への危機感と「人民の絶叫」を共通の前提としているのだ。教授たちに限らず、時代の熱気は、ひたすら「革命思想」に救いを求めていたのではなかろうか、そう思えてならない。

今の若者を保守的と見る場合、過去への郷愁やこだわりからではなく、もう少し違う基盤、たとえば高度な産業社会という視点で見直さなければ見誤るだろう。

作者・真継伸彦は少年時代に妹と父親を、青年期にもうひとりの妹と母親をそれぞれ病気で亡くしている。松本だけでなく、中川教授にも漂う彫りの深いニヒリズムには、これらの試練という個人的な背景があるかもしれない。だが、背景はどうあれ、「解放」を求めて時代と深くかかわろうとする姿勢に、胸をうたれる。

（07年2月12日号掲載）

まつぎ・のぶひこ　１９３２年、京都市生まれ。京大文学部卒。『鮫』で63年文芸賞。『無明』『青空』、現代語訳『親鸞全集』など。評論集に『破局の予兆の前で』。

小田実『終らない旅』

「平和」への静かな戦い

今夏、作家・小田実の死は大きな衝撃だった。おびただしい追悼文が新聞、雑誌を埋めた。多くがその思想を注視し、たぐいまれな行動力に目を奪われている。本来の「行動する作家」像にふれられることは少なかった。だから、再びとりあげたい。

1日1ドルで世界を旅した『何でも見てやろう』（1961年刊行）ではなやかにデビューして以来、その評論や「世直し」の言動が注目され続けてきた。それと比べて近年、小説が熱くとりあげられることは少なかった。なぜだろうか。最後の刊行となった長編小説『終らない旅』（新潮社、06年刊）にふれてみる。

ラブストーリーの装いをしているが、テーマはベトナム戦争である。いや、いま起こっているイラク戦争とも通底しており、テーマは「戦争」そのものといったほうが正鵠《せいこく》を得ているように思う。

阪神大震災を思わす震災で亡くなった元大学教師「斉藤毅」。その長女「久美子」のもとに、アメリカの女性「ジーン」から、死んだ母の遺品のなかにあったとして毅が大学ノート5冊に記した手記が送られてきた。ジーンの母親「アリス」と毅の間に繰り広げられた愛の物語が断片的に記されている。といって、浮いたはなしではない。毅が留学先の米国でベトナム反戦デモに参加したことがきっかけで知り合い別れた2人が、20年後、サイゴンで偶然に再会し愛を深める。が、毅は震災で、アリスはニューヨークを襲った9・11事件の心労で、別れ別れに亡くなる。長女・久美子とジーンは、その謎のような痕跡を神戸へ、ベトナムへと尋ねるという筋立てだ。

「ベトナムに平和を!市民連合(べ平連)」を思わす「市民の声」も登場して大きな位置を占めている。実人生の精神的な総括の様相だ。濡れ場もなくはないが、一貫してディスカッションドラマのような、会話のやりとりが主役だ。といっただけでは正確ではない。情緒的な情景描写はなく、久美子を追う描写と、手記のなかの毅が「私」としてアリスに語りかける思索の言葉で構成されている。視線の先には、ベトナムで展開するアメリカの戦争が絡まってくる。

長女・久美子たちは、ベトナム行では父や母が再会したサイゴンだけでなく、ダナンやハノイ、虐殺の村ソンミと戦争のゆかりの地へと関心を広げる。それぞれの人物の性格描写には大して関心は払われていない。毅がどのようにベトナム戦争への認識を深め、どのようにして1人で戦争に向き合ったのか、人間のけじめをどう考えていたのかが追い求められていく。

会話には、小田実の思想の到達点のような、貴重なフレーズがふんだんに埋め込まれている。

「人は左翼である必要はないし、偉大な思想を抱く必要もない、人間のまともな精神、心があれば十分だ」「ただの『静』としてある平和は、ただの現状維持の平和だが、平和主義は、変革と結合している」と。

生前、小田実は彼の小説の流儀をこんなふうに話した。

「私の場合、出来事の構えを組み立て、そこに事実を取り込んでいく方法だ。事実に即してする活動や評論ではすくい上げられない、いわく言い難いところを小説に書いた」

作家・小田実の小説は、この作品に限らず、人物の動きを外から見守る乾いた文体だ。情感を最大限にうちだす日本の文学風土からは、異質とさえいえる。出来事の本質に、情緒を排し、言葉で、さらには論理で迫ろうとしているように見える。その中心には、いつも訴えたいものがうずくまっている。行間には、湿潤な文学風土への苛立ちが見え隠れする。彼の国際化した視野に追いつくために、日本的な作法におさまらないその文体に、馴染んでいきたいと思う。

（07年10月8日号掲載）

おだ・まこと 1932～2007年。大阪市生まれ。文芸誌『すばる』に連載中の1920年代中国の「革命」を扱った長編小説『河』は今年5月、99回で中断（集英社から刊行。全3巻）。

辻井喬『終わりからの旅』

戦場をどう受け止めるか

飢餓、人肉食、暴力……。人を極限に追い込む戦争は、人倫を踏みにじり人格の破壊を迫る。復員した兵は、その壊された「倫理表」を背負ってどう生きるのか。忘却するのか、封印するのか、凝視するのか。戦後60年にしてこの問題に迫ったのが辻井喬『終わりからの旅』（朝日新聞社・05年刊、朝日文庫・08年刊）だ。03年から1年3カ月、朝日新聞に連載された。

「戦後文学」的なテーマだが、文体は驚くほど平易だ。だから、難解な思索言語に振り回されることなく、言葉に突き動かされて情念に走ることもなく、日常に足を下ろして展開しているのが特徴だ。また、舞台がビルマ（現ミャンマー）、ニューヨーク、バリ島、エストニアへと拡がり、本来の「旅」の空間も味わえる。浅間山荘事件、松本サリン事件などの時代相が絡み合って、読者にはその時々の居場所を問うているともとれる。

主人公の「関良也」は新聞記者。敗戦の翌年生まれの55歳。新聞連載とほぼ同時進行の年齢だ。東京郊外に家を持ち、温順な妻と二人暮らし。敏腕記者として勤めてきたが、なぜか憂鬱なのだ。「自分はこれまでなにをやってきたのだろうか」と。社会部から出版部に移り、戦没した芸術家志望の若者たちの記録をまとめ出版する腹案を抱いている。低い声の戦争批判になるはずだ。ここから、時間をさかのぼる旅がはじまるのだ。文庫版にして650頁余の長編である。

一方、別々に育った23歳年上の異母兄「関忠一郎」は、学徒兵でインパール作戦のビルマにかり出され九死に一生を得て生還、復学して商社マンとなりニューヨークに駐在する。やがて退社し、同地での外食店経営をへて、いまは全国展開のファストフードのチェーン店を仕切る実業家になっている。だが、ビルマの密林で敗走中に敵弾に撃たれ、意識不明のまま捕虜となった過去がある。このとき、人肉を食ったとの幻覚にとらわれ、「虜囚の辱め」の負い目がずっと心の傷になっている。

戦中派と戦無派の二人が、それぞれの戦争の傷痕を抱え、その人生が時に交差する。また、二人にはそれぞれに若い日に眼前から消えた恋人がいて、知らず知らずに恋人の行方に引き寄せられていくという筋立てになっている。恋人たちには、それぞれの事情による戦争の影がつきまとっている。

「戦後」という時間を生きた良也と忠一郎のしみじみとしたラブロマンとして、読み感動するのが素直な読み方だろう。だが、実人生で転変の運命をたどった作家・辻井喬が、あえて「戦争の傷痕」を真正面に据えた意味を考えてみたい。

彼は、本名は堤清二。大物実業家を父としながら大学で学生運動に足を踏み入れ、日本共産党入党、除名の政治の季節をくぐる。詩と小説で文壇にデビューすると同時に、西武流通グループを引き受け、名声を得る。不況下の90年代からは、グループ代表から身を退き、旺盛な作家活動に専念している。小説では、兄の忠一郎が、これとどこか重なるような軌跡を見せながら、外には「傷痕」を封印し続けるのだ。

「無謀な戦争」と迫る良也に対し忠一郎は、「だいたい戦争のセの字も知らない男が」とあざ笑ってみせる。が、最後には恋人「グレタ」の苛烈な戦傷に自分の戦傷を重ねることで、グレタにより強く惹かれるのだ。

一方、良也は、失踪した恋人「茜」をバリ島に発見。彼女が、陸軍大佐だった父親が聖戦遂行のために陥った狂気を背負い続けていたことを知って、薄幸な彼女の影を追うことになる。戦無派の良也にとっての真の「戦争の傷痕」は、共振することでたどり着いたのだ。だが、こういうふうにしか戦傷は、検証されないのだろうか。

昨夏に出した詩集『自伝詩のためのエスキース』（思潮社）は、文字どおり自伝的な、思索の詩である。そこでは、「生きていたと言えるような／そんな時間があったのだろうか／（中略）／足元を確かめることができなかった／恐かったのだ　影がないと分ってしまうのが／もともと消したいと望んでいたのに」（「影のない男」から）との独白がある。この柔らかな詩人の心が、小説の底流になっているように私には思える。ただ、加害意識的なものにふれられていないことが心残りだ。

（09年1月19日号掲載）

つじい・たかし　1927年～2013年。東京都生まれ。本名、堤清二。詩集に『不確かな朝』『異邦人』（室生犀星詩人賞）『わたつみ三部作』、小説にデビュー作『彷徨の季節の中で』『父の肖像』（野間文芸賞）など多数。

井上ひさし『夢の痂』など3部作

試される生活者の目線

政権を投げ出した福田康夫《ふくだやすお》前首相の言葉で、私が少し期待をよせていたのが「国民目線」だ。政策的には消費者庁の構想となったが、あえなく自爆した。生活者の目線とはいうはたやすいが、いざとなるとなかなか難物だ。作家・井上ひさしは、平和とか、人道とかといった理想概念を、つねに生活世界に引き込もうとさまざまに工夫する文学者だと感心する。

近年の戯曲『夢の裂け目』（小学館、01年刊）、『夢の泪《なみだ》』（新潮社、04年）、『夢の痂《かさぶた》』（集英社、07年）の東京裁判3部作は、笑いのなかに「戦後日本」という希望が、ほろ苦く染み出す仕掛けになっている。国民の戦争責任のとり方を、もう一度やんわりと、「これでよかったのですか」と突きつけている。

いずれも東京・新国立劇場小劇場の公演に合わせて書き上げられたものだ。『夢の裂け目』は、敗戦翌年の東京下町、紙芝居貸元の一座。一座の当たり演目は「満月狸《たぬき》ばやし」。美しい姫に横恋慕した屋島のバカ殿様が、姫を奪いに阿波の殿様に戦を仕掛けるが、四国の連合軍に負かされる。寓意に富んだ筋だ。

一座の「親方」は、私は戦後をすでに予告してたのだ、と調子にのってこの紙芝居を披露するが、つぎの一枚をつけ加えた。「東京裁判はテンノーと日本人に責任をとらせないための日米の合作だ」。これが元でGHQ（連合国軍総司令部）に逮捕され、禁固9カ月の刑に。だが、「満月狸ばやし」を封印すれば保釈と告げられて、親方本人と一座のそれぞれが迷う……。

井上ひさしは、親方に保釈の道をとらす。「仕方がないね。毎日、何とか生きつづけなきゃならないんだからね。それに毎日の暮らしってやつはたのしいからね」と言わせる。

『夢の泪』では、腕利き弁護士の夫婦。東京裁判で松岡洋右《まつおかようすけ》被告の補佐弁護人を依頼される。松岡は日本が国際連盟を脱退したときの立役者で、日独伊三国同盟の推進役。「米国と対等の立場に立って中国大陸の諸問題を解決するには強い力が必要だった」との弁護の論を組み立てる。が、はたと気づく。第一次大戦以前のこの発想では、国際社会では通用しないことに。「すると私たちが弁護しなければならないのは、私たち自身の無知」なのかと。日本人のことは日本人で考えて始末をつけなければならない。東京裁判では、人さまに裁いてもらって、被告席に座る人たちになにもかも負いかぶせてしまっていると振り返る。

『夢の痂』では一転、東北のとある町の織物会社の別邸。ここが「天子さま」の東北巡幸の行在所《あんざいしょ》になるとあって、にわかに言葉遣いの特訓が始まる。さまざまな言葉問答。そのなかで、日本語には、主語を隠す仕掛けがしてあると気づく。「わたしが」「わたしは」の主語は、「そのときの状況の中に隠れるんです」と。

東京裁判の「と」の字も出てこない。実は、東京裁判自身が厚い痂によって、国民の関心から隠されていたというのである。気づかぬままに、「主語が隠されていた」のである。私が思い当たるのは、原爆死没者慰霊碑の碑文だ。「安らかに眠って下さい。過ちは繰返しませぬから」。「過ちを繰返さぬ」の主語が誰なのか、私なのか、私たちなのか、日本国なのか、人類なのかがぼかされている。暗示に富んだ結末となっている。

井上ひさしには、長編『吉里吉里人《きりきりじん》』や戯曲『国語元年』など、試みに満ちた作品が多々ある。だが近年は、この国のあり方にこころを砕いているように思える。その証拠にとでもいおうか、憲法改正の動きに抗して警鐘を鳴らす大江健三郎、鶴見俊輔《つるみしゅんすけ》ら「九条の会」の9人のよびかけメンバーの一人でもある。

講演では、「平和を守ろう」「憲法を守ろう」というとき、どうも言葉が空転すると指摘する。「つまり『平和を守る』『憲法を守る』というのは、『私たちのいま続いている日常を守ることだ』といい直すようにしています」と。

こういう発想が骨の髄までいきわたっているので、書かれたものの言葉の端々まで安心して笑え、謎解きのように試される。「解放」のための足固めである。

（08年10月13日号掲載）

いのうえ・ひさし　1934〜2010年。山形県生まれ。『手鎖心中』で直木賞。長編『四千万歩の男』、劇『父と暮らせば』など多作。NHKテレビの連続人形劇『ひょっこりひょうたん島』などテレビドラマや演劇の脚本にも活躍。

7　植民地の傷痕

プラムディヤ・アナンタ・トゥール『日本軍に棄てられた少女たち』

南洋に果てた少女の煉獄

「従軍慰安婦は必要」と言い放つ政治家がいる。必要とされ、狩り出された側に待ちうけていた運命の煉獄《れんごく》に、思いを馳《は》せたことがあるのだろうか。

インドネシアの作家で、ノーベル賞候補と評判をとりながら亡くなったプラムディヤ・アナンタ・トゥールが晩年に出版したノンフィクション『日本軍に棄てられた少女たち――インドネシアの慰安婦悲話』（01年刊、邦訳04年刊、山田道隆訳、コモンズ）は、騙されて日本軍「慰安婦」にされ、日本軍の敗走で南洋の地に置き去りにされた女たちの人生を探っている。プラムディヤが、インドネシアの少女の側から見た日本軍の仕打ちは、人間として座視することができなかった。戦争犯罪を裁く極東国際軍事裁判（東京）でも見落とされ、忘れ去られていたものだ。

左翼系の文学活動をしていたプラムディヤは１９６９年、スハルト軍事政権下、政治犯としてインドネシア東部の流刑地ブル島に11年間、幽閉された。ブル島は四国の半分ほどの面積で、約1万人の政治犯が送り込まれた。

山岳民族だけが住む島を開拓し、自活生活を強いられた。そのうちに奇妙なことに気づいた。山から下りてくる現地人のなかに、人目を忍んで上品なジャワ語を話す女性たちがいるのだ。仲間の見聞を総合すると、日本軍によって連れてこられ、そのまま捨て置かれた女性たちなのだ。「棄民」と確信した。

作品は、主にこの政治犯仲間たちの聞き書きで構成されている。事柄の重複など粗削りな面はあるが、抜き差しならない事実を、歴史の底からすくいあげている。政治犯仲間による熱心な追跡には、「現地人と交わるな」との政治犯ゆえの制約があった。それでも、作業にかこつけて会話を交わし、香油蒸留の建設用地を探すためとの理由をつけて奥地に足を運んでいる。

プラムディヤが自身の過去の記憶をたぐると、日本軍による占領下の43年当時、ある噂《うわさ》が流れていた。「日本軍政監部からの『ささやき声』が聞こえてきます。それは、軍政監部がインドネシアの若い男女生徒たちに東京や昭南島（現在のシンガポール）への『留学』機会を与える、というものでした。ささやき声と表現したのは、それが明瞭な形では伝えられなかったからです」と記している。つまり学校の友だちの間で話題になったが、新聞のニュースや官報では伝えられなかったというのだ。学校や村長、区長などの役人を通じ、口コミで広められたようだ。

しかしその後、いくつかの証言が集まった。学校に行かせると誘い、いやがる親を「テンノーヘーカに楯突くのと同じ」と脅し、車でむかえに来て連れ出している。親は、公務員や教師らが多い。それでも少女たちは制服姿に整え、不安のなかにも胸を膨らませていた。

中部ジャワ州ソロの集合場所は、憲兵隊本部の横の「高い竹の塀」で囲まれていた。40～50人の良家の女子生徒が集められた。だが、「やって来た日本兵がいつも酒に酔い、品性のない大笑いをするなど上品さをまったく欠いていた」のだ。

戦艦に護衛された輸送船などに乗せられ、タイのバンコクやシンガポール、インドネシアの島々に降ろされた。そこで、民家や軍の宿舎らしき所に小部屋を与えられ、前線から戻ってきた日本兵の性の相手をさせられた。報酬はまったくないか、わずかな小遣い銭だった。

ブル島では、「228人」が船で連れてこられたと記憶しているジャワ中部出身の女性がいた。仲間の努力で、何人かの女性については全体像が浮きあがった。

8時間かけてたどり着いた山の村で探し当てた女性は、定住区に下りてくるようにとの説得を涙で拒否した。「私はもう何もしゃべらないと、村の風習に従って誓いまでしたのです」と。風習に反して山の民の理解できない言葉、つまり他所の言葉を使ったという理由で、血が流れるまでの体罰をうけた女性がいたのだ。風習では、女性は財産として男の所有物、村の所有物となっていた。

仲間たちが山や渓谷の難所を越え、20時間かけて会いに行った奥地に住む「ムリヤティ」には紙幅をさいている。つねに槍《やり》を携えた山の民の旧い信仰、掟《おきて》に監視されていたからだ。外部の者が訪ねると全員が森に姿を消し、見張る村々。ムリヤティは、自分の出自や教養のすべてを否定する誓いをたてさせられており、その口からは何も聞き出せなかった。

軍の公式記録にいっさいとどめず、しかし公然と広範囲におこなっただましの恥ずべき行為は、国際社会に「存在感を示す」国なら、真っ先に正視しなければいけない。

（13年8月19日号掲載）

プラムディヤ・アナンタ・トゥール　1925～2006年。本書では、『人間の大地』（上・下）とそれに続く『人間の大地』シリーズ、全4部作の完訳も紹介している。

金時鐘『再訳 朝鮮詩集』

植民地下の抒情を質す

このところ、サリンジャー『ライ麦畑でつかまえて』の村上春樹《むらかみはるき》訳やドストエフスキー『カラマーゾフの兄弟』の亀山郁夫《かめやまいくお》訳など、新しい解釈による再訳が話題になっている。金時鐘の『再訳 朝鮮詩集』（岩波書店、07年刊）も新しい視点からの再訳だが、その意図は違うところにある。

『朝鮮詩集』は、朝鮮の詩人・金素雲《キムソウン》が戦前の1940年、当時の朝鮮詩人の詩を集めて日本語で『乳色の雲』と題して発表した。北原白秋《きたはらはくしゅう》や島崎藤村《しまざきとうそん》が絶賛し、「抒情《じょじょう》を生かした名訳だ」と評判になった。戦後、改編して『朝鮮詩集』の題で岩波文庫から出された。日本による植民地時代を生きた41人の121編だ。

いっぽう、金時鐘は日本暮らしが60年の在日1世。民衆蜂起の4・3事件の弾圧で済州島《チェジュド》を逃れ、日本に渡ってきた。当初、在日朝鮮民族の文化活動に従事したが、活動団体の方針と対立して出版活動を禁止され、抑圧のなかで詩作する苦汁をなめている。

再訳の意図は二つ。一つは、金素雲の解釈を脱し原詩に忠実に訳すとどうなるだろうか。もう一つは、その白秋たちに賞賛された「抒情」とは何だったのか――見極めたいということだ。

忠実に訳すと、素雲訳では明らかに題名が変えられている詩が20編近くあった。いくつかの詩では、省かれた詩句があらわれた。たとえば、金石松の「裸ん坊の歌」は、「理非も知らず　善悪も知らない」裸ん坊の「おれ」が現状を嘆いてみせる詩だ。ここでは「制度も因襲も　古びた服だ」という個所と「おれゃあ　トルマギまで取り揃え　端正に服を着こなし」の個所が省かれている。トルマギは朝鮮の民族服だ。金素雲は現状を嘆き、民族心を煽《あお》ると警戒されることを配慮したと思われる。

さらに、「おれが彼《か》の者たちに　このような歌を――中略――躊躇《ためら》うことなく送ることを喜びたまえ」の「彼の者たちに」が素雲訳では、「君達に」となっている。皮肉を込めた「彼の者たちに」との三人称が、人畜無害な「君達に」の二人称になっている。歌う矛先を鈍らせている。

「猛《おお》しい声音《こわね》で合唱をしよう」は「巨いなる朝の歌を合唱するのだ」に。最終行の「いついつまでも唄っているつもりだ」は「永遠の生命の朝を歌ふのだ」に。歌うという行為の猛々しさを、「朝」とか「永遠」とか「生命」といった漠とした情緒に収斂《しゅうれん》させている。

ここで気づかされることは、時鐘訳ではこれらの詩は暗喩にまぶされているものの、植民地支配への抵抗詩としてくっきりした姿を見せていることだ。ただしこの直截《ちょくせつ》の訳では、当時の検閲による取り締まりが危惧されただろう。朝鮮では38年には朝鮮語教育の廃止、詩集『乳色の雲』刊行2年後の42年には朝鮮語学会事件が起こっている。同事件では、朝鮮語を研究していた33人の学者らが逮捕され、何人かが拷問死している。金素雲は、失われゆく朝鮮詩の抒情をいまのうちに、日本語に訳して残しておきたいと翻訳にとりかかったのだろう。

『再訳　朝鮮詩集』では、多くの詩が抑圧された人々のやるせない、鬱々とした気分に満ちている。ちょっとマッチを近づければすぐ抵抗の火が吹きそうな危うさがある。素雲訳は「抒情」でたくみに切り抜け、官憲の目を欺いていると思える訳もある。

とはいえ、「裸ん坊の歌」に限らず素雲訳では、しばしば流麗な抒情の語彙とリズムに置き換え、日本人の感性に訴えている。そこでは、現実を見据える力にはなっていないことがわかる。漠とした情緒の世界に浸っているといったら叱られるだろうか。ひるがえって、素雲訳を賞賛した藤村から白秋、佐《さ》藤春夫《とうはるお》らにいたる日本の抒情詩に対しても、同じことがいえるのではなかろうか。

この時代の朝鮮の現代詩には、書き言葉という領域はなく、話し言葉で書かれている。言文一致体である。それを素雲訳は、あえて日本の古めかしい書き言葉で訳した。書き言葉と相性のいい伝統的な音数律の快いリズムは、いわゆる「抒情」への最短距離だった。これらのことからうかがえるのは、明治期に確立した書き言葉による抒情詩は、きわめて日本的な領分なのだ。

金時鐘の再訳は、はからずも日本詩の抒情の構造の落とし穴を、手品のタネあかしのように明らかにしたのだと、私は思う。

（08年4月14日号掲載）

キム・シジョン　1929年、朝鮮・元山生まれ。詩集『新潟』『猪飼野詩集』『化石の夏』『境界の詩』、評論集『「在日」のはざまで』（毎日出版文化賞）など。

宋友恵『尹東柱評伝』

「国民詩人」の気高さの根

韓国で国民詩人としてもっとも愛されている「詩人尹東柱《ユンドンジュ》」といっても、日本では知る人は多くない。だが、日本に留学中に27歳で福岡の刑務所で獄死したと知れば、にわかに気がかりになり、知らないではすまなくなるだろう。しかも、日本の植民地下の状況のなかで、精神の気高さと清潔さを貫いた無名の詩人だったとあれば。

ちなみに、一番よく知られた詩「序詩」の全文を紹介しよう。

いのち尽きる日まで天を仰ぎ
一点の恥じることもなきを、
木の葉をふるわす風にも
わたしは心いためた。
星をうたう心で
すべての死にゆくものを愛《いと》おしまねば
そしてわたしに与えられた道を

歩みゆかねば。

今夜も星が風に身をさらす。

（愛沢革・訳）

尹東柱は1917年、朝鮮と国境を接する中国東北部の「間島《カンド》」地方の明東村《ミョンドン》に生まれ、ソウルの延禧《ヨンヒ》専門学校（延世《ヨンセ》大学の前身）に学んだ。間島は、日本の植民地支配に激しく抵抗した土地だ。戦時下の42年、日本に留学し立教大学をへて同志社大学に入るが、朝鮮のハングル文字で詩を書き続けていて、「独立運動」の嫌疑で43年逮捕された。2年後の45年2月、不審な衰弱で獄中で亡くなった。

作家の宋友恵《ソンウヘ》が、家族や友人を訪ねてまとめ、さらに2度改訂を重ねた『空と風と星の詩人 尹東柱評伝』（04年刊）をこのほど、日本の詩人の愛沢革《あいざわかく》が翻訳し同名の評伝として、藤原書店から刊行した。600ページに及ぶ大冊だ。

尹東柱には生前には詩集はなく、日本への留学時に19編を手書きした私家版の詩集を3部つくり、1部を自分が持ち、残る2部を恩師と親友に手渡していた。ハングルで書かれているということで、公安当局に狙われる〝危険〟な詩集だったのだ。終戦後、友人の持っていた1部が、疎開先の床下に保管されて生き残った。友人たちの手で、日本から手紙として送られてきていた幾編かの詩と合わせて出版され、〝抵抗詩人〟〝民族詩人〟として一躍注目された。いまは、遺稿などを集めてさらに膨らんでいる（金時鐘訳『尹東柱詩集 空と風と星と詩』もず工房刊など）。

詩句は、平易な言葉で静かに語りかけているが、暗喩が多く、その真情を探りたくなるのも魅力の一つだ。

川を渡って森へ
峠を越えて村へ
きのうも行ききょうも行く
わたしの道　あたらしい道
（「あたらしい道」から）

故郷にもどってきた日の夜
わたしの白骨がついてきて
同じ部屋に横になった
（「また別の故郷」）

窓の外に夜の雨がささやき
六畳部屋は他人《よそ》の国
（中略）
詩がこれほどたやすく書けるのは
恥ずかしいことだ
（「たやすく書かれた詩」）

詩には、激しい言葉や怨嗟《えんさ》の響きはない。透き通るような語句で、周囲を眺め、自分を律しているのがわかる。その根っこを探ろうとして、この『評伝』では、先々代から移民となった間島の風土、延禧専門学校の雰囲気、友人たち、当時の日本の教育政策など、背景にも細かく目を配っているのが特徴だ。『評伝』からわかることは、尹東柱は開拓精神に満ちた家庭環境に育ち、優しい兄として妹弟に慕われており、誠実なつきあいでよき友人に恵まれ、勉学にもいそしんでいる姿だ。尹東柱の何ものにもおびえず、至純の魂だけを追求した根っこは、こうして培われた自侍《じじ》の精神の高さにあると思う。そのうえで、日本の植民地政策が課す過酷なあつかいにじっと耐え、やがてくる朝鮮の独立を確信していたのではないだろうか。

この書は、尹東柱の遺族の全面的な協力も得ており、評伝の決定版といえる。愛沢は翻訳と出版社探しに5年かかったという。この翻訳出版で、韓国の尹東柱理解との落差を相当に埋められそうだ。

（09年5月11日号掲載）

ソン・ウヘ　韓国の作家。82年、韓国文学賞受賞。長編小説『秤と刀』『透明な林』など。歴史家として北間島史、独立運動史などの論文がある。

金石範『地底の太陽』

韓国・済州島４・３事件後の生き方

第2次大戦後の1948年に、朝鮮半島の南北分断に反対して済州島で起きた武装蜂起の4・3事件から今年60周年を迎えた。韓国だけでなく、日本でも多くの犠牲者への慰霊行事がもたれた。

在日の作家・金石範の『地底の太陽』（集英社、06年刊）は、同事件を真正面からとりあげた全7巻の大長編『火山島』（文藝春秋）の続編にあたる。『火山島』は、韓国では長くタブーだったこの事件を衆目の前に引きずりだした。『火山島』第1部（全3巻）の完結とともに翻訳されたものの、販売禁止になった経緯がある。

『地底の太陽』は、死刑直前に『火山島』の主人公「李芳根《イパングン》」に助けられ済州島を脱出し、大阪にたどり着いたもう1人の主要人物「南承之《ナムスンジ》」のその後である。豚小屋で逃亡生活を試みるも捕まった南承之。日本では、「ゲリラ敗残兵」「逃亡者」の強迫観念にさいなまれ、怠惰な生活を送る。「豚なんだよ。豚」と自嘲する言葉がしきりと出る。南承之は、やがて李芳根の自殺を知り、立ち上がれないほどの激しい衝撃を受ける。

すでに東京に留学していたあこがれの李芳根の美貌の妹「有媛《ユウォン》」とも逢うが、手伝い娘の「高幸子《コヘンジャ》」との婚約を進める。再び有媛に逢い、ともに夢にあらわれた李芳根を回想し慟哭《どうこく》する。「豚になってでも、生きる力を」と。こうして南承之が自殺の危機からまぬがれたことを暗示する。49年4月の日本への逃亡から、李芳根の自殺1周年にあたる翌50年6月までの物語である。

弾圧の極限状況を経験した承之が日本で果敢に生き抜く姿を読めるのかとの期待は、あっさり裏切られた。が、小説は済州島脱出から1年余の短い時間である。歴史的には、済州島ではゲリラが壊滅し、朝鮮戦争が勃発する直前の時期である。この間に、トラウマ（精神的外傷）のように承之にまとわり続けた傷痕は、4・3事件の過酷さのあらわれであろう。

ただ、触れられていない部分がある。それゆえに、この作品を一読しただけではわかりづらいところがある。一つは、承之が惹かれていた有媛をなぜ避けるのか、一つには、どうしてこうも自分を「逃亡者」として責めるのか。

作者・金石範が、通俗的な解釈を加えずに、「武装蜂起に殉じる」倫理性を深く追求したものと思える。同時に、大長編となる続編の始まりを思わせる。

「あとがき」で金石範は、つぎのように記している。

「『火山島』のさらなる続編、『地底の太陽』の第二部に当たる作品を、『四・三』から半世紀後の『現在』を書かねば……の思いがしてくるが、すぐにということではない」と。

この4月、4・3事件の60周年として、済州島から来日した済州民族芸術代表団が大阪と東京で「共に歩もう平和への道」のタイトルで、「民俗クッ（祭祀）」を演じた。大阪での大ホールいっぱいの観客は、在日の高齢者が多かった。演技用に舞台にしつらえた祭壇にひざまずく観客があとをたたなかった。寸劇では、無惨に痛めつけられた虐殺死体のため父や肉親の骨を探しあぐね、骨を奪い合う姿が演じられた。いまやっと、４・３の記憶が解禁されつつあることを見せつけた。

トークに立った金石範は、「つい10年前までは４・３はタブーで、今日の60周年があることは考えられなかった。いっさい、記憶してはいけないとされていた。記憶の抹殺で、本当の歴史はまだできていない」と強調した。

政治が時間を歪《ゆが》ませていることは明白だ。地表を上滑りする、めまぐるしい日本の時間。地底で呻吟《しんぎん》する済州島のよどんだ時間。『地底の太陽』が、李芳根の自死に深くこだわるのは、ここに由来するのだろう。

『火山島』が、日本でこそ出版ができ、国境をこえて反響をよんだように、４・３事件ひいてはイラク、パレスチナ、アフガンのゲリラ戦争とも通底する歴史の影のドラマ、正史から洩れた歴史の苦悩を、「火山島以後」として、さらに書きついでほしいものだ。

（08年5月12日号掲載）

キム・ソクポム　１９２５年、大阪市生まれ。『火山島』は76年に着手し、83年に第1部（全3巻）が完結し、大佛次郎賞受賞。88年に韓国で翻訳。97年、第2部が完了、毎日芸術賞を受賞した。先ごろ『金石範作品集 全2巻』（平凡社）を刊行。

金時鐘　詩集『失くした季節』

もう一つの敗戦体験

在日1世の金時鐘は寡作な詩人である。日本と韓国のはざまの真空状態のなかで、自力で生きるしかなく、孤独な闘いを詩に刻んできた。その出発点が8月15日なのだ。

今年、刊行した『失《な》くした季節――金時鐘四時詩集』（藤原書店）は、新作の詩集としては12年ぶりであり、12年前の詩集『化石の夏』（海風社、98年刊）と対をなしている。韓国・光州《クワンジュ》市の師範学校生で迎えた8月15日は、「地の底に落ちるような失速感」を味わった。

石とても思いのなかでは夢を見る。
事実ぼくの胸の奥には
はじけた夏のあのどよめきが
雲母《うんも》のかけらのようにしこっている。
石となった意志の砕けた年月だ。

（「化石の夏」の冒頭）

8月15日は、日本では「敗戦」の日、植民地統治下だった朝鮮では「解放」の日として誰も疑わない。

だが、そうでない人もいたのだ。金時鐘は、家族が朝鮮語を使うなか、小学校にあがって以来、「正しい日本語」を使い続けた皇国少年であった。自分が日本国民になることを疑わなかった。8月15日は、金少年にとって敗戦という悲劇でもなく、解放という輝かしい日でもなかった。自分という核を見失い、民族としての存在基盤を揺るがすものだった。

反動として必死に朝鮮語を身につけた。3年足らずで48年4月3日、郷里の済州島で朝鮮の南北分割に反対する民衆の武装蜂起が起こった。だが、ほどなく米軍がのりだし形勢は逆転した。狭い島で殺し合いが激しくなり、組織活動に身を投じた金青年は警察から追われる身となった。父親は財産をはたき、「わしの目の届くところでは死んでくれるな」と国外へ逃亡させた。こうして日本にたどり着いたのは、金青年だけではなかった。

金時鐘の思いもかけぬ長い在日の暮らしが始まる。父親とは再び顔をあわせぬまま死別。『失くした季節』には、抑制した望郷と逃亡のやるせなさが漂う。

遙かでいいのだ
隔った国は。
声ひとつ届かせない
囲いの中へは
かざした右手で染まってていいのだ。

（「空」より）

言えずじまいの言葉が
無数の目に囲まれて
口ごもっています。
ぼくはまだ告白を知りませんし
願いを適える言葉もまた
未だ知りません。

（「蒼い空の芯で」）

渡日後、日本で朝鮮民族の文化活動をするが、詩は日本語を駆使して書いた。「なぜ民族語で書かないのか」との周りの冷たい目にあうなか、日本語で書き続けた。青年期の思想を形作った骨絡みの日本語。押しつけられた側として、逆に日本語の機能の極限に迫ってみせる。金時鐘は、「日本語への報復」というが、その思いは複雑だ。

さる6月、大阪で韓国の檀国《タングク》大学韓国文化技術研究所主催のフォーラム「文学とディアスポラ」がひらかれ、金時鐘の詩に焦点が当てられた。ディアスポラは「離散」を意味するが、やむなく故国を離れて漂泊する者との意味がこもっている。韓国では、金時鐘にディアスポラの文学者として熱い視線が注がれているのだ。海の向こうからは、金時鐘の詩に別の光が当てられていることがうかがえる。

つぎの詩の一節は、「ディアスポラ」の視点で読むと、いっそうの陰影が見えてくる。

かりに蛹から抜けきれなかった蝶がいたとして
小枝でそのまま乾いているとしても
翅《はね》はしだいに半身のまま風となれ合っていき
あたりに飛翔を花粉のように引き散らしながら
葉うらのあわいでさらされているだろう

（「化身」より）

異国の地での無念さは、「政治の壁」の一言では解けないだろう。私は頭を垂れて、精神の深みをただ見つめるだけだ。

（10年8月9日号掲載）

キム・シジョン　1929年、朝鮮・元山市生まれ。最近の著書に『わが生と詩』『境界（きょうがい）の詩』『再訳 朝鮮詩集』など。

8 戦争体験の座標

高村光太郎 詩集『典型』

気概ある詩の落とし穴

詩「道程」や詩集『智恵子抄』で親しまれている詩人・高村光太郎は41年12月9日、太平洋戦争の開戦への思いを詩にぶつけた。

「記憶せよ、十二月八日この日世界の歴史あらたまる。（中略）世界の富を壟断《ろうだん》するもの、強豪英米一族の力、われらの国に於いて否定さる。われらの否定は義による。東亜を東亜にかへせといふのみ」（「十二月八日」から）

戦中は、ひたすら戦争詩を書き続けた。「特別攻撃隊の方々に」「海軍魂を詠ず」「婦女子凛冽たり」と、どの題名を見ても勇ましい。敗戦を迎え、45年8月17日付の朝日新聞に掲載した詩「一億の号泣」は――

「微臣恐惶《きょうこう》ほとんど失語す。／（中略）／鋼鉄の武器を失へる時／精神の武器おのづから強からんとす。／真と美と到らざるなき我等が未来の文化こそ／必ずこの号泣を母胎としてその形相を孕《はら》まん」

自分の至らなさを責め、かつ将来を展望し自分をむち打っている。ただ、戦争に敗れたことを責めているだけで、戦争に加担したことを反省する「戦争責任」という言葉とは、別次元であり、世界観が転換したわけではない。

文学者が敗戦の日の8月15日をどう迎えたのか。文学に思想性を見出す以上、いまだに気になることである。戦争詩で兵士と銃後を鼓舞した光太郎は、このことを恥じて岩手県の山中に移築の山小屋をこしらえ、10月からこもった。だが、一方で「日本最高文化の部落を建設する」と意気軒昂《けんこう》でもある。

山小屋は、花巻《はなまき》郊外の村はずれの丘のふもと。3間四方、板間と畳3枚。電灯なし。酷寒のなかで農耕自炊した。すでに結核におかされ、詩を書き、「美」を求めて評論を問うた。

高村光太郎は、そもそも詩人をめざしたわけではない。彫刻家の家に生まれ、東京美術学校の彫刻科を卒業するが、もの足りずニューヨーク、ロンドン、パリと計3年半の留学を試みた。帰国後に詩を書き、古い時代への反抗を秘めた、自意識の強い高邁《こうまい》な詩は、新しい思潮として迎えられた。

「僕の前に道はない／僕の後ろに道は出来る／ああ、自然よ／父よ／僕を一人立ちさせた広大な父よ／僕から目を離さないで守る事をせよ」（「道程」から）

そして妻となる智恵子を知ってからは、「政治も経済も社会運動そのものさへも、／影のやうにしか見えなかった。／智恵子と私とただ二人で／人に知られぬ生活を戦ひつつ／都会のまんなかに蟄居《ちっきょ》した。」（「美に生きる」から）のだった。

どうして戦争詩に転じていったのか。その転機となったのは日中戦争の始まった37年、智恵子の死の1年前。詩「秋風辞」は、「南に待つのは砲火である。／（中略）／太原を超えて汾河渉るべし黄河望むべし」と、日中戦争に身を乗り出していく。やがて、「神武の帝を高く仰いで今をかへりみ、／おほらかに、つよく、あきらけく、／人類根源の美と光とを此世に樹《た》てよう。／洽《あまね》く此世を浄める天の息吹と吾等はならう」（「紀元二千六百年」から）の境地に到る。42年には創立された日本文学報国会詩部会会長に選ばれている。

詩集『典型』（中央公論社）を出したのは戦後、山小屋生活に入って5年目の50年秋。約40編。「典型」はその精神の有り方を示している。

まことをつくして唯一つの倫理に生きた
降りやまぬ雪のやうに愚直な生きもの。
今放たれて翼を伸ばし、
かなしいおのれの真実を見て、
三列の羽さへ失ひ、
（中略）
ただ前方の広漠に向ふといふ
さうひふ一つの愚劣の典型。
典型を容れる山の小屋、
小屋を埋める愚直な雪

自分に向かって烈しく思索しているものの、戦争のリアリティーはない。この詩集の締めくくり「生命の大河」では、「科学は後退をゆるさない。／科学は危険に突入する。／科学は危険をのりこえる。／（中略）／原子力の解放は／やがて人類の一切を変へ／想像しがたい生活図の世紀が来る」と。今度は原子力という巨大な力に希望をつないでいる。「原子力の未来」は、いまや言及する必要はあるまい。高村光太郎は、つねに、世俗をこえた真理を求め、大きな力を発見し、己もそれに没我する気概は多くの人を鼓舞した。だがその危うい行方は、いまは見極めることができる。

52年、青森県から十和田《とわだ》湖畔に彫像の依頼を受け、山小屋生活にケリをつけ東京に出た。山小屋生活7年間。モニュメントの裸婦像に、智恵子の残像をつぎ込みたかったようだ。戦争詩への慚愧《ざんき》のまっとうより、新たな創造を選んだ。世間や他人には目もくれず、自分と対話をしたといえる。結局、燃える生命力が、思想の節度を上回ったと思える。

（11年8月15日号掲載）

たかむら・こうたろう　1883～1956年。東京都生まれ。父は彫刻家・高村光雲。詩集に『道程』『猛獣篇』、戦中は『大いなる日に』『記録』がある。

火野葦平『革命前後』

兵隊作家の戦後とは

今年は火野葦平の没後50年――。1960年1月24日朝、「死にます。芥川龍之介とはちがふかも知れないが、或る漠然とした不安のために」の遺書を残して服毒自殺。だが、「心筋梗塞症」として届けられ、「自殺」は13回忌まで伏せられていた。葦平の兄弟が、病弱の母と妻を気遣ったのだ。この「不安」とは何だったのだろうか。

総合雑誌『中央公論』に前年の12月まで連載された最後の長編が『革命前後』（中央公論社、60年刊）だ。「最後の行を書いてペンをおいたとき、涙があふれて来てとまらなかった」と、異例の「あとがき」をつけて筆を置いている。ものものしい題名だが、敗戦前後の自分自身の身の処し方を、実録に近い格好で描いている。兵隊作家といわれる負い目を、はね返そうとしたものだ。

火野は、早熟な文学青年として早稲田第一高等学院のとき、長編の小説を書いている。早稲田大学に在学中、1年志願兵として入営している間に父親に退学届を出され、家業の若松港石炭仲仕を継ぐ。が、再び筆を執り、中国戦線に応召時に書き置いた「糞尿譚《ふんにょうたん》」で38年芥川賞を受賞。これをきっかけに、請われて中支派遣軍報道部に移った。展開中の徐州会戦を日誌風に綴った『麦と兵隊』が100万部をこえる大ベストセラーとなった。ついで『土と兵隊』『花と兵隊』と矢継ぎ早に戦地から発表し一躍、国民作家に。フィリピン、ビルマの前線にも駆り出され、帰国すれば全国を講演旅行して回った。「ペンという武器で戦っている」との思いだった。

しかし、敗戦で価値観が一転し、「戦争協力者」として占領軍（GHQ）による逮捕・死刑を覚悟する。刑は免れたものの「文化戦犯」として公職追放処分を受ける。そんななか、「ウソは書いていない」の信念のもと、『青春と泥濘』『悲しき兵隊』『追放者』『戦争犯罪人』などで再度、戦争と兵隊を見つめる。

『革命前後』は、終戦直前の45年7月、九州・小倉《こくら》の西部軍に結成された報道部に分隊長として参画。西部軍の一部で、連合軍に抵抗するために九州の独立を担う「革命政府」が画策される。が、形をなすまでに敗戦となる。これといって事件が起こるわけではない。右往左往する約20人の軍人と文化人からなる報道班員を、主人公「辻昌介」が眺め、兵隊作家としての真っ当な生き方を探るのである。

「私は依然として兵隊の立派さを信じる心に変りがない。（中略）将兵たちは、いたずらに殺戮《さつりく》を目的として馳駆《ちく》したわけでない。むしろ苛酷の戦相に眼を掩《おお》い、ただその破壊も建設のためのものであると自覚することによって、わずかに戦場の惨烈さに耐えたのだ。それこそは兵隊の美しき道義であった」

「八月十五日を境として、思いがけず、真の日本人たるか、そうでないかが明瞭となるような契機が生じたと思われる。（中略）根本的なものと考えられるのは、疑いもなく、道義の退廃と、節操の欠如であった」

一兵卒への共感と道義・節操のけじめ。通算5年間、前線の死地で兵と共にした経験から出る言葉は重い。

実際、火野葦平は中国戦線では下士官である伍長として応召し、私心のない「班長」として、隊員に慕われるのである。それは、死地での固い結束につながる。兵を描くつぎのような抒情を帯びた表現に結晶している。

「長蛇の列をなして行く。東方の新しき戦場に向って、炎天に灼かれながら、黄塵《こうじん》に包まれながら、進軍して行くのである。私はその風景をたぐひなく美しいと感じた。（中略）その溢《あふ》れ立ち、もり上り、殺到してゆく生命力の逞《たくま》しさに胸衝たれた」

中国の悲惨な人々に向ける目も優しい。ただ、中国の大陸に出向いて戦争を仕掛けている「国家」とは何なのか、その役割を担っている軍隊とは何かという迷いは感じられない。それゆえ、道義や節操をよりどころとする価値観が脇に追いやられる喪失感を、誰よりも強く感じていたのが火野葦平だった。「無私」の心だけでは、「解放」に行き着けなかったということではなかろうか。

この年1960年は、日米の防衛だけを主眼とする日米安保条約の延長に反対する、うねりのようなデモが時の政権を倒した年でもある。

（10年2月8日号掲載）

ひの・あしへい　1907〜60年。北九州市若松生まれ。戦争を題材にしない『花と龍』『黄金部落』、詩集『山上軍艦』など。『火野葦平選集』（全8巻）。

城山三郎『大義の末』

天皇制と向き合う

日本の戦時中に青春期を送った世代は不幸だった。若い一途な気持ちは、天皇の国への献身的な奉公へと上りつめた。敗戦とともに、その気持ちの持って行き場はどうすればよかったのだろうか。

新しいデモクラシーの時代に、あっさり気持ちを切り替えることのできた人はいい。だが、あの高揚感の正体を見届けようとする者は時代から取り残された。その〝不幸〟のなかにこそ、正統な戦後の生き方が宿っていたのではなかったか。そんな人物を造形した城山三郎の小説『大義の末』（五月書房、59年刊）は、静かに読み継がれているようだ。

作者自身と重なる主人公「柿見」は、旧制中学のとき、仲間たちと軍神、杉本五郎中佐の書き残した著作『大義』に傾倒する。同書は、「汝、吾を見んと要せば、尊皇に生きよ、尊皇精神ある処、常に我在り」と、自分を滅する思想を朗々と説いている。『大義』は実際、中国戦線に消えた杉本中佐の遺書で、戦時下に10万部のベストセラーになったという。柿見たちは「大義」を果たすために予科練に志願する。

が、そこに見たものは、上官の苛烈な暴力だった。そんななか、友人は訓練中、柿見と接触して「陛下の銃」の三八式銃をかばって岩に身体を激突させ死んだ。

敗戦後、旧制高校生となった柿見は、来校して会釈の手をあげようとして、冷たい人垣に戸惑った表情の皇太子に、「硬質の親愛感」を覚えるのだった。元教師や先輩たちは、「大義」を忘れたかのように振る舞い、柿見は県の兵事課員だった町長・肥田のもとで勤める。柿見は、彼らをつかまえては、問いつめるのだった。

柿見 天皇制をどう思いますか?

大久保（先輩） それほど、いま天皇制が問題なのか。

柿見 支配権力にとって実に便利な存在だから。国民の総意を代表し、それを越えた存在ということにしておけば、たとえ自分たちが不都合なことをしても、天皇の意志だと責任を逃れられる。天皇という一語ですべてが正当化される。

大久保 具体的にどうしたらいいと思っているんだ。

森（友人） 維新当時、将軍家が駿府へ移って政治への未練がないことを示したように、天皇家もどこかへ移ることだ。最後は伊勢神宮の宮司のような、祭司的存在になればいい。ほぐすようにしてなくして行く過程は、国民が大事にされて行く過程であり、同時に天皇や皇太子が人間として幸福になって行く過程なのだ。

町長が、来県した皇太子に、町長自らを「地方自治功労者」として拝謁できるよう画策したハレの日、柿見は皇太子に向けて「セガレ!」と叫ぶ。町長を狼狽《ろうばい》させて町長の愚をはらし、自分の将来をなげうつ覚悟で。自分こそが天皇の最大の理解者だという親愛感を込めて。だが、怒濤《どとう》のような万歳の声にかき消されていった……。

敗戦から、14年後の1959年の作品である。が、妙になまなましい。時流に乗って「天皇制」を否定した声はどこにいったのか、柿見のいうようにいまや「抜けがら」の存在になっているのだろうか。

城山は、経済小説の新境地を開いた作家として高名である。だが、ベ平連の集会の舞台に立った写真が、私には記憶に焼き付けられている。経済人を多く扱った小説の底流に、自身の海軍特別幹部練習生の体験へのこだわりとして、軍への批判、「組織と個人」のテーマが生き続けていることを改めて思う。

城山は、これらの自作を集めて今春、『昭和の戦争文学』（全6巻、角川書店）を刊行した。

（06年9月4日号掲載）

しろやま・さぶろう　1927～2007年。名古屋市生まれ。59年、「総会屋錦城」で直木賞。処刑された広田弘毅を描いた「落日燃ゆ」、井上準之助らの「男子の本懐」など経済小説が多いが、「大義の末」「一歩の距離」「硫黄島に死す」や「辛酸　田中正造と足尾鉱毒事件」などの系譜がある。『城山三郎全集』（全14巻）は新潮社刊。

目取真俊『水滴』

「戦後」を持続させる精神

「戦後レジーム（政治体制）からの脱却」と安倍晋三《あべしんぞう》・前首相は傲然と言い、着々と実行に移したが、基地の島、沖縄では「戦後」は終わらない。今秋、「高校教科書検定抗議」の県民集会では沖縄の怒りを見せつけた。参加した老若男女11万人（主催者発表）とは、県民10人に1人に近い大きな人数だ。

太平洋戦争で唯一戦場となり、沖縄の人たちが見たものは、沖縄の人たちを守るどころか集団自決へと導いた軍隊だった。そして、「命令はなかった」とする当時の守備隊長の遺族らが起こした裁判などを根拠に今春、教科書検定で高校の社会科から「軍の命令で」の言葉が消えた。このことへの憤りだ。

戦後も60年、世代が変わりいろいろなものが風化するなかで、正統な怒りを持続させるその精神風土。それを知る手がかりに沖縄の作家・目取真俊の『水滴《すいてき》』（文藝春秋、97年刊）を読み返してみた。

目取真はこの作品で97年、芥川賞を受け、以後も沖縄に腰を定めて書き、発言しつづけている。『水滴』では、飲んだくれの「徳正《とくしょう》」の右足が突然に冬瓜《とうがん》のようにはれ、親指から水が滴る。見舞いにかこつけた見物人が門前に列を作る。夜になると、沖縄戦で死んだ重傷の兵隊たちが次々とあらわれ、のどを鳴らして水をすすり、壁のなかに消える。奇想天外な設定に笑っておられるのは、だが、初めのうちだけだ。やがて、現れた兵たちは壕に取り残され、水を求めていた者ばかりだとわかる。

2週間が過ぎた夜、瀕死のまま置き去りにした友人「石嶺」があらわれ、徳正の足をいたわるように水を飲んだ。石嶺とはあの日、「赦《ゆる》してとらせよ、石嶺……」と別れ、直後に壕から炸裂音を聞いた。女子学徒隊の「セツ」が石嶺に残してくれた水筒の水は徳正が一気に飲んだ。戦後、訪ねてきた石嶺の母親には「逃げる途中ではぐれた」としか言えなかった。

酒浸りになったのは、セツたちが摩文仁《まぶに》海岸に追いつめられ手榴弾《しゅりゅうだん》で自決していたと偶然に知ったころからだ。その後、徳正は勧められるままに学校の子どもたちに戦争体験を語りはじめた。ただし、これらのことは伏せたままだった。

夜に徳正の前にあらわれたその石嶺は、「ありがとう。やっと渇きがとれたよ」と言って消えた。それから腫れがひき始めたのだ。

陸上戦を経験した沖縄の人々にとって、戦場の記憶は複雑に錯綜《さくそう》し、生々しい。戦後生まれだが、目取真はその根源的な意味を問いつづけていると思う。目取真は、徳正に「五十年余ごまかしてきた記憶と死ぬまで向かい合い続けねばならないことが恐かった」と言わせている。目取真は、記憶を人間の尊厳のなかに深く組み込ませていることをうかがわせる。

初期短編集『平和通りと名付けられた街を歩いて』（影書房）のなかの同名の作品は、1983年にあった皇太子の沖縄訪問を題材にしている。しっかり者で平和通りの露天商だった「ウタおばー」はいまは認知症で街を徘徊《はいかい》し、人を見ては「兵隊が来る」とおびえる。警察は皇太子来訪で、おばーを家に閉じ込めておくように執拗《しつよう》に家族に迫る。が、〝座敷牢《ざしきろう》〟を抜け出したおばーは、皇太子の車の列に飛び出す……。

近作のエッセイ集『沖縄「戦後」ゼロ年』（NHK出版刊、05年）で、「沖縄戦の中で、人に語れない体験をした人達が数知れずいます。（中略）せめて、彼らがどう生き、どのように死んでいったかを知ることで、彼らの語られなかった言葉を考え続けることが大切だと思います」とのべている。

基地がある以上、沖縄は戦争と切り離すことはできない。当然ながら沖縄は日本の一角である。ここまで考えると、日本の「戦後体制」を単に否定し去ろうというのは、現実に目をおおう姿勢だと思い知らされる。目取真は、「戦争の記憶の共有」を強く訴えてもいる。

（07年12月10日号掲載）

めどるま・しゅん　1960年、沖縄県生まれ。琉球大学法文学部卒業。『魂込め（まぶいぐみ）』（朝日新聞社刊）で木山捷平賞、川端康成賞。他に短編集『群蝶の木』（同）など。沖縄県在住。

大城立裕『普天間よ』

「戦場」が蓄積した島

基地過剰にあえぐ沖縄。日米合意に基づく、米軍普天間《ふてんま》飛行場の移設問題が土壇場に来ている。おりから、戦後の終わらぬ沖縄の底深い吐息を描いた大城立裕の短編集『普天間よ』（新潮社、11年刊）が出された。表題作を中心に、「夏草」など計7編の作品からなっている。

念のために数字をあげると、沖縄の米軍基地は２３０平方キロで日本の米軍基地の74％を占める。沖縄本島の面積に対しては20％近くをこの基地が覆う。さらに、駐留する米軍の２万５０００人は、日本の米軍全体の68％にあたる。まさに米軍基地の島である。

普天間飛行場のある宜野湾《ぎのわん》市は、浦添《うらそえ》市を挟んで那覇《なは》市の北にあり、この人口密集地を軍用機が発着を繰り返す爆音はそのつど、住民の時間を止める。それだけではない。１９９５年には小学生の少女がここの米兵に暴行された。２００４年には滑走路の南端の沖縄国際大学に米軍ヘリが墜落したが、捜査に出動した県警は事故現場から米軍に排除された。

短編「普天間よ」は、これらを正面から取り上げているわけではない。語り手の「私」は、勤めをしながら琉球舞踊に精出している25歳の娘。祖母が、軍用地内の拝所《うぐわんじゅ》にあるはずの「べっ甲の櫛《くし》」を取りに域内に入りたいと、市役所に申請しているのだ。この櫛は、祖母の姑が沖縄戦のときに拝所に隠して逃げた、先祖の誉れを伝える品だ。一方、戦後生まれの父親は、若いころ祖国復帰デモをし、いまは基地返還促進の事務所に勤めている。そしてある日、蒸発する……。

小説には、気になる場面が重層的に組み込まれている。一つは、普天間の今だ。夏の午前中、飛行場に隣接する小学校で騒音を測ったら、4分30秒に1回の爆音だった。授業はそれに合わせて中断。屋上で騒音を体験した父親は、その日は一言もしゃべらなかった。

祖母は拝所入りに成功して、それらしい土地を掘ったが見つからなかった。が、「アメリカーとのつきあいは、そんなものだ」とさばさばしている。

父の蒸発でも祖母は驚かず、「帰って来ればよいだけのことだ」と思っている。数カ月後、辺野古《へのこ》の民宿で事務の手伝いをしているのが見つかった。父は「日常的に爆音に曝《さら》されていると、基地返還運動をやはり日常的に続けている自分が、偽善をしているのではないか、と思えたりしてな」と告白する。

これら、真っ当さを求めるこだわりと、結果に引きずられない図太さが描かれているように思う。

他の作品では、いまに尾を引く沖縄戦での逃避行の日常が垣間見《かいまみ》える。「夏草」は、手榴弾を手に入れ「これで豪快に恐怖から解放」されると安堵《あんど》するが、結局は手放す話だ。「窓」では、入院で横たわる病院の窓からの風景には、あのとき一命をつないだ小川一帯があるはずだがその痕跡がない感慨。「首里城下町線」は、戦地でのある証言を求めて一緒だった学友を尋ねるが、記憶を失いかけている。だがそれは、戦場での悔いに突き動かされて起こったものだった。——戦場での、悲惨一色ではない人間的な日常が描かれている。

沖縄は、米軍が本島南の沖、慶良間《けらま》列島に上陸した１９４５年3月以降、山野が変形するほどの烈しい米軍の艦砲射撃に見舞われた。そして4月に、本島中央部に上陸した米兵に追われて北と南に逃げまどった。それは人々にとって、土地に染みついた記憶として生きており、まだ歴史の記録に追いやるわけにはいかないのだ。

大城立裕は、芥川賞作品「カクテル・パーティー」で、米軍と渡り合う軍政下の沖縄人を描いて登場した。一貫して沖縄の心をさぐり、『小説琉球処分』や沖縄戦を扱《まぶい》った『日の果てから』（平林たい子文学賞）のような近現代史から、さらに沖縄の創生期の神話や霊魂の世界、民俗の伝承にも足を踏み入れ、『神女《のろ》』『花の碑』や短編集『後生《ぐしょう》からの声』などに刻んでいる。沖縄は本土のように、仏教各派によって信仰が区分けされることなく、霊魂の世界が宗教と交差しながら連綿として続いている。

大城は、新聞社のインタビューにこう答えている。

「日本の外務省官僚は日米安保の必要性を金科玉条のようにして米国ばかりに顔を向けている。まるで属国です。その結果、日米同盟堅持のためには沖縄を犠牲にするという政治的差別が構造化されてしまっている」

戦場としての苛酷さに重ねて、基地を押しつけられ続ける理不尽。そんななかでの魂と信仰、抵抗と誇りの堅持。日本人として忘れられようとしているもの、つまり「解放」へ向かう原質が、ここには生き続けている。

（11年10月24日号掲載）

おおしろ・たつひろ　1925年、沖縄県中城村生まれ。中国の東亜同文書院在学中に現地入隊、敗戦で沖縄に帰国。『大城立裕全集』（全13巻）がある。

大江健三郎『水死』

人間神の「時代精神」に抗う

ノーベル賞作家が自ら「最後の仕事となるもの」と言うからには、熟読しないわけにはいかない。長編『水死』（講談社、09年12月刊）である。「戦後思想の形成」の項で、『飼育』以来半世紀の大江文学の軌跡を振り返ったが、その「強権に確執をかもす志」の文学がどう着地するのか、期待は高まる。

舞台は、お馴染《なじ》みの「四国の森」。大江とおぼしき「長江古義人《ちょうこうこぎと》」の語りの格好で話は進んでいく。古義人は四国の森に帰り、戦争に敗れた夏に決起を企てて大水の川に短艇で乗り出し水死した父親のことを小説に書こうとする。母親の10年の命日を機に、封印されていた父にまつわる記録が入っている「赤革のトランク」が手渡されるからだ。地元で古義人の作品の上演活動をしている劇団「穴居人」が、古義人が小説にする過程を同時進行で演劇に仕立てようと待ち受けている。

作品は、たしかに大きな構えとして進行する。縦糸に父の決起を促した「昭和前期」の時代精神を解き明かそうとする意図。それは作家自身にもつながっているものなのだ。横糸には次々と繰り広げられる日常。「四国の森」を出たままだった古義人への咎《とが》め立てを残して死んだ母親。古義人の文学に問いを発する劇団主宰者の「穴井マサオ」や創造する女優「ウナイコ」。劇団と古義人を橋渡しする「四国の森」の妹「アサ」、障害をもつ音楽家である息子「アカリ」との葛藤。さらに父の錬成道場の一番弟子だった隻腕《せきわん》の「大黄《だいおう》」。それぞれに感覚の鋭い人たちばかりだ。

劇団の穴井マサオは、この水死小説は、「戦後改革を徹底して支持する教条主義とはまた別に、深くて暗いニッポン人感覚」に向けて、「はみ出てくるものがある」と、予感しているのだ。

前作の『臈《らふ》たしアナベル・リイ　総毛立ちつ身まかりつ』で、女たちが主導した「四国の森」の一揆《いっき》がここでも登場し重要な役割を担う。このほか、漱石の『こころ』と「明治の精神」、言葉の「ゆらぎ」、神話世界……といった意匠が組み込まれている。この作品で私が注目するのは、文化人類学者フレーザーの民俗学的な集成である『金枝篇』を持ち出し、父の決起について「国家の危難を回避するために人間神を殺せと伝えた」と意義づけていることだ。王殺しは『金枝篇』の要諦だ。人間神に固執する「昭和前期（敗戦前）」の精神への対抗軸として、従来の「森の伝説」だけでなく、世界史的な発想を持ち込んでいる。

このように、さまざまな脈絡が絡み合う。ここには、脈絡が色濃く重なり合う場所こそが大事なのだとの仕掛けがある。正直、するすると読み進むには難渋する。一方で、聡明な人には知的な興奮に事欠かないだろう。

一筋縄にはいかないが、しだいに「昭和後期」の姿、つまり女性の存在感が際立つ戦後民主主義の立ち姿が、伝説・神話的な装いをまといながらあらわれる。

だが、終盤、話は意外な方向に急展開する。保守派の元文部省局長の伯父が指図する男らが、アカリとウナイコを拉致する。伯父は、「国家は強姦《ごうかん》する」と合唱する劇のいくつかのシーンを手直ししなければ、「名誉毀損で訴える」と迫り、ウナイコを強姦する。かなり強引な情況設定のように思える。だが、そうまでして描き出そうとしたものは何なのだろうか。
この会合後の席で、父の一番弟子「大黄」が伯父に向けて放つ2発の銃声。大黄は「長江先生（古義人の父のこと）についておった物の怪が、いまはわしを新しい『よりまし』にしておるのを知りました」と言い残して森に消える。自裁死を暗示する。「よりまし（憑坐）」とは、神霊がとりついた人間のこと。
大黄がはたした古義人の父へのこの「殉死」。いま、「昭和後期」にも根を張っている、深くて暗い思考の繰り返し。ここをどう理解するかで、作品の行方が変わるように思う。ただ、私にわかることは、強権＝暴力とセックスという生々しい情念の衝動は、大江の文学の通奏低音として今回も健在だ。まだまだ、「晩年の作品」とまるくは納まらないぞとの宣告のようでもある。大江の戦後精神は、周辺の夾《きょう》雑物《ざつぶつ》を呑《の》み込みながら、いまだ成長途上のようだ。「解放」に向けて脱皮を繰り返す。

（10年3月8日号掲載）

おおえ・けんざぶろう　1935年、愛媛県生まれ。東大生のとき、「飼育」で芥川賞。以後、時代感覚の鋭い話題作多数。94年、ノーベル文学賞受賞。

井上俊夫　詩集『八十六歳の戦争論』

「戦争の記憶」の真摯な追求

大阪の詩人、井上俊夫は、自分が5年間、太平洋戦争で中国に従軍した「戦争の記憶」を、さまざまな角度からふり返り、考え、身もだえし、昨秋、亡くなった。最後は病床でも書いた詩集『八十六歳の戦争論』（かもがわ出版、08年刊）を遺書のように残した。

これは、『従軍慰安婦だったあなたへ』（かもがわ出版）、『八十歳の戦争論』（同）、『初めて人を殺す』（岩波現代文庫）と続く、戦争語り部のような詩文集の掉尾《ちょうび》を飾るものだ。だが、絶叫調でもなければ、演説でも、啓蒙でも、詠嘆でもない。

なにか悪い事でもするように
屋根裏の仕事部屋の入り口の扉も窓も厳重に閉め切り
誰にも覗かれないようにして
デスクトップ型パソコンの電源スイッチを入れる。
そして『君が代行進曲』のＣＤをセットするのだ
（中略）

書斎で君が代行進曲にあわせて歩いていると
いまなお有効期限が切れていないことをはっきりと思い知らされるのだ。

（「『君が代行進曲』にあわせて」から）

このとき、彼は77歳。いまだに軍歌に陶酔する自分の飾らぬ姿をのぞき込もうとしている。「下士官の指導で兵士が円陣を作ってゆっくり歩きながら／声高らかに歌う軍歌演習のひととき。日が暮れて兵舎の空に響き渡る消灯ラッパの哀調を帯びた音。（中略）私は若き日に体験した戦場生活をしみじみと偲んでいるのだ」とも歌う。戦場の懐かしいほど気楽な一面も、記憶のなかには生きているのだ。

彼は、復員して大阪の郷里に腰を据え、農民詩人として世に出た。戦争体験を書くようになったのは70歳を過ぎてからだ。講演やインターネットのホームページでも語りかけてきたものは何だったのだろうか。戦争は、壮大な「事業」である。それを写し取る戦争体験も一筋縄ではいかない。どの記憶を大事な記憶として選択するのか。

彼には脳裏を離れない1つの体験がある。初年兵のとき、炊事場で使っていた中国人青年を木に縛り付け、突撃訓練として上官が全員に突けと命じた。彼も突いた。「豆腐のような、柔らかいだけの感触だった」という。

詩集は、戦場の諸相から記憶の昇華をめざす。容易な作業ではない。たどり着いた1つは、つぎの詩だ。

当時の私は政府や軍部が唱える「大東亜戦争の大義」に
なんの疑問も持たなかった
その実態を見極める力が無かった
だから平気で中国人に銃剣を突きつけることができた。
ところが日本の敗戦により故郷の村へ復員してから
自分が足掛け五年も命がけで従軍した戦争が
意外にも日本帝国主義がおこなった侵略戦争であったことを
覚らねばならなかった。
戦争中「国禁の書」だった本を誰はばかることなく読める時勢になって
私にはようやく戦争の本質が見えてきたのだった。

（「無知でない無知の若者」から）

「無知でない無知」という意味は、当時の彼はロシア文学、フランス文学、アメリカ文学と、「かなりの本を読破していた」のだった。だが、「社会主義思想や反戦・反軍国主義の思想の知識は皆無だった」というのだ。イラク戦争のときには、イラクの民兵や市民に銃口を向けるアメリカの若き兵士に、自分の若き日をダブらせてもいる。これらをひとまとめにした最後の長編詩「ああ、戦後六十有余年」は遺言の気持ちだったに違いない。

戦争体験のない私たちは、「詩人井上俊夫」のひたむきな姿勢を信じて、その記憶の選択を共有すること——戦争体験の継承とはこういうことなのだと、決意を促しているようだ。「解放」へ踏み出すバックグラウンド（背景）として。

（09年6月8日号掲載）

いのうえ・としお　1922〜2008年。大阪府寝屋川市生まれ。詩人。57年、詩集『野にかかる虹』でH氏賞。評論『農民文学論』や詩文『わが淀川』など。

赤坂真理『東京プリズン』

天皇の戦争責任は明かされたか

東京裁判、正確には極東国際軍事裁判を取り上げた作家・赤坂真理の小説『東京プリズン』（河出書房新社、12年刊）が多くの書評で絶賛されている。今年の毎日出版文化賞を受賞し、そこでは「わが国の現代史の深部」に挑んだ「気宇壮大な力作」と評されている。題名の「東京プリズン」とは、太平洋戦争のA級戦犯を収監した「巣鴨《すがも》刑務所」を示唆している。手にしないわけにはいかない。

冒頭、「私の家には、何か隠されたことがある。そう思っていた」と、ミステリー仕立てではじまる。物語は１９８０年、15歳の少女「マリ」が米国東部の高校に留学する。２カ月たったころ、「天皇には戦争責任がある」というテーマを課せられる。発表は5カ月後、単位取得のハードルでもある。困ったマリは、２００９年の日本に国際電話をする。応答するのは、母親の年齢になったマリ自身なのである。母親マリは、そのまた母親が若いときの仕事を隠していたことに思いいたる。仕事とはどうやら、東京裁判の資料の翻訳に携わっていたらしいのだ。そこでこの母親が見たものは、という構成だ。こうして、高度に文学的な趣向をたたえて進行する。４４０ページ余の長編なので、伏線や枝葉がたっぷり。文学的に評価される所以《ゆえん》だろう。

そして最終章で、いよいよマリの「天皇の戦争責任」をめぐる公開ディベート（討論）がはじまる。

戦争責任はないとする相手側の論証にしばしば耳を傾けながら、あれこれと思いをめぐらす。

なかでもマリが心を痛めるのは、「お前の国の最高指導者だった天皇は、男ではない」という想念だった。なぜなら、戦争が終わって女のように振る舞ったではないか。男を迎える女のように、占領軍を歓迎したではないかと思うのだ。「自分を負かした強い者を気持ちよくして利益を引き出したら、それは娼婦だ。続く世代は混乱する。誇りがなくなってしまう」と。そして、「天皇の何たるかを問うたなら、自分の立つ場所がなくなる感覚に襲われる」のだ。日本の大人が天皇を語ってはいけないことにしている理由が、ここにあると感じるのだ。

その淵源は、天皇の「人間宣言」にあった。マリは「などてすめろぎは人間《ひと》となりたまいし」と、三島由紀夫が『英霊の聲』で描いた、英霊の呪詛《じゅそ》に共感するのだった。英霊たちは、他ならぬ天皇に裏切られたと。

「混乱と痛みに、アメリカで私は丸ごと直面していた。そのとき私には拠って立てる場所がどこにもなかった。私には、拠って立てる国や文化のアイデンティティがなかった」。英霊たちの呪詛に唱和するマリの立場は、いつの間にかそっくり三島由紀夫の世界になっている。

やがて、「TENNOUになりかわって考えてみよう」としたときに、本当のTENNOUの言葉がやってきた。皇軍が犯した残虐行為について、「彼らの過ちはすべてこの私にある」と。マリは、天皇の神性、つまり大君《おおきみ》の心にふれ、難問からは解放される。が、天皇の戦争責任を論理的に論証できなかったマリは、留学に挫折し、1年で切り上げて帰国する。

「現代史」とのかかわりを軸にストーリーをたどってしまったが、気になるのはマリがあたかも無辜《むこ》の民を演じていることである。かの戦争のことは何も知らず、「天皇の降伏？」「押しつけられた憲法？知らなかった」と驚いてみせる。それでいて、彼女があたかも平均的な日本人を代表していることだ。はたして、日本人とはこんなにも無邪気なのだろうか。近隣アジアの国々への戦争と多大の犠牲には、正面から言及されないままだ。また、東京裁判で天皇に戦争責任が問われなかった事柄についても明確にはふれていない。現代史は大君の神性にひたれるほど長閑《のどか》だろうか。

小説とはいえ、「現代史の深部」に触れた、というにはあまりに感覚的ではあるまいか。自民党総裁・安倍晋三や日本維新の会代表・石原慎太郎《いしはらしんたろう》らが強いニッポンを作るために、天皇を敬い、「押しつけ憲法」を葬ろうとしている主張の、露払いを果たしているような読後感だ。書評の大上段の評価には戸惑うが、この労作は天皇の戦争責任を回避しつつ論じられる現代史に対し、覚醒を促す話題作には違いない。

（12年12月17日号掲載）

あかさか・まり　1964年、東京都生まれ。慶大法学部卒。「ヴァイブレータ」（後に映画化）と「ミューズ」（野間文芸新人賞）で芥川賞候補。『蝶の皮膚の下』『太陽の涙』。

プラムディヤ・アナンタ・トゥール『人間の大地』

抵抗を支える誇り

インドネシアの20世紀は波乱に満ちていた。長いオランダの植民地、日本の軍政期をへてオランダからの独立運動、スカルノ政権による近代化、軍事クーデターによるスハルト軍事独裁政権へ。プラムディヤ・アナンタ・トゥールは、その後半世紀を1本の棒のような剛直さで生き抜いた作家だ。

オランダからの独立運動で2年半投獄された後、作家活動に入った。スカルノ政権下ではレクラ（人民文化協会）で、左翼の論客として活躍。軍事クーデターの9・30事件で囚われ、通算14年間の投獄・流刑地生活。解放された直後の80年に出した長編『人間の大地』（邦訳86年刊、上・下巻、めこん）は空前のベストセラーとなった。

この『人間の大地』は、19世紀末、オランダの植民地下で近代化が進む時代が背景。プリブミ（土着の民）の青年「ミンケ」が、大農場のとびきり美人の一人娘「アンネリース」に見初められて始まる。大農場は田畑だけで180ヘクタール、農場内に村が4つあるとてつもない広さだ。ミンケは超エリートの「ＨＢＳ（オランダ高等市民学校）」の学生。「ここに住みませんか」との申し出を受け入れ、娘との結婚へと発展する夢物語のような展開だ。が、ことはそう簡単ではない。

この時代のインドネシアには、ヨーロッパ純血、その男性との混血、プリブミの３つの血の間に画然とした差別があった。この血の要素が「あたかも蜘蛛《くも》の巣のように、社会の網の目をかたちづくっている」のだ。プリブミからはオランダ人へ声もかけられない隔たり。混血はオランダ化し、オランダ人以上に威張ろうとする。だが、ミンケはプリブミであることを隠さない。大農場を仕切る夫人「ニャイ・オントソロ」、つまり娘の母親はプリブミで、オランダ人の現地妻なのである。現地妻・妾はニャイとよばれ、プリブミからも冷たい目で見られるのだ。豪邸に居続けるミンケを見る周囲の目は、憧憬と侮《ぶ》蔑《べつ》がない交ぜになる。ミンケは「ふしだらな」学生として退学の処分にあう。つまり、植民地下での差別の構造が大きなテーマだとわかってくる。

読み進んでいくと、いやが上にも島崎藤村《しまざきとうそん》『破戒』の丑松《うしまつ》青年を思い浮かべる。国を隔ててほぼ同じ時代である。社会が近代化に向かうなか、両青年は個の自覚・確立と背中合わせに、周囲の差別の目とのたたかいを迫られる。西欧風の高等教育で近代を知ったミンケは、丑松と違ってそこから後退しようとはしない。民族としての誇りと結びつき、因習にかこわれたエリートへの道を手放し、闘いながら誇りを強固なものにしていく。ミンケは、新聞に投稿して根気よく偏見に反論するが、道は平坦ではない。

最後まで闘わなかった丑松と、このミンケとの違いはなんだろうか。風土の違い、文化の違いに思いを馳《は》せてみる。だが、差別の時代のまっただ中で書かれた『破戒』と、民族解放の道筋が見えた後で書かれた『人間の大地』との差は大きいだろう。藤村が、あるいは日本の明治の作家が、文学の枠にとどまらず真の人間解放という行動的な位置で書いていたら、もっと違った形の文学が生まれただろうかとも夢想してみた。

『人間の大地』は刊行してほどなく、禁書とされた。スハルトの強権政権のもと、「秩序を乱そうとするもの」として疎まれたのだ。プラムディヤは続いて『すべての民族の子』を世に問うが、これも禁書となった。負けずに『足跡』『ガラスの家』と書き継ぎ、民族の解放を歩む四部作を成し遂げた。何度かノーベル賞の候補にあがった。本が店頭に並ぶようになったのはスハルト政権が倒れた98年以降といわれる。その間、作品はコピーで出回っていた。

プラムディヤは、昨年4月30日に病死した。

（07年5月14日号掲載）

プラムディヤ　1925～2006年。インドネシア・ジャワ島生まれ。政治犯として3度、通算20年近く獄舎に。評論『道具としての文学』、小説『ゲリラの家族』。『プラムディヤ選集』（めこん）が刊行中。現在6巻まで。

プラムディヤ・アナンタ・トゥール『人間の大地』4部作

民族運動のよりどころ

インドネシアは、いまや人口2億4千万人、そして面積は日本の5倍の大国。このたびの世界不況でも経済は落ち込むことなく着実にプラス成長を続けているが、なぜか日本で話題に上ることは少ない。そのインドネシアを代表する作家プラムディヤ・アナンタ・トゥールの大作『人間の大地』（上・下）に続く『すべての民族の子』（上・下）、『足跡』『ガラスの家』（いずれも、めこん刊）と合わせた4部作が、07年8月に完訳された。訳者は押川典昭《おしかわのりあき》。本の総ページは約2800ページ、積むと20センチ近くに及ぶ。

『人間の大地』では、長いオランダ植民地支配のもとでプリブミ（土着の民）への酷烈な差別があるなか、それをはねのけて成長する青年「ミンケ」の姿が描かれていた。1890年代のことである。『すべての民族の子』『足跡』では、ミンケがプリブミにとって最高に名誉な職業の医学校を中退して新聞社を起こし、近代化に向けて植民地の因習と闘うさまが筆太に描かれる。

植民地の因習と一口にいうが、相当に複雑だ。オランダ人の権益を守るために整備された法秩序、その手先になって忠実に働く混血人、植民地行政に組み込まれている旧勢力の貴族たち、そして大多数の無力なプリブミという関係だ。日本の近代化は封建領主からの解放という一本道だったが、インドネシアでは二重三重に足かせがついているのだ。

ミンケを襲う最初の試練は、結婚したはずの混血の妻「アンネリース」をオランダの法では認められないとしてミンケから引き離し、オランダに連れ去られたことだ。妻は失意と船旅の衰弱で命を落とす。

以後、ミンケは新聞社を拠点に、民族が覚醒するためにはどうすればいいのか模索する。たとえば、オランダ領のこの地は「東インド」とよばれ、言葉一つとっても宗主国のオランダ語、古来からのジャワ語、広範囲に使われるマレー語、それに各地方のスンダ語、マドゥラ語などが飛び交う。会話は「何語で話すか」が意味を帯びる。そこで民族がどう一つになるのか。著者プラムディアはミンケに託し、根気よく、深くさぐっていく。ミンケの新聞「メダン」はマレー語による初の原住民新聞なのだ。史実とシンクロしながら物語が展開する。

が、やがて新聞の記事が総督の逆鱗《げきりん》にふれたとして新聞社が潰され、ミンケは一切の財産を没収されて流刑地アンボン島に追われる。

最終巻の『ガラスの家』では、作風が一転する。これまで熱い語り口で民族の行方を追求していたのが、突き放し、冷笑的になる。日本でいう特高警察、この物語では総督官房府の高官、民族主義活動の専門分析官「パンゲマナン」を通して描く。ミンケがいなくなったジャワ島で、ミンケの精神を受け継ぐように起こるさまざまな民族運動、労働運動、思想潮流を、辣腕の思想警察パンゲマナンの目で追う。彼は実は、フランスで大学を出たプリブミなのである。「ミンケを尊敬する。師である」と言いつつ、ミンケの後に続く活動家を次々に葬っていく。名誉欲と保身が先行する。「ガラスの家」とは、視野に入った人物には監視の目を張り巡らせ、総督の意向しだい、見せかけの法秩序をくぐり抜け超法規的に、あっさりと潰していくスタイルを暗示している。すべて見透かしの「ガラスの家にようこそ」といった意味合いである。

ちなみにプラムディヤは、スハルト政権の後期79年末に、獄から解放されるが、その後も多くの著作は発禁が続いている。『ガラスの家』で彼は、自分を追放した力、つまり絶対的な権力を握る人物たちの精神的な退廃を描き込んでいるともいえる。

今夏、同地を旅したさい、作家プラムディヤの名前を出すと、通訳は「あの人は共産党に関係した人なので……」と声をひそめた。プラムディヤはまだインドネシアでは正当に評価されていないのではないかと危惧を抱いた。作品の舞台はほぼ１００年前、日本だと明治から大正にかけてのころだ。それから現在まで、精神の核心のところでどれだけ近代化したのだろうか。近代化に殉じたこの解放の権化、主人公ミンケは救われるのか、と思わずにはいられなかった。

（10年10月11日号掲載）

プラムディヤ　１９２５〜２００６年。アジアでの社会貢献賞のマグサイサイ賞（フィリピン）、福岡アジア文化賞など受賞。

オム・ソンバット『地獄の一三六六日』

従順につけいる圧政

カンボジアでは、1975年から79年までの恐怖政治で約170万人が、惨殺や飢えの犠牲になったといわれる。その責任者を裁く特別法廷の審理が30年をへて2月からやっと始まった。なぜ、こんなに遅れているのか。

恐怖政治下の国民の実態は、生きのびたカンボジア人オム・ソンバットの手で99年にやっと出され、日本では大同生命国際文化基金のアジアの現代文芸シリーズの1冊『地獄の一三六六日――ポル・ポト政権下での真実』として07年に岡田知子訳で刊行された。ソンバットは、自分が見聞きしたことだけを綴《つづ》っている。飢えて生死をさまよいながら、それでも労働そのものを喜び、打ち込む健気《けなげ》さ。このようなやさしく忍耐強い気質こそが、恐怖政治をエスカレートさせたと断じれば、極論だととられるだろうか。

ソンバットは、父母や姉弟ら12人の家族のうち、生き残ったのは弟とたった2人だけとなった。この歴史の真実を伝えなければと筆を執ったという。セメント袋に日時や数字を残し、このメモで記憶を補った。

事態の発端は、5年間続いた内戦のなか75年4月17日、クメール・ルージュ（ポル・ポト派）による首都プノンペンの制圧だ。「クメール・ルージュの勝利は社会に幸福を与える」と喜んだソンバットの父親の期待と裏腹に、兵士に銃を突きつけられ人々は全員が即刻の移動を命じられた。当初は家族ごとに地所を与えられ集団労働をさせられたが、わずかな私有地の作物が実るころに、「組織はこの稲を共同所有にする」との班長のひとことで取り上げられた。やがて家族がバラバラにされ、数カ月ごとに集団移住して働かされた。ダムや池の堤防や水利の溝作りなどだった。

以前からクメール・ルージュの傘下にあった村は「基幹人民」となり、都市から農村に移住させられた人々は「新人民」と呼ばれ、両者の間に、扱いに大きな格差があった。基幹人民は支配者であり、作物を植えて食べることができた。新人民はおかゆにする1日1椀《わん》の米の配給があるかないかの状態で、つねに飢えていた。ソンバットは自分たちを「組織の奴隷」とよんでいる。鎖につながれていないだけで、逃げ場はないというのだ。

まわりの多くの人が飢餓で死んでいった。栄養不良で不調をきたすと「病院へ行け」と命じられるが、病院は治療の設備はなく死んでゆくのを待つばかりの場所だった。ソンバットも飢餓で体中が腫れて死の寸前までになった。一度は一錠の外国製の薬で、もう一度は煎じ薬をヤカンでくれた老人がいて、奇跡的に危機を脱した。

「新人民には幼い子どもはいなかった。いたとしてもみんな死んでおり、今後も生まれる見込みはなかった」と書いている。

ポル・ポトの「組織」では、「残しておいても得にならない、取り除いても損にならない」とのお題目で、人々は簡単に「処分」された。処分は、鍬《くわ》の柄で首の付け根を殴られて殺された。「なんだかご飯が悪くなっているみたいだ」と言ったばかりに処分された者、旧社会の歌を歌って処分された仲間もいた。

法はなく、部隊長や班長の気分しだいだった。班長や部隊長も風向きが変わったら処刑され、消えていった。

もともとカンボジアは農産物を輸出する豊かな農業国だったが、米国のベトナム戦争で追撃されて農業基盤が破壊され尽くした。が、ソンバットは、そのことにはふれていない。あらゆる政治情報から遠ざけられていた。

79年の年明け、異変が起こり始めた。通りを牛車の大群が走り、年配の女性たちが叫んでいる。「万歳！　もう自由だぞ！　故郷にお帰り！」

ソンバットは書く。「聞いたこともないような、考えたこともないような不可解な知らせだった」と。やがて部隊長たちがこっそり宿営地を逃げ出し、小競り合いの混乱のなかで「解放」に向かった。

だが、これらカンボジアの出来事は過去形ではすまされない。数十万人の犠牲者を出していまも続くスーダンのダルフール地方、記憶に新しいルワンダの虐殺。ソンバットたちのように、逃げ場がないままに飢えと恐怖をじっと耐える人々を思い描いてしまう。従順な人たちが背負ってしまった負の連鎖を思うとたまらない。「解放」からあまりにも遠く離れた地があることを、思い知らされる。

（09年4月13日号掲載）

オム・ソンバット　1951年、プノンペン生まれ。高校卒業後、警察官となるが、ほどなくポルポト恐怖政治が始まる。同政権崩壊後、大学に学び公務員に。

トパス・タナピマ『最後の猟人』

山の民の誇りを明示

台湾には、3000メートル級の山々が連なる山脈が背骨のように南北にのびる。トパス・タナピマはその最高峰、玉山の山麓にある南投県信義郷の出身だ。台湾の先住の民族は、これら山岳地帯に追い上げられて生きてきた。

80年代から先住民族の権利要求の運動が起こり、みずからを「原住民族」とよぶ。現在、言語の違う13の原住民族が政府から認定されている。中編「最後の猟人」（草風館の中短編集『名前を返せ』02年刊に所収）の著者トパス・タナピマはそのなかの有力部族ブヌン族に属する。ブヌンとは「山地の人」をさす言葉という。トパスは80年代、山地をテーマにしたこの「最後の猟人」で呉濁流文学賞を受賞。原住民族文学の旗手と目されてきた。

「最後の猟人」は、猟人「ピヤリ」の狩りの話だ。ピヤリは、山を下りての仕事にはむかず、自家では妻に小言を言われっぱなし。12月のある日、猟に出掛けた。獲物を追って3日間、それは生き生きとした時間だった。「即興で山の歌を口ずさみながら、軽快な足取りで」走ったり、「森は、静かで壮麗だ」と感慨にふける。夜は洞穴で寝る。キョン（小型の鹿）1頭とタヌキ1匹を肩に、流産した妻の栄養補給ができると意気揚々と帰途につく。が、入山検査所で政府の役人に、「お前ら残忍な山地人……」

「お前は森のものを許可なく取った、だから泥棒だ」と口汚くののしられ、金になるキョンをとりあげられる。

原住民族にとって、山は神から赦《ゆる》されたものだった。だが近年、知らないところで法律が作られ、彼らを縛る。

他の作品「トパス・タナピマ」では、「幼い頃から山で自由気ままに生活し、狩猟、魚捕り、耕作と、ブヌンの習慣さえ守っていれば、外からの束縛は受けることがなかった。神様にだけ懲罰の資格があると信じていた。……不思議だ。奴らはどうして自分を盗っ人と言い、あんなに簡単に罪を着せるのだろうか」と、自問するのだ。

「懺悔《ざんげ》の死」では、猟人が酒に酔って平地人から金を奪い、山刀で傷つける。そのことで夢にうなされ、とうとう自分で胸を締め付けて死ぬのだ。この場合、罪の意識とか、良心の呵責《かしゃく》といったものではない。ハニト（悪霊）を恐れたのだ。山地人はハニトをもちだすことで、自分を厳しく律していることを鮮烈に描いてみせる。

「ひぐらし」「恋人と娼婦」など、山の民が新しい時代を迎え、生き方に悩んだり、転落する様を浮き彫りにする。トパスが描く世界は、いわば森の民の文学なのである。民俗学の草分け柳田国男《やなぎたくにお》ははじめ、山人の生活に日本人の原点を求め、「之を語りて平地人を戦慄せしめよ」と叫び、『後狩詞記《のちのかりことばのき》』などを世に問うた。が、結局は農耕民としての平地人の民俗学に戻っていった。日本の文学には「山地人」はなかなか登場しない。

トパス自身は、高雄《たかお》医学院を出た医師で、原住民族の医療に従事している。最初に赴任した診療所は、高雄から東約１００キロの島、蘭嶼《らんしょ》島だった。同島は原住民族タオ（ヤミ）族が平和に暮らしてきた。ここでの3年半の間に、短編「救世主がやってきた」では平地人の偏見と傲慢さを、同「怒りと卑屈」では、台湾本島から捜査にきた検察官らの合理主義と、タオ族の死霊に対する深い信仰との溝を描く。

原住民族文学は、差別への告発と同時に、「遅れた」と軽蔑される原住民族の暮らしを肯定的にとらえる。大地に根ざした信仰、生活の知恵、実直さ。「近代化」とは異質な、生活文化の深さを教えられる。

台湾での人口比では2％にすぎない原住民族だが、それぞれの文化事情を背景とした各部族ごとの文学が芽吹いている。小さい島に台湾人、大陸からの中国人、原住民族、融和が進む混血の原住民……と、これらが共存している台湾の文化にも注目したい。

作品の日本語訳は、「台湾原住民文学選」シリーズ全10巻として草風館から刊行されつつある。

（08年2月11日号掲載）

トパス・タナピマ　１９６０年、台湾・南投県生まれ。漢名は田雅各。「最後の猟人」の邦訳は台湾原住民文学選・第1巻『名前を返せ』に収録されている。

アジジ・ハジ・アブドゥラー『山の麓の老人』

夢つなぐ森のある暮らし

日本人はいま、急速に森の記憶を失いつつある。人類の発生いらい、営々として森をひらき、居住の糧を得て親しんできた場。そんな森ある暮らしの喪失は、精神面でのなにかを見失うことではないかと思えてならない。

今回取り上げるのは、マレーシアが舞台。80年代にだされたアジジ・ハジ・アブドゥラー著の長編『山の麓の老人』（藤村祐子、タイバ・スライマン訳、大同生命国際文化基金刊、05年）である。主人公は73歳の「トゥキア」。マレーシア北部のボンスー山麓に妻の「べサ」と二人で暮らし、息子は都会にでている。近代化の波のなか、親子の価値観の違いが深刻になっていくが、ここではトゥキアにだけ焦点をあててみたい。

トゥキアの住まいは、「山の麓《ふもと》のジャングルの村」。人々は、幼少のときから子どもや孫に恵まれるときまで、「だれからも指図を受けることなく」暮らしている。そこでは、米を作るものは田んぼへ、ゴムの木に刻みを入れるものはゴム園へとでかけた。トゥキアのように、藤や木の根、そしてブタイ（マメ科の木）や、グヌアック（生食用の植物）、スルントゥン（つる状の茎類）を探す者は、山の奥深くへと入っていくのだった。村人は、ふだんはあまりかかわりあいはなかったが、ひとたび冠婚葬祭があれば村人全員が祈禱《きとう》所に集まった。

森は慣れ親しんだ庭でもある。見回すと「メダン・サワやムルサワの木」や「木の周りはジュルムン、パラス、アカー・アカー」がある。友だちをよぶように、親しみをこめた木々や植物の名前。だが、都会からときどき帰る息子と都会育ちのその妻は、「ブルタム（ヤシの一種）屋根にプルポー（ひしぎ竹）の壁」で出来た家を、みすぼらしいと嫌った。「もうここには帰らない」と。

気に病むトゥキアは、ある日、山で「チュンガル（木質が硬い建築用の木）」の大木をみつけた。太さは「腕二抱え以上」もある。これで一家で住める立派な家を建てようと決心する。

トゥキアは、まず古い格言を思い出す。「日曜の朝早く始めるのがよい。最初に刻みを入れた部分は家の支柱に使うとよい……」。この掟《おきて》にしたがって伐《き》ろうとする。

1日目の日曜日は、斧《おの》を振り下ろしても幹はびくともしない。やっと8日目に「幹の中の湿った部分や、黄ばんだ樹皮の破片が飛び散った」。16日目、一息つき、安全を祈って親しい友だちに振る舞いをした。いよいよ木を倒す20日目の金曜日――。

妻ベサをチュンガルの木のかたわらにつれていく。「木が転がり落ちるときの音を聞かせたかった。そして、木が地に倒れるときにその枝や葉がいかに不可思議に震えるのかをみせたかった」。この巨木の切り込みをみてベサは、「嬉しく、また驚いてもいた。夫にこれほどまでに力があったとは夢にも思っていなかった」のだ。だが、最後の一撃で木はよじれて倒れ、トゥキアを巻き込む。一瞬にして事態は暗転する。

葬式の後、ひとり残されたベサを都会につれ帰ろうと説得する息子に対し、ベサは首をタテに振らない。「お前と一緒に住んだからといって若返るわけじゃないし、生き方が変わるわけでもないわ」「山の麓の老人でいいの」と。

この小説は、悲劇に終わった森の暮らしを、危険がいっぱいだと否定しているのではない。昔はよかったと郷愁をつのらせているのでもない。トゥキアが全存在を傾けることのできた森の暮らしに、目を見張っているのだ。

アジアの熱帯・亜熱帯モンスーン地域の国々では、まだ文学に森が多く登場する。ただ、森のおかれた位置はさまざまだ。台湾人トパスの「最後の猟人」では、森で狩猟を生きがいとする先住民が、政府の入山検査所の役人に泥棒よばわりされる姿が描かれている。さらに森林地帯の国々では、森の乱伐が禁止されるなか業者の密伐が横行し、森に住む青年が告発しようとして反撃に見舞われる小説にもでくわす。

これらにみられる森は、人々が原初的な感覚器官をフルに活動させて、生き生きと向き合う場所としてとらえられている。ただしそこにも、人々のささやかな営みを黙殺する近代化、産業化の波がひたひたと押し寄せている。これは、異質な文化への侵食と言い換えてもいいのではないだろうか。

なお、この『山の麓の老人』は、大同生命国際文化基金から「アジアの現代文芸」シリーズの一環として刊行され、市販はされておらず、全国の大学、公立の図書館などに寄贈されている。

（13年10月21日号掲載）

アジジ・ハジ・アブドゥラー　1942年、マレーシア・クダ州生まれ。小説だけでなくテレビドラマの脚本、雑誌コラムも。同国内の数々の文学賞受賞。

マァウン・マァウン・ピュー『初夏 霞立つ頃』

椰子労働「解放」の途上で

歴史は時として壮大な社会実験をする。ビルマ（89年、ミャンマーに改称）では1962年から30年近く、ビルマ式社会主義路線を打ち出して歩んだのち、路線を放棄し市場経済に大きく舵を切り替えた。その社会主義に夢を託した初々しい長編小説が、マァウン・マァウン・ピューによる『初夏 霞立つ頃』（河東田静雄訳、大同生命国際文化基金、90年刊）である。原著は67年に刊行されて大きな反響をよび、国民文学賞をうけた。

椰子《やし》の木登りを生業とする家に生まれた主人公「エースォエ」は、高校卒業試験に合格し、働きながら大学に学ぼうと首都ヤンゴンに出る。が、大学を出てもコネがなければ働き口がまったくないことを悟る。

そこで老いた父母の居る郷里に帰り、家業を継ぐことにし、周囲の反対にあう。椰子の木登りは、20、30メートルもの砂糖椰子の木に登って椰子汁を採り、煮詰めて砂糖を作る仕事だ。多くが地主から椰子の木を借りうけているため、危険な仕事ながら零細な生活に甘んじているのだ。エースォエは、椰子の木登り職人を集めて集団作業化を説く。椰子の木の所有地主と対決し、借用料を下げ、集団事業を大きくしていく。熱っぽく、賃貸や小作からの解放、ひいては「人間」の解放を説くのだ。「今の時代はまさに働く者の時代。これまで無知な貧民とされたが、農民、労働者であることを誇れる時代なのだ」「人間同士の互いの貶《おとし》めや搾取、差別、抑圧、支配を無くそう」と。これが物語のタテ糸である。

ヨコ糸に、同級生で地主の娘の「キンタンテェー（愛称テェーテェー）」との恋ごころが配されている。高慢だと思えたテェーテェーが、大学に入って社会やマルクス主義を学び、しだいにエースォエたちの世界に近づく。やがて、エースォエへの思慕を募らせる。だが、エースォエは、身分の違いに悩む。「金持ちの誉れ高い人の娘と、貧しい椰子の木登りの息子とでは、愛し合うなんて全く思いも寄らないことだ」と。急接近しながらもテェーテェーの内心を疑う。テェーテェーはやがて、「山の子どもたちの教育に、私の人生を捧げたい」との手紙を残して家を出、エースォエの前からも去るのだった。ここでは、階級はこえられるだろうかとの命題を追求している。

思うのは、この小説が書かれたのは、あの60年代、つまり日本では第1野党の社会党が「日本における社会主義への道」という党綱領を打ち出し、青年たちも安保闘争を通じ、社会主義志向へと傾斜していった同じ時期だということだ。ビルマの青年は、一歩先を歩んでいて、共同化への実践をはじめていたことになる。

エースォエはそれまでの借料、つまり収穫した砂糖椰子の3分の1の支払いを、5分の1に下げる地主との交渉をやり遂げる。職人たちには、「昔からの慣行だから」と尻込みする者も出たが、やがてエースォエは「働かない者（地主を指す）に借料は不要」と不払いまで打ち出す。ときあたかも政府が、働く農民のための新しい小作法を制定。エースォエはこの小作法を足がかりに、椰子の木登り業を「小作人」と見なして、地主からの訴えによる郡治安行政委員会の裁定も突破したのである。ここでの理屈が爽快だ。

一方、階級をこえられなかったテェーテェーの身の振り方は、椰子の木地主出身である作者マァウン自身が悩み抜いたうえでの、現実的な選択の道だったのだろう。

ビルマの社会主義路線の実経済は、貿易で国内経済をかき回されるのを嫌い〝鎖国経済〟の方針をとり、やがて生産のいちじるしい停滞を招いた。小説ではこの後半期をも続編で描いてほしいところだが、もちろんこちらの身勝手な願いだ。このビルマの社会主義路線の最中、近隣国カンボジアでは急進的な社会主義、共産化を掲げて生産低落の負の連鎖に陥り、大虐殺（75〜79年）へと駆り立てられていったのだ。最悪の実験である。

これに対しビルマは、自国の「激動の88年」をへて社会主義路線を放棄し、軍政が敷かれた。では、社会主義をめざして熱く語られたこれらの作品はどのような運命をたどっただろうか。社会主義建設の国家体制とピッタリと歩調を合わせたことで、文学的な価値が低く評価されなかっただろうか。残念ながら知ることはできない。

作者マァウンは断続的に作家活動をしているが、ほとんど邦訳はされていない。欧米の作品の有り余る邦訳に比べ、アジアの作家の作品邦訳ははるかに少ない。いまだアジアは近くて遠い。

（13年12月16日号掲載）

マァウン・マァウン・ピュー　1930年、上ビルマ地方生まれ。農民組合書記をへて、ヤンゴンに出て大学中退、政治評論や作家活動。長編小説多数。本名ウー・タンシェイン。

オルハン・パムク『雪』

「西洋」とイスラム精神の葛藤

アジアの極東で東西文化が緩やかに融合した日本に対し、アジアの西端トルコは、昔から東西文化が鋭くぶつかり、混合してきた。いまもそれが続く。では、異文化の混合はどのような成熟をみせているのだろうか。ノーベル文学賞のトルコ人作家オルハン・パムクの長編小説『雪』（02年刊、邦訳・和久井路子、藤原書店、06年刊）は、異文化のはざまの葛藤を切実に考えさせる。

主人公は、「Ka」とイニシャルを自称する詩人。舞台は、トルコ北東の国境に近い小さな実名の町カルス。ここで、市長が射殺され、若い娘が次々と自殺するという事件がおき、西側の新聞に報道された。Kaは、イスタンブールに育つが、政治亡命者としてドイツ・フランクフルトに12年間、滞在している。市長の死と娘の自殺の真相を尋ねて、カルスに現れる。そして、イスラムをめぐる宗教の葛藤に巻き込まれる。一方でKaは、止宿先の美しい長女「イペッキ」にひかれ、フランクフルトに帰っての2人の幸せな暮らしを夢みる。

このような粗筋で、事態は波乱をふくんでミステリアスに展開していく。倒置法を多用したわかりにくい文体も、不思議な感覚に誘い込む。

イペッキとの恋愛は比較的単純なのでさておき、宗教上の対立の深刻さを考えたい。イスタンブールとドイツに暮らすKaは、地方都市カルスでは「政教分離主義者」「ヨーロッパ信奉者」とみなされる。政教分離主義というのは、ムスリム（イスラム教信徒）が圧倒的なトルコで、政治経済と宗教を完全に分離して進める近代化の政治姿勢をさす。イスラム教の教義を信奉するイスラム原理主義とは、しばしば対立するのだ。Kaは、「あんたは無神論者だ」「あんたは西のスパイだ。多少ヨーロッパ化して、民衆の宗教や伝統を心から軽蔑することを習った」と問い詰められる。

娘たちの自殺だが、ムスリムには自殺は御法度で、「人間はアラーの傑作。自殺は罪」とのポスターが町に張られている。自殺をたどっていくと、スカーフで髪を覆うために学校の授業から閉め出されているのだった。「髪を覆う」ことはムスリムの信仰の証であり、娘らにとっては操の誇示でもあった。ここにも分離主義の規律とムスリムの慣習との間に溝がある。

町の喫茶店には、失業者や学生があふれ、失業と貧困が町に影を落としている。狂信的なムスリムはここから出撃する。そうしたなかで、Kaはケーキ店でイペッキと居て、教員養成所の校長が小柄な男と口論のすえ、ピストルで射殺される場面にでくわす。その口論はつぎのようなものだった。

男「わたしたちが散々苦労して育てたあの勤勉でお行儀のいい、従順な少女たちの教育の権利が奪われることは憲法や教育と宗教の自由に合っていますか？　先生の良心は痛みませんか？」、校長「もしその少女たちがそれほど従順ならば、髪も覆わないだろう」。男「俺は政教分離の唯物論者の国で、信仰のために戦い、不当な扱いを受けた無名の英雄の庇護者だ。どの組織のメンバーでもない」、校長「このような政治問題にしているのは、トルコを分裂させ、弱体化させようとする外の力があることがわからないのか？」

Kaは、犯人像の証言を求めて警察に追及される。心優しいKaは、男をかばおうとする。

その後、左翼と一部軍人による「急進的なムスリム排除」のクーデターがおこる。急進的なムスリムを陰で指導する〝紺青〟とよばれる男が捕まる。Kaは、仲介役として〝紺青〟の解放をもくろみ、クーデター派ときわどい取引をする。〝紺青〟は「俺はヨーロッパ人にならないし、その物真似屋にもならない。俺は自分の歴史を綴って、自分になる」と主張する。

その夜、Kaはイペッキとカルスを脱出するはずだったが、イペッキは約束の駅に来なかった。Kaが〝紺青〟を密告したと、イペッキが疑ったからだ。Kaは4年後にフランクフルトで射殺死体で発見された。

『雪』が01年9・11事件の直後に出版されたこともあり、欧米をはじめ世界中で読まれたという。だが、『雪』はそれぞれの生き方を等分に書きわけていて、宗教衝突の解決への青写真を示しているわけではない。伝統的な文化混合の地での「文化の成熟」という表現も、当てはまらないことがわかった。だが、少なくとも急進的な政治行動の背景には、「貧困」があることを思わせる。Kaの不幸な死は、心優しい個人主義だけでは政治状況は乗り切れないことを暗示している。

傍目には、「解放」を唱える者同士の衝突はお互いが一歩引くしかないと思えるが、余計なお節介だとはね返されるだろう。

（14年5月19日号掲載）

オルハン・パムク　1952年、トルコ・イスタンブール生まれ。06年、アジアで5人目のノーベル文学賞（この後、莫言が受賞）。ほかに『白い城』『黒い本』『私の名は紅』。

10　隣国の模索

玄基榮『地上に匙ひとつ』

体験作家による貴重な証言

歴史のなかでは、一つの出来事が真反対に意味づけられることがある。今年65年を迎える韓国・済州《チェジュ》島《ド》で起きた島民の大量虐殺である4・3事件がそれだ。同島出身の作家・玄基榮《ヒョンギヨン》が4・3事件の記憶を真っ直ぐに書いたのは1999年になってから。小説『地上に匙《さじ》ひとつ』（中村福治訳、平凡社、02年刊）である。

第2次世界大戦後、南北に分断された朝鮮半島の南だけでの総選挙に反対した済州島民が48年4月3日、一斉蜂起したのを端緒としたのが4・3事件である。米軍政が陰に日向になり、陸地から反共の治安部隊を派遣し、村を焼き、漢拏山《ハルラサン》に逃れた島民をとらえて処刑し、犠牲者は二十数万人の島民のうち、3万人近くにのぼったとみられている。事件は、長らく「暴徒の鎮圧」として片づけられ、人々が口にすることはタブー視されていた。

玄基榮がその記憶の一端を1978年、短編集『順伊おばさん』に書いたときは、発禁になるだけではなく、拘束され拷問を受けた。80年代末の民主化運動のなかで真相究明の済州4・3研究所が島内に設けられ、さらに盧武鉉《ノムヒョン》大統領時代になって済州市内に4・3平和公園が作られ、犠牲者の顕彰が進んだ。

『地上に匙ひとつ』は小説としては、玄基榮の自然豊かな島内での幼少時から少年期、中学卒業までをたどった回想記であり、自我の成長と性の目覚めを描いた、いわば〝キタ・セクスアリス（性的生活）〟でもある。以下、あえて幼少期の記憶の4・3事件にだけ焦点をあてるのは、韓国文学のなかでもまれな体験作家による貴重な証言だからである。

事件当時、玄基榮は小学生の7歳。玄基榮の後の知識を加味した記憶では、4・3事件は突然におきたのではなかった。前年の47年3月1日、凶作続きなのに食糧供出を求められ、島内は反対する2万人のデモとなった。しかし、「米軍政」は、「無差別銃撃で応答し、六名の無辜の人命が犠牲となった」のだ。全島で抗議のゼネストがおこり、通学して間なしの小学校は無期限の休校になった。鎮圧のため陸地から「警察隊、西北青年団」が送り込まれてきた。西北青年団とは、北を逃れてきた骨がらみ反共の青年団体である。

この翌年の4・3事件では、島民は総選挙ボイコットに気勢をあげ、夜は漢拏山の中腹の山々で烽火があがった。やがて討伐隊の手で山間の130あまりの村々が焼かれ、玄一家があとにした山間の村、老衡里《ノヒョンニ》も焼失し、隠しておいた半年分の食糧を失った。

この火の海とともに殺戮《さつりく》劇がはじまった。住民は「山暴徒」「逆賊」として射殺の対象となり、半数が山に逃げ、半数は指示に従い海岸部に疎開した。ところが、そのうち多くの老人、女性、子どもが暴徒の家族と見なされ処刑されたのだ。済州の町中に引っ越してきていた玄少年は、騒ぎについて「とりたてて実感はなかった」。が、やがて目抜き通りの観徳亭広場に、切り取られた首が登場した。討伐隊が、「切られた首の切り口に肉片が垂れ下がった頭を槍の先にカボチャを刺し通したように突き刺し」、「足取りも堂々と邑内（町内）の大道を東西南北に行進した」。四辻にも頭が何回か掲げられ、どこの村の誰だと名札がつけられていた。

「数ヶ月にわたって吹き荒れた血の風」がいったん止むと、つぎは打ち続く「大飢饉の試練」だった。このとき母親と妹の3人家族の玄一家の食糧状況は、「馬が食べる、カニコウモリ、オオバコといった雑草を野菜として煮て食べ、醤油《しょうゆ》がなく、その代わり鯖《さば》の塩漬けにした汁を買って使ったが、それでも飯だけはふすま（麦かす）よりも、一対五で粟《あわ》がはるかに多かった」。

入山が解禁されるのは、4・3事件に続く朝鮮戦争休戦の翌年。玄一家も何年ぶりかに山に入って薪をとり、極貧で窮乏の生活に一息ついたのだった。

玄基榮は、三十数年を隔てて済州島を訪れたとき、「あの美しい風景の背後にはいまなお慰められず、鎮められない数万の怨魂が陰惨な気配で静かに包まれてはいるが、その風光を縦横無尽に貫き、はでやかな観光客が愉快そうに流れていく」と、慨嘆するのだった。

日本では戦争放棄の人道的な平和憲法を提示した米占領軍は、ソ連と対峙《たいじ》する最前線では術策を駆使して非人道的な政策を押しつけていたのである。政治の酷薄さを見せつけると同時に、韓国での米国不信の秘密をみる思いである。

（13年3月25日号掲載）

ヒョン・ギヨン 1941年、韓国・済州島生まれ。『地上に匙ひとつ』で韓国日報社文学賞を受賞しベストセラーに。『最後の牛飼』『風に乗る島』など。

高銀『高銀詩選集』

行動とともにある詩

韓国は詩人が尊ばれる国だ。詩が広く国民に親しまれているだけでなく、長くつづいた戦後の軍事政権に対し、詩人は抵抗の先頭にいた。高銀《コウン》はそんな行動する詩人の一人だ。いま、日本で一番知られている現役の詩人でもある。その詩集『高銀詩選集　いま、君に詩が来たのか』（青柳優子ら訳、藤原書店）がこのほど出た。

我らみな矢となって
全身で行こう
虚空をうがち
全身で行こう
行ったら戻ってくるな
突き刺さり
突き刺さった痛みとともに　腐って戻ってくるな

（中略）

おお　矢よ　祖国の矢よ　戦士よ　英霊よ
（『夜明けの道』の「矢」から）

この詩の闘っている相手は、他国の国民ではない。愛する祖国の軍事政権である。70年代、自由実践文人協議会を設立して人権、民主化運動に挺身《ていしん》していたころの詩作である。投獄4回という。軍法会議で終身刑を宣言されたこともある。

全身を奮い立たせる詩だが、政治活動家ではない。人はなぜ存在するのかと葛藤《かっとう》してきた人だ。詩を書く前は12年間、僧侶生活をしていた。詩を書き、現実を直視するなかで、「政治参与」を深めたのだ。

1960年の第1詩集『彼岸感性』を皮切りに、多くの詩集を出してきた。『高銀詩選集』は、これらの詩集から選んだものだ。

だから、同時に韓国の移りゆく時代相も映しだしている。政治参与では、「独裁の前で文学とは何か」とみずからに問いかけ、「腹をすかせた人には星が飯に見えたあの切実な現実こそ、星を切実な夢として歌うことだと確信した」と記している。骨の髄まで詩人としての参与であることをうかがわせる。

詩には深遠なアフォリズム（警句）が埋め込まれているのも魅力の一つだ。たとえば、「私たちは悟りました／立ち後れた国　小さな国への無知と軽蔑こそ／大きな国への屈従であることを」と。

近年の詩は、経済優先の高度成長下での呻吟《しんぎん》だ。だが、詩は明るい。「あることはただあることそれだけ」といった、悟りともいえる境地だ。

風が吹く日

風に洗濯物がはためく日
私はぞうきんになりたい
卑屈ではなく　ぞうきんになりたい
我が国の汚辱と汚染
それがどれほどか問うまい
ひたすらぞうきんになって
ただ一カ所でも謙虚に磨きたい

（『祖国の星』の「ぞうきん」の一節）

そして、いま求めているものは、「伝統に抑えられた詩ではなく、今まさに生まれて寄辺のない詩」が、ささやき、叫び合う〝合唱の文学〟だという。

詩は、言語の壁を越え、国境をこえて広がっていくとして、日本やアジアの国や米国をひょいひょいとたずねる。ノーベル文学賞を、との期待の声もある。常に、普通の人々の側でものを見据えようとする詩人の詩が、しだいに平易になり、国の垣根を越えて広がるのは、うれしいことだ。

（07年9月10日号掲載）

コ・ウン　1933年、韓国全羅北道生まれ。詩人。日本語訳では『高銀詩集　祖国の星』（金学鉉訳、新幹社）がある。詩人・吉増剛造との対話集『「アジア」の渚で　日韓詩人の対話』（藤原書店）は05年刊。

黄晳暎『パリデギ』

「世界市民」への視野を拓く

韓国の行動する作家、黄晳暎《ファンソギョン》の最新作『パリデギ——脱北少女の物語』（07年刊）が昨年末、日本語に翻訳され岩波書店から刊行された。つねに政治状況と向き合いながら話題作を世に問うてきた作家が、今回切りひらいたのは〝ディアスポラ（離散）〟の人々の生き方だった。それはナショナリズムをこえて、世界に開いた精神世界の追求のように思える。

黄晳暎は、ソウルの名門高校を中退し、現場労働に従事しながら小説を書きはじめた。自由実践文人協議会の創設をはじめ民主化運動に積極的に参加。89年、北朝鮮の文学組織からの招請で北朝鮮に越境した。以後、ドイツや米国で亡命生活を送る。93年、韓国に帰国し、覚悟の投獄。7年の刑期を宣告されて服役。5年後の98年、金大中《キムデジュン》政権の恩赦で釈放された。その後も、ロンドン、パリでの生活を選んだ。作品には、このときの経験が、反映している。

秋のノーベル文学賞の決定の時期になると韓国内では、その一人として心待ちにされる作家なのだ。

「パリデギ」は北朝鮮の清津《チョンジン》で、7人姉妹の末っ子として生まれる。犬と気持ちが通じ、時々霊魂を見ることができる少女だ。父親が中国との国境の町、茂山《ムサン》市の副委員長となり一家は引っ越したが、「首領さま」が急逝し、気候不順から飢饉《ききん》と餓死が国を襲ってきた。そのうえ、叔父が脱北したことから父親が連行され、一家がバラバラになった。パリデギも豆満江《トマンガン》を渡河し、中国に逃げた。苦難の末、ロンドンに売られるようにしてたどり着いたのだ。

そこの下町は、国を逃れてきたアジアをはじめとする各国の人々が肩を寄せ合っていた。隣人でやがて身内となる「アブドル爺《じい》さん」はパキスタン人。人々があとにした国では「戦争と飢えと病気と恐ろしくもひどい軍人が権力を握っている」状態だ。「アメリカの戦争」（9・11テロ事件）や「アフガニスタンの戦争」がここにも大きな影を落とす。

パリデギは死者の世界を透視できる霊能者ではあるが、霊能を現世の何かに役立てるわけではない。霊能で自分の運命を変えようとするのでもない。ただ、人々のあの世を見てしまうのである。それは、叡智《えいち》のようでもあり、鋭い想像力のようでもある。決して幻想的という種類のものではない。小説では、展開する現実の隠れた真実を明らかにするという効果をもたらしている。

パリデギは、アブドル爺さんの孫と結ばれ女児を産むが、手助けした女に女児を殺され、金を奪われる。

打ちひしがれたパリデギが、「何も悪いことをしていないのに、神はどうして私にだけ苦痛を与えるのでしょう」と訴えると、アブドル爺さんは答える。

「神は私たちを静かに見守ってくださるのを本性となさる。（中略）わしらが人生を立派に生きていくように、教えてくださるために、紆余曲折《うよきょくせつ》があるのだ。だから、打ち克って生の美しさを享受しながら、生きていくのだ」と。納得しないパリデギに、アブドル爺さんはさらに説明する。「心はまさに自分が作った地獄だ。神は、わしら自らが解き放たれて近づいてくるのを、静かに待っておられる」と。

やがてパリデギは、「どんなに苦しいことを経験しても、他人と世の中に対する希望を捨ててはならん」というアブドル爺さんの忠告に沿って、あの女を許す心境になるのだ。

人間のあるべき政治姿勢を求めて、激しく活動をしてきた黄皙暎がたどり着いた、静かな心境だ。韓国社会の民主化の前進が反映しているのだろうか。この「世界市民」という次なるステップが、現実味を帯びてきていると思う。自らを解放することで、「解放」が始まると言っているようだ。

（09年2月16日号掲載）

ファン・ソギョン　1943年、中国・長春生まれ。62年、短編「立石付近」で「思想界」新人文学賞を受賞して文壇デビュー。大河長編『張吉山（全10巻）』は10年にわたる新聞連載。『武器の影』『懐かしの庭』『客人』（以上、岩波書店）など。

申京淑『母をお願い』
家族の絆とは何か

最近、キャッチフレーズなどのそこここに登場する「絆《きずな》」とは、一体どれほどのものなのだろうか。韓国で大ベストセラーとなった申京淑《シンギョンスク》の長編小説『母をお願い』（安宇植訳、集英社文庫、11年刊）は、濃厚な家族関係を描きながら、安易に「絆」とは言わない。上京してきた年老いた母親がソウル駅で行方不明になり、それを探す兄妹たちの物語である。韓国での出版は08年だ。

韓国の家族の結びつきを知るうえで、この作品の姉妹編とでもいえる評判作の『離れ部屋』（安宇植訳、集英社、05年刊）からみていきたい。こちらは、「事実でもフィクションでもない、その中間ぐらい」と、作者自身が言う。実名で登場する「シン・ギョンスク」が、韓国の民主化が始まった90年代半ばに過去を振り返り、ソウルに出て工場で働き、夜間高校にかよったころを描いている。朴正熙《パクチョンヒ》軍事政権、光州《クワンジュ》事件、労働組合弾圧と続く激動の時代にもまれる。工業団地のアパートで、昼は区役所の出先に勤め、夜は塾講師をする「大きい兄」と、大学で民主化運動をしているらしい「三番目の兄」、いっしょに上京し夜学に通う「従姉」との4人が、身体をぶつけあいながら一つ部屋で暮らす。

まず特筆すべきは、長兄の絶大な力である。三番目の兄が、長兄に口答えしたとき、「さっさと消え失せろ！」と怒鳴り、机を振り上げる。じつは長兄は、学業優秀で法律を勉強したかったのだが、弟妹を養うためにこうして黙々と働いている。また、年ごろの従姉との同居は、いとこは兄妹同然で、いとこ同士の結婚は禁忌されるという社会通念に支えられていて、何の問題も起こらない。

「私」は長兄を尊敬しながら、従姉とともに自分の世界を広げる。政治や職場の実相が、生活実感として細やかな情感で描かれており、感銘の深い優れた作品だが、ここでは内容にふれるゆとりがない。「絆」については、兄妹、従姉が強く結ばれていなければ生き抜けない、そんな時代相として活写されている。

『母をお願い』は、前作の『離れ部屋』での暮らしを振り返ってからさらに10年後。豊かになった現在の韓国である。長兄は財閥系の会社に身を置き、「私」は作家になり、兄妹それぞれがソウルで自立している。長兄に代わって母の献身の全体像が、悲哀を伴って描かれる。

オンマ（母）は、家事、農作業に休みなく働き、子どもを育てあげる。幼いころ家が貧しく、働きづめで字が読めないためか、1人でのバスや旅行が苦手だ。

「私」が家の事情で中学進学を断念したときは、オンマは願書を求めて学校に駆けつけた。「こんなど田舎で、財産といえるほどのものもないくせして、女の子を中学すら卒業させてやらなかったら、あの娘は将来この世の中で、何にすがって生きていけばいいのよ！」と、病床の夫を怒鳴りつけてきたのである。男性優位の儒教的な風潮が残るなか、子どもたちを愛せるかぎり愛するオンマである。自己犠牲であるが、そこには、自分の夢を賭ける姿もある。

ソウルに出た子どもたちは、やがて国の経済発展のなかで、家庭を持ち豊かな暮らしの道をひらく。オンマがどんなに心配しても「私」は、仕事で飛行機の旅を止めない。オンマの思いどおりにはならない。オンマは、上京するときには桁外れに大きな手荷物を両手だけでなく腰にまでぶら下げて現れるが、一家を成した子どもたちはやがてその荷物を歓迎しなくなる。そして寄る年波。そんなときである、ソウルの地下鉄でオンマが夫とはぐれたのだ。

オンマの行方を探す兄妹たちは、チラシを配って町々に立つだけでなく、新聞広告を出し500万ウォンの謝礼金もつけた。だが、1カ月経っても消息はわからない——。オンマは失踪したのだろうか。「私」は、オンマへの自分の気持ちをなだめるように、ローマに旅立つ。そこで出くわしたサン・ピエトロ大聖堂のピエタの像（キリストの遺体を抱く聖母マリア）。「私」は、その唇の慈愛と悲しみに打たれる。「何人《なんぴと》にも冒しがたい端麗さを秘めながら、固く閉ざされている唇」。彫像にオンマを重ね、涙するのだ。

あの強固な母子のつながりであっても、豊かさに身を任せる時代には、古いヘソの緒のように干からびてしまうのだろうか。小説は、確たる回答を出さず、深い感慨を残す。

人と人を結びつける「絆」とは、絶対的な関係というより、時代相や状況によって、浮かび上がったり、輝いたり、後退したりするのだろうか。

（12年4月23日号掲載）

シン・ギョンスク　1963年、韓国・全羅北道井邑生まれ。ソウル芸術専門大学卒。李箱文学賞など数々の文学賞を受賞。

孔枝泳『トガニ』
不正に立ち向かう力

言葉に置き換えてとらえることで、社会の不正を見極めていくというのは、文学に備わった力だ。だが、日本の純文学の世界ではお目にかかることが少なくなった。韓国の話題作『トガニ』（蓮池薫訳、新潮社、12年刊）は、蜘蛛《くも》の糸のようにコネや学閥、情実が張り巡らされた閉鎖社会のなかで、真実を明らかにしようとする人たちを描いてみせる。この物語世界は、現実世界でも署名活動へと反響を広げた。人気の女性作家・孔枝泳《コンジヨン》の近作である。

「幼き瞳の告発」の副題がついている。韓国・光州市にあった聴覚障害児の学校で05年、実際におきた校長らによる生徒、児童への性的暴力事件に題材をとっている。新任教師「カン・インホ」が、受け持ちの生徒に降りかかったおぞましい出来事に直面するところからはじまる。

そのカン・インホは、不況から失業して蓄えが底をつき、妻の高校同窓生のつてで地方の臨時教師の職を得たのだ。創設者一族が経営する私立学園。初日から、「学校発展基金」の名目でカネを要求される。こうした現代韓国の実状を背景にしている。

性的な暴力の加害者は、創始者の息子である校長だけにとどまらず、校長の双子兄弟の同学園行政室長や生活指導教師に及ぶことがわかってくる。情実で採用されている他の教職員は、見て見ぬふりだ。

ごく平凡な教師のカン・インホだが、真実を知るにつけ子どもらを巻き込んだ勇気の告発へと、苦渋の選択を重ねる。

3人の逮捕にこぎつけるものの、つぎの関門は裁判だった。判決は、地元の教会の長老でもある校長の「地域社会への寄与」と、権勢による裏工作により、校長らは執行猶予、生活指導教師だけが懲役6カ月の軽い量刑となった。校長らは学園に復帰し、何もおこらなかったかのごとき結果となった。

物語は、事件を正確に追うドキュメンタリーではない。作者・孔枝泳は、判決を報じる新聞に「軽い量刑が手話によって伝えられた瞬間、法廷は聴覚障害者の発する異様な叫びでいっぱいになった」と書かれた記事に誘発され、この小説に着手したという。聴覚障害の子どもたちの悲鳴を聞いたように思ったのだ。舞台には、「霧津市」という海霧の深い架空の町を設定している。「さながら巨大な白獣が柔らかく湿った毛むくじゃらの足をのっしのっしと踏み出すかのように、霧は陸へと迫ってくる」。この風景が、町の閉鎖性を際立たせる。

物語の結末は、やや意外だ。解雇通告されたカン・インホは、市庁舎前での激しい抗議行動には加わらず、妻の懇願に従って霧津を去るのだ。

だが6カ月後、抵抗を続ける仲間からの手紙は、「わたしたちみんながその場にいない唯一の人、カン先生のことを考えている。脅迫されたのか、またほかにのっぴきならない事情があったのか、とにかくあんたは、わたしたちよりずっとつらかったはずだって」と、慰める。

作者・孔枝泳は、「386世代」という。60年代生まれで韓国の厳しい民主化運動を経験した世代。これの十数年前、政治の季節に投げ出された日本の全共闘世代を待っていたのは挫折感だったが、38

6世代は大統領選挙をかちとった経験をもつ。それゆえにか、打ちのめされる現実に対して、一縷《いちる》の望みを託している。この物語では、敗北と再生が同時に存在しているとでもいおうか。みじめさと崇高さをあわせもつ度量を見せつける。

小説『トガニ』が09年に世にでると評判をよんで映画化され、学校当局者への軽い量刑に対し署名活動がおきた。学園は閉校に追い込まれ、さらには性暴力が厳罰化された。日本での小説と社会の連動では、水俣《みなまた》の公害を世に覚醒させた石牟《いしむ》礼《れ》道子《みちこ》『苦海《くがい》浄土』や、公害への関心を広めた有吉《ありよし》佐和子《さわこ》の『複合汚染』を思い出す。だが、40年も前のことだ。

映画『トガニ』は今夏、日本にも上陸した。テーマを明快にするためにか、人物配置を少しだけ変えている。結末もカン・インホの心象を代弁し、強調している。聴覚障害の子どもたちが希望をかちとる健気《けなげ》な姿には、素朴に感動させられた。なお、トガニとは、「るつぼ」の意。八方塞がりの灼熱《しゃくねつ》地獄ということか。

韓国という何かにつけ日本とよく似た国は、合わせ鏡のように日本の姿を映しているようで気掛かりだ。この小説と映画では、正義を信頼する器の大きさを問いかけられた気分だ。日本は、システム化した近代合理社会を誇るなかで、人間性がひ弱になってはいませんかと。

（12年10月8日号掲載）

コン・ジヨン　1963年、韓国・ソウル生まれ。延世大学英文科卒。『サイの角のようにひとりで行け』（新幹社）、『私たちの幸せな時間』（新潮社）などが邦訳されている。

莫言『豊乳肥臀』

言論監視下での体制批判

今年のノーベル文学賞に輝いた中国の作家・莫言は、「批判的立場から中国の真実を描いた」とも評されるが、中国当局は受賞を歓迎している。前回10年の人権活動家・劉暁波《リウシャオボー》へのノーベル平和賞では「内政干渉だ」と猛反発したのに比べ、姿勢が180度違う。なぜだろうか。

莫言の代表作の1つ、長編『豊乳肥臀《ひでん》』（上下巻、吉田富夫訳、平凡社）を取り上げてみる。彼の故郷、山東省の地を舞台に、鍛冶屋の上官家に嫁いで子だくさんをなし、時代に揉《も》まれた女性「上官魯氏」の一生が語られている。96年の出版で、邦訳は99年。邦訳の発刊時に話題になったあとは絶版状態となり、受賞で急きょ増し刷りされたという経緯がある。

日中戦争の発端となった37年の盧溝橋《ろこうきょう》事件にはじまり、国軍、軍閥、共産軍入り乱れての抗日戦争、反転して国共内戦、そして毛沢東《マオツォートン》の大躍進、文化大革命、開放経済を経て高度成長した90年代の現代までが背景だ。右往左往して戦死したり、餓死したり、いがみ合う農民たちが描かれている。この作品は、当初、「性描写が露骨」だとして発売禁止になったものだ。だが、莫言の真の狙いは、硬直した体制への強烈な批判ではないかと私には思える。カムフラージュのためのさまざまな意匠が目を引く。

女子ばかりで嫡男を産まない上官魯氏は、姑《しゅうとめ》にいじめぬかれる。やっと8人目に男女双子を生む。

その男児が「上官金童」で、小説では「私」として語り手であり、主人公となる。豊乳へ異常執着する性癖がドラマを動かす。それゆえ、「豊乳肥臀」のタイトルであろう。本訳では「グラマー」とルビが振ってあるが、題名でひとしきり評者のひんしゅくを買ったという。

上官魯氏の8人の娘は、多くが豊乳で美貌揃《ぞろ》い。上巻では恋や駆け落ち、身売り、村内の諍《いさかい》、内戦避難といった農民層の下世話な成り行きが満載だ。

まず目を引くのは、語りの口調の豪快さである。「白髪三千丈」のお国柄をいかんなく発揮している。たとえば、逢い引きが重なると、「その場所は草も生えない更地と化した」と表現される。内戦の戦闘の猛攻では、「肝を潰して死んだ野兎がごろごろいた」となる。

つぎにストーリーの起伏の大きさ。ご都合主義とさえいいたくなるが、時代相を描くためのデフォルメ（歪形）の手法と思えば納得できる。

圧巻は下巻にくりひろげられる毛沢東の大躍進政策、文化大革命、下放のひどい実情。そこで上官金童が苦汁をなめるさまざまな出来事。硬直した党の権力者、空しい業績主義の小役人たち。莫言の実体験の時代と重なる。

娘たちはそれぞれが、国軍の幹部だったり、敵対する解放軍や軍閥の頭目筋と縁を結んでおり、それゆえ上官家の浮沈は極端だ。また、大躍進の裏では、飢餓が蔓延《まんえん》。共同作業所に狩り出された上官魯氏は、盗みで飢えをつなぐ。どんな盗みかというと、監視人の目を盗んで豆を呑《の》み込み、家に帰って嘔吐《おうと》して出し、食べるのである。文化大革命では、「反革命分子」のレッテルを張られ、蹴倒されたり殴られたり。上官魯氏は苦境のなかでも、国軍、共産軍の甘い申し出をいつもきっぱりと断るのである。土に生きる強さをみせる。

つぎに押し寄せてくるのが開放経済下での狂躁《きょうそう》。係累が市長や経営者となって華やぎ、失脚する。ある者は死刑に。かつて娘や伴侶、その子らで賑わった上官一家は、戦死や刑死などのため「九三年の春」には結局、老いさらばえた上官魯氏と無一文の上官金童とだけとなる。最後に、上官魯氏のしたたかな秘密が明かされる。

上官魯氏を中心とした物語と読めば、米国のノーベル賞作家パール・バックの長編『大地』3部作と比べることができる。『大地』では、清末から1900年前半の近代化に向かって胎動する中国北部で、奴隷から貧農に嫁入りした「阿藍」が、勤勉さと才覚で土地を増やし激動期を生き抜く。子ども、孫たちが軍閥の将軍や米国留学生となっていく成功物語である。その後の1900年代の後半を描く『豊乳肥臀』は、矛盾を抱え、めまぐるしく変わる中国を生きる難しさを見せつける。

ただ、上官金童を無欲な乳房信奉者に仕立て、思想性をもたせていないため、真正面からの体制批判にはならず、一筋縄ではいかない作品となっている。

860余頁を読み終わると、何か一大叙事詩を読み切った気分になる。何もかも受け入れて悠揚迫らず横たわる中国の大地が、眼前にひらけるから不思議だ。世俗的には、「解放」と揺り戻しが繰り返される一大パノラマでもある。ここでは、「解放」は歴史の波間を漂う。


（13年1月21日号掲載）

ばく・げん　1955年、中国山東省高密県生まれ。軍人として解放軍芸術学院文学系で学ぶ。中国作家協会副主席。『赤い高粱（コーリャン）』（張芸謀監督で映画化）、『酒国』『蛙鳴（あめい）』。

閻連科『丁庄の夢』
厄災に託した寓意

中国大陸の小説の作法と日本の違いをみせつけられる。悲劇をあつかいながら悠揚迫らぬ筆致は、ときに爽快感さえかもす。その結果、彼我の死生観の違いに直面する。というか、大陸中国の底知れぬ風土を実感させられる。中国で注目の作家・閻連科による『丁庄の夢』（谷川毅訳、河出書房新社、07年刊）のことである。

「中国エイズ村奇談」の副題がついている。実際に河南省の町でおこったエイズ流行に想を得ているが、奔放な発想で小説世界を築いている。物語は、「丁庄」という河南省のある村で12歳の少年が道に落ちていたトマトを食べて即死し、あの世から生きている家族を語るという仕掛けになっている。

村人がバタバタと死んでいく「エイズ」は、国策で進められた買血運動で広がったという設定である。少年の祖父「丁水陽」は、村はずれの小学校の世話をしている。教育長に、村をあげての買血の話をもちかけられてぼう然とする。が、丁水陽の長男、すなわち語りの少年の父にあたる「丁輝」はやがて、買血の仲買人「血頭」でひと儲《もう》けし「血頭の王」となるのだ。反面、その弟の「丁亮」、すなわち叔父さんはエイズにかかり死に直面する。

エイズにかかった村人は、祖父の小学校で集団生活を送ることになるが、盗みあり、策略あり、または善意もあり、といったしたたかな暮らしぶりがおもしろおかしく展開する。とりわけ、家を追われた若妻「玲玲」と恐妻家の叔父さん丁亮の道ならぬ恋が狂おしく描きだされる。

このあたりまでは、不条理な状況下を描いてみせたノーベル賞作家カミュの「ペスト」の中国版かと思わせる。老荘の思想を育んだ中国ならではの、悠遠な時間軸に覆われた村人の生き死にが映し出されるからだ。だが、物語はここで終わらない。

父・丁輝が、県上層部の委員会に抜擢《ばってき》され、エイズ対策として当局が支給する棺桶《かんおけ》を、悪辣で巧妙に横流しする。村人は面子を保つことに狂奔する。丁輝はそこにつけ入って一財産をなすのだ。それを嫌う祖父・丁水陽との確執。だが、深刻ぶることはない。「白髪三千丈」の名調子の筆致で読み手を煙に巻く。

たとえば丁輝が祖父との話し合いの場を、気まずく去るとき。「父（丁輝）は叔父さんの庭から立ち去り、地面に穴があくほど力を入れて歩いて行った。石か煉瓦を黄河古道の向こうまで蹴飛ばしそうな勢いだった」となる。

すご腕の丁輝だが、一方で丁水陽に親孝行なのだ。祖父を町の新居に連れていき、隠し部屋を見せる。「少しでも親孝行をさせてもらおうと思っている」と。その部屋というのは、「覆っているシーツを取り払った。そこにはきれいに積み重ねられたお金があった。すべて百元札で、一万元を一括りにし、どれも赤い紐できっちり縛ってあった。そしてそれを十万元でまた一括りにし、また百万元で大きな一括りにした。……スミレの花のようだった」。これだけでは語り足らないらしく、さらに「ベッドの下も、机の下も、木箱の下も……お金だった」「燦然《さんぜん》と輝き、色とりどりで、インクの匂いが鼻を突き、呼吸困難に陥るほどだった」。ついうっとりと読む羽目になった。

閻連科は05年、軍幹部の妻らの情事を赤裸々に描いた『人民に奉仕する』を雑誌に発表。が、発禁となって国外で出版された。そのあと06年に『丁庄の夢』だ。純文学としては珍しくベストセラーとなり、重版から発禁となっている。検閲を見こしてか、〝イソップの言葉〟で書かれたおかげで批評精神が寓《ぐう》意《い》に富み、奇妙な感動をもたらす作品となったといえよう。

日本在住でH氏賞を受賞した同じ河南省出身の詩人の田原《ティアンユアン》は、この本に一文を寄せ、独特の深い思想性や複雑な芸術性を読みとろうとしている。「言葉で伝えることの難しい」作家だと。民衆は、「何代にもわたって、日が昇れば仕事に出て、日が沈めば家に帰る。しかし中国社会の変動が彼らの静かな生活を破壊したのだ」とものべている。

今夏、小説は映画化され評判をよんでいる。タイトルを「最愛」（監督・顧長衛、主演・章子怡）と変え、丁亮と玲玲のエピソードを忠実に描いている。丁輝らの買血のあくどい背景が描かれていないので、純愛を扱ったストーリーとなっており、上映禁止の心配はない。

祖父・丁水陽は、「ペスト」の医師リューのように理想は説かず、唯唯諾諾としているが魂は売らぬ気概をもっている。この作品は、魯迅《ルーシュン》「阿Q正伝」にみる阿Qの群像を描いているものの、祖父らをとおして、中国がそこから遠くにきている一面をもとらえている。発禁はかえって、中国の押さえきれない現状をあぶり出しているようだ。巧緻な批評の書である。「解放」の途上のアイロニー（当て擦り）か。

（13年1月21日号掲載）

えん・れんか　1958年、中国河南省嵩県生まれ。解放軍に入隊し、解放軍芸術学院卒。『受活』で老舎文学賞。『日光流年』『堅硬如水』など。

柳田国男『遠野物語』

土俗の闇に戦慄する心

日本の民俗学を牽引した柳田国男が若くして著した『遠野《とおの》物語』（岩波文庫、角川文庫など）は、不思議な物語だ。岩手県の内陸、遠野郷で語られている怪異な話を個条書きのように記したものだ。たとえば——

四五　猿の経立《ふったち》（妖怪化する様）はよく人に似て、女色を好み里の婦人を盗み去ること多し。松脂《まつやに》を毛に塗り砂を其上に附けてをる故、毛皮は鎧《よろひ》の如く鉄砲の弾も通らず。

五五　川には川童《かっぱ》多く住めり。猿ヶ石川殊《こと》に多し。松崎村の川端の家にて、二代まで続けて川童の子を孕《はら》みたる者あり。生れし子は斬り刻みて一升樽に入れ、土中に埋めたり。……その子は手に水掻《みづかき》あり。……此家も如法の豪家にて○○○○○と云ふ士族なり。村会議員をしたることもあり。

真偽の程を検討するでもなく、民俗学的な解釈をほどこすでもなく、一話一話を簡潔な文章で綴《つづ》り、放り出すように並べている。一一九話まである。ただ、多くがどこの誰の話であるのかを記しているのが特徴だ。しかし、なぜこのような著作が注目されてきたのだろうか。

柳田がこの『遠野物語』を出したのは、ちょうど100年前の1910（明治43）年、34歳のときだ。東大法科を卒業後、農商務省農務局の役人としてよく地方視察の旅をし、かたわら早稲田大学で農政学の講義もした。遠野出身の佐々木喜善《ささききぜん》という早大の学生が郷里の伝説や信仰、風習、それに奇妙な民間伝承に通じていたことから、聞き書きを始めたのだ。

それにしても、作家・田山花袋《たやまかたい》や島崎藤村《しまざきとうそん》と親交があり、すでに「人形の家」の劇作家を研究する「イプセン会」に参加していた近代知識人の柳田は、何に惹かれたのだろうか。それを知るカギは、「序文」にある。

「敢《あへ》て答ふ。斯《かか》る話を聞き斯る処《ところ》を見て来て後之を人に語りたがらざる者果《はた》してありや。……要するに此書は現在の事実なり」と。誰であれ、これらの説話に興味を示さない者はいないだろうというのだ。さらに語気を強め、「国内の山村にして遠野より更に物深き所には又無数の山神山人の伝説あるべし。願はくは之を語りて平地人を戦慄《せんりつ》せしめよ」としている。「平地人」とは、里の人、ひいては都会人といってもいいだろう。

営々と引き受けてきた〝闇〟を排除して、ひたすら西欧的な合理主義に突っ走る明治の「近代化」に不安を覚えたのではなかろうか。遠野郷の闇の主役は、河童、オイヌ（狼）、山男山女などの生きものとザシキワラシ（座敷童衆）、オシラサマなど家々の神だ。村人はしばしば祟《たた》りによって死に、村社会の信仰へのいましめがさりげなく埋め込まれている説話も多い。

柳田は、村人の恐れの心やその口承に深入りし、やがてこれらの元となる心性（心の働き）に目を向ける。猟師たちが、山で同時に異様な大きな音を聞くが実際には何も起こっていない現象を、山村では「天狗倒《てんぐだお》し」と言った。柳田は、「強い因縁さへあれば多人数の幻覚が一致をする」（「妹の力」）とし、「共同の信仰」「共同の幻覚」という言葉にたどり着く。「完全なる個人主義が行はれたら、その時は山の神秘の晴れてしまふ時である」（「妖怪談義」）ともいう。

何百年、何千年もの間、人間が無力となる夜の闇や山中で、さまざまな心性が発揮された。柳田は、詩人のような直感でいち早くそれに着目したのだと思う。

戦後、『遠野物語』が再度注目されたのは、60年代の学生運動の季節の真っただ中だった。若者に強い影響力をもった詩人で思想家の吉本隆明《よしもとたかあき》が評論『共同幻想論』（68年刊）で、『遠野物語』に依拠しつつ、国家などを含めた社会共同体が、個々の幻想を共同の意識として共有する過程を摘出してみせたのだ。今年、漫画家・水木しげるが漫画『水木しげるの遠野物語』を出し、遠野への関心を誘った。

柳田は闇を語ったのではなく、闇にかこつけて閉ざされた世界での「共同幻想」の諸相に、自分自身が戦慄したのではあるまいか。いま、遠野郷とは全く違った閉ざされた世界、たとえばITという仮想空間での新たな共同幻想にとらわれていることの闇を、暗示しているように思う。（10年9月13日号掲載）

やなぎた・くにお　1875〜1962年、兵庫県福崎町生まれ。著書『山の人生』『桃太郎の誕生』『海上の道』など。『定本柳田国男集』全31巻・別巻5巻がある。

鶴田知也『コシャマイン記』

アイヌへの清冽な挽歌

戦前、アイヌを描いて芥川賞を受賞した鶴田知也の中編「コシャマイン記」が、『コシャマイン記・ベロニカ物語――鶴田知也作品集』（講談社文芸文庫）に収められ、このほど刊行された。

鶴田知也は若い日、友人の誘いで北海道・渡島《おしま》半島の八雲町《やくもちょう》に半年滞在し、アイヌの首長らと親交を結んだ。のちにプロレタリア文学に身を投じた。戦後は農民文学に従事。近年、地元の福岡県の旧豊津町《とよつまち》で顕彰が進んでいる。

「コシャマイン記」は、日本の大将カキザキ・ヨシヒロに謀られて殺された勇猛な酋長《しゅうちょう》タナケシの血筋を引き、英雄の名をもつ若者「コシャマイン」が主人公である。幼児のとき、日本軍勢の追っ手をかわし、母親と1人の忠僕とで他の部落に身を寄せた。やがて成長して、アイヌを糾合しようとする。が、奥地開発にやってきた日本人《シャモ》と接触するうち、幾多の酋長と同じように、だまし討ちで殺される。コシャマインの清冽《せいれつ》な一代記の装いで描かれた、神話的なアイヌ悲史である。

川に投げ込まれたコシャマインの死骸は、「水漬《みづ》いている楓の下枝に引っかかって、そこに止まった。やがて氷が淵を被《おお》うた。そして僅《わず》かに氷の上に見えていたコシャマインの砕けた頭部を、昼は鴉《からす》共が啄《ついば》み、夜は鼠共が漁《あさ》って、その脳漿《のうしょう》の凡《すべ》てを食い尽くしたのである」と終わる。硬質な叙情をたたえている。

神威《カムイ》の加護を信じ、戒律《イレンカ》を尊ぶ高貴なアイヌの精神が、銃を手にした日本人の狡猾に簡単に欺かれ、征服されていったのだ。

アイヌの心優しい風習については、たとえば使い古した大切な道具を捨てるとき、家の外の祭壇にヒエや煙草などと備えて、「これをお土産に神の国にお帰りください」とお祈りした、とアイヌ文化の伝承者、萱野茂《かやのしげる》は語っている（『アイヌの碑』から）。

「コシャマイン記」は36年、第3回の芥川賞を受賞した。第2回は該当作がなかったので、第1回の石川達三《いしかわたつぞう》「蒼氓《そうぼう》」につぐ芥川賞となった。この年、日本はロンドン軍縮会議から脱退、日本の大陸侵略はさらにエスカレートしようとしていた。

芥川賞の選考では、満場一致で選ばれ、選考委員からは「古朴な筆致」（佐藤春夫《さとうはるお》）、「鴎外の或種《ある》の翻訳物を読む感じがあった」（佐々木茂索《ささきもさく》）などと評された。

この回、同時に受賞した小田嶽夫《おだたけお》「城外」は、中国を舞台にしており、このあとの芥川賞は中国、朝鮮、樺太《からふと》など大陸を舞台にしたものが増え、この傾向は敗戦まで続く。「コシャマイン記」には、植民地進出への嫌悪が埋め込まれているが、以後の受賞作はしだいに植民地進出を所与のことのように描くようになったと思える。

文庫本『コシャマイン記——』には、もう一つ、アイヌを題材にした「ペンケル物語」が収められている。ペンケルとは、蝦夷地の胆振《いぶり》之国にある大森林を擁したとされる地方。ここに悪魔のような大熊がいて、狩猟場だけでなく部落も襲った。その熊たるや、「金色の剛毛《こわげ》に被われ」「丘とも見えるその躰《からだ》が触れただけでも太い山毛欅《ぶな》の幹は折れた」ほどだ。歌唄いの若者「テルキ」が、6つのアイヌ部落に協力を求めて熊退治に挑む。が、他の部落の疑心を買って殺される。やがて、その蝦夷地も一切のものが、「光と煙を吹き出す」不思議な武器を持った日本人《シャモ》のものになる……。暗喩《あんゆ》に富んだ一大叙事詩のような物語だ。「解放」の壮絶な闘いとその鎮魂歌である。

現実にアイヌは、「和人」に迫害された歴史でもある。そんなアイヌを保護すると称する北海道旧土人保護法が明治に作られ、つい近年まで生きていて、アイヌの人々は「旧土人」として処遇されてきたのだ。やっと97年から、「アイヌ文化振興法」に取って代わった。

今夏、アイヌ政策に関する「有識者懇談会」が報告書をまとめ、アイヌを先住民族と認めたうえで政策推進の立法措置をとるように前向きの提言をした。政府はこれを受けて、この秋をめどに協議会を設けるとしており、当然に新政権に引き継がれるものとして見守りたい。

（09年10月26日号掲載）

つるた・ともや　1902〜88年。北九州市生まれ。同郷、葉山嘉樹の縁で労働運動に加わり「文芸戦線」で活躍。戦後は「農民文学」を創刊。『トコタンの丘』など。

池上永一『黙示録』

琉球文化の底流を探る

本土復帰40年余を経ても、いまだに広大な米軍基地を押しつけられている沖縄。過密な中心市街地にある米軍普天間《ふてんま》飛行場の県外移設さえままならない理不尽さ。その忍耐のよりどころを暗示するかのような長編小説『黙示録』（角川書店）が昨秋、出された。沖縄出身で沖縄の時代小説を多く書き続けている池上永一の作品だ。

池上は、第6回日本ファンタジーノベル大賞でデビューし、『風車祭《カジマヤー》』で直木賞候補になるなどして、エンターテイメント系の作家として見られているが、本作は2段組600ページをこえる野心作だ。琉球王朝時代を舞台に、沖縄の古典舞踊の「組踊《くみおどり》」の成立過程を展開している。ちなみにこの時代、踊り手は男だけの世界なのだ。

沖縄は長く琉球王国の命脈を保っていたが、明治政府の廃藩置県で鹿児島県に組み込まれた。琉球王国は17世紀初頭から薩摩《さつま》藩の実質支配をうける一方で、中国の清とは冊封《さくほう》関係を結び、薩摩藩と清国の2方面に恭順を強いられていた。冊封とは、貢ぎ物を献上する代わりに下賜を得る関係だ。第13代の尚敬《しょうけい》王の即位で、江戸上りや清の冊封使を受け入れるにさいし、接待で高い文化性を示そうと、踊りに力を入れたのが組踊のはじまりという。

『黙示録』は、王命厚く国政を預かる国師・蔡温《さいおん》、その命で踊奉行を務める玉城朝薫《たまぐすくちょうくん》といった史実を足がかりに、低い身分で孤児同然から這い上がり、当世一の花形踊り子になる架空の「了泉」を主人公に繰り広げられる波瀾《はらん》の物語である。と、見せかけてあるが、薩摩と清の2つの武力大国に挟まれた小国の気概が織り込まれてある。

舞踊にセリフを加えた組踊は、おもてなしの場面で見せる至高の芸として、文化国家、琉球王国の国運を賭けた試みという設定だ。「了泉」は芸を磨くために、ライバルを蹴落とす貪欲さを誇示する。踊りを担う若き楽童子たちはうなずき合うのだった。「ただ大和の人を楽しませる舞ではいけない。心の奥底まで感動させ、琉球という国を美しくあってほしいと願わせる踊りでなければ意味がない」と。筋だけをたどると、味気なかったりするかもしれない。が、そこは独特の誇張表現で、読者を逸《そ》らさない。

30人の楽童子が演じる踊りへの観客の反応は、「三十人が任意に観衆に目配せすると卒倒する男女で将棋倒しが起きた」。踊りの特訓のすごさは、「血飛沫《ちしぶき》に塗《まみ》れた座敷の畳は張り替えなければならないほどの惨状だ。傍目には惨殺事件の現場にしか見えないだろう」となる。中国のノーベル賞作家、莫言や中国の人気作家、閻連科が多用する表現を連想させる。

了泉は王府の賛辞で絶頂を迎えるが、奢《おご》りで身を持ち崩す。やがてノロ（神女）たちの月夜の踊りを隠れ見た了泉は、踊りとは「神と一体になろうとすることだ」とさとるのだ。「怒るな。嘆くな。恨むな。でも忘れてはいけない。（月の気が）透き通るまで体の中で眠らせろ」。こうしなければ神の世界とつながらないと。

もう一つ、小説では「太陽《てだ》しろ、月しろ」という、人をさす奇妙な言い回しが繰り返される。「太陽しろ」は理で国を治める国王をさし、「月しろ」はそれを心機で支える陰の存在である。祈りで国事を左右した「聞得大君《きこえおおきみ》」や「神女《ノロ》」の伝承をもつ土地柄、踊りの第一人者はひそかに「月しろ」になぞらえられているのだ。月しろの地位を争うがゆえに、踊り子の競演には死を賭けた凄《すご》みがともなう。

組踊の存在感については、沖縄出身の芥川賞作家・大城立裕《おおしろたつひろ》の『花の碑』（講談社、86年刊）がある。こちらは、組踊の後日談とでもいえようか。朝薫に続く平敷屋朝敏《へしきやちょうびん》が忠孝の節義からはみ出した恋愛を組踊で演出し、庶民の喝采とは逆に為政者である蔡温に嫌われ、別の件の名目で処刑される。組踊を通して、やがて来る解放の時代を先取りしようとした悲劇である。両作品に共通しているのは、たかが芸事といわれそうな踊りに託された、琉球文化の深い思い入れである。池上は、「武器をもたない国家ゆえに美意識に特化したのが琉球王朝の特徴だ」と見る。

池上たちが取り上げているのは、琉球王朝以来、連綿と続く「芸事」文化への矜持《きょうじ》と研鑽《けんさん》。次々と押し寄せる世事を、別の文化的な価値体系を秘めてやり過ごす沖縄のマブイ（魂）を、主張しているかのように思える。

（14年2月3日号掲載）

いけがみ・えいいち　1970年、那覇市生まれ。琉球王朝物の『テンペスト（上・下巻）』『トロイメライ』や『あたしのマブイ見ませんでしたか』、未来都市を描いた『シャングリ・ラ』。

12　人間解放の希求

西光万吉起草「水平社宣言」

「人間の尊厳」への渇仰《かつごう》

人間解放をめざす水平社運動をぐいぐいと引っ張ったのは、1枚のチラシとして配られた「水平社宣言」の文の力ではなかったか。原稿用紙約2枚のこの文章は、血を吐くような、うめくような、叫ぶようななかに人間の尊厳が高らかに謳《うた》われているのだった。底流に、新しい思想が脈打っていたといえる。

「全国水平社」は、90年前の1922年3月3日、京都市岡崎公会堂で創立され、その壇上で宣言文は読みあげられた。会場を埋め尽くした3000人近い聴衆は、感涙のすすり声をあげ続けたという。

「宣言」はいきなり、「全国に散在する吾が特殊部落民よ団結せよ」とはじまった。1871（明治4）年の「解放令」で身分の解放を布告したものの、今度は「新平民」とよばれる露骨な差別が続いた。全国の被差別部落は横の連絡のないまま苦しんでいた。そんなとき、奈良県南葛城《みなみかつらぎ》郡掖上《わきがみ》村（現・御《ご》所《せ》市）の西光万吉《さいこうまんきち》（本名＝清原一隆《きよはらかずたか》）、阪本清一郎《さかもとせいいちろう》、駒井喜作《こまいきさく》ら3人の近所同士の青年が中心になってよびかけ、全国大会の気運は急速に進んだ。「宣言」は、寺住職の一男で読書家の万吉が筆を執った。

それまでも融和運動はあった。だが「宣言」は、「人間を勦《いたわ》るかの如き運動は、かえって多くの兄弟を堕落させた」と言い切り、「此際吾等の中より人間を尊敬する事によって自ら解放せんとする者の集団運動」を起こす、とまず表明する。そのうえで、差別が何であるかを説く。

「(吾々の祖先は)ケモノの心臓を裂く代価として、暖い人間の心臓を引裂かれ、そこへ下らない嘲笑の唾まで吐きかけられた」というのだ。「呪はれの夜の悪夢のうちにも、なほ誇り得る人間の血は、涸《か》れずにあった」。臓腑《ぞうふ》から言葉を振り絞るような一節である。

万吉は、差別から旧制中学を転校したものの、そこでも差別にあい2年で退学。絵を学ぼうと上京し、画才を認められるが、絵はうまいが床の間には掛けられぬと、差別の陰口をたたかれ絶望する。傷心の帰郷をし、死を賛美する。そんなとき、阪本に救われ地域活動をはじめた。起草文は、これら青年に東京から馳せ参じた平野《ひらの》小剣《しょうけん》が加わり、西光の文案を吟味していった。

つづく、「犠牲者がその烙印《らくいん》を投げ返す時が来たのだ」のところでは、西光がちょっと、逡巡《しゅんじゅん》した。これでは、復讐《ふくしゅう》するみたいではなかろうかと。だが他の青年たちは、このくらい戦闘の表示があっていいと削除を押しとどめた。

大会に先駆けて全国各地に発送した水平社創立趣意書「よき日の為めに」には、これらの発想の原型を読み取ることができる。作家ロマン・ローラン、詩人モリスら西欧の新思想を引用し、中心を占める「人間は元来、尊敬すべきものだ」の思想は、ゴーリキーの「どん底」のなかからの台詞《せりふ》。さらに、「尊敬すべき人間を、安っぽくするようなことをしてはいけない」と西光の言葉で強調している。

「宣言」は、文化性や教養を身につけることで人間の尊厳を全うするとする、それまでの教養主義をはぎ取った。人間を根源的にさかのぼり、人間の本来の真摯《しんし》な姿に、尊厳を見て取ろうとしたのである。

それゆえ、「人の世に熱あれ、人間に光あれ」と高らかに結んでいる。

もともと人権宣言は格調高いものであるが、差別にうちひしがれ精神の葛藤を続けた万吉の「宣言」には、火の出るような切実さがあり、ひときわ人々の心に突き刺さった。大正の時代が携えた新理想主義の文学や新しく起こった民衆詩が一筋の光明になっていることもうかがえる。島崎藤村《しまざきとうそん》の『破戒』から16年で、部落解放の思想は大きく転回した。

このあと、西光は小作農の救済を願って農民運動に精力を注ぐ。１９２８年の共産党一斉検挙の３・15事件で逮捕され、５年の実刑。出獄後は、国家社会主義をかかげたため転向者と見られ、水平社運動の主流から外れていった。万吉の主張は、「君民一如搾取なき新しい日本を建設する」ことだった。

西光は、水平社創立前後から戯曲を手がけ、「浄火」「天誅組」「ストライキ」など被差別の現実や政治的な題材に目を向け、「ビルリ王」では古代インドを舞台に、差別の罪深さを嘆いている。戦後の小説「山背王物語」は、聖徳太子の子、山背大兄王子《やましろのおおえのおうじ》を題材に、絶対的な非暴力、非戦の思想を推し進めている。西光の妻、美寿子《みすこ》さんは「私が三十年を通じて傍らで見てきた人間西光は、人間の尊厳をひとすじに思い、絶対に人を差別することなく、菩薩修業を積み重ねた人だったと断言させて頂くことができる」と書き残す。

西光は、部落解放運動の主流からは逸《そ》れたものの、「人間の尊厳」への確信をさらに深めたと思える。


（12年1月23日号掲載）

さいこう・まんきち　１８９５〜１９７０年。奈良県御所市生まれ。青年期は画工を志願し、「荊冠旗」をデザイン。日本農民組合中央委員、奈良県議１期など歴任。

鄭承博『水平の人』

栗須七郎への追慕

昨今の部落解放運動の関係者たちの私利と逮捕には暗澹《あんたん》とした気持ちになる。そんなとき、私の頭をよぎるのは「栗須七郎《くりすしちろう》」という人の名前だ。在日韓国人作家・鄭承博《チョンスンバク》の『水平の人——栗須七郎先生と私』（みずのわ出版、01年刊）で知った。それによると、水平社運動の「有名な大先生」なのだが長屋に住み、朝鮮人少年たちを家族のように受け入れ、勉強させた高潔な人だ。

鄭承博は、家が困窮し9歳で単身、日本に渡り、和歌山の山中で飯炊きとして飯場を転々としていた。13歳のとき、30円で農家に売られていたときに栗須と出会った。「これでは人間になれない。お前に勉強する気があるなら、ここへ訪ねていらっしゃい」と名刺を渡された。3カ月後、農家から逃げ、名刺の住所を頼りに大阪に出た。そこでは「朝鮮人も日本人もない。みなが同じお膳の前に揃って、夕食を」食べた。勉強が進むと栗須は真っ先に喜んだ。「勉強をしないで、金儲けの話など、先生の前でしようものなら、ど偉いお叱りを受ける」とも記している。

鄭は栗須の元で高等小学校を終え、上京して日本高等無線学校に入った。が、朝鮮人差別で学校中退を余儀なくされ、以後、次々と差別にあって職業を変えた。戦後、日本人女性と結婚して淡路島《あわじしま》に定着。40歳近くになって川柳を始めたのをきっかけに同人誌活動をし、小説を手がけた。植民地下の朝鮮での暮らし、渡日後の生活などを淡々と書いた。差別を受けても恬淡《てんたん》と、しかし一歩も引かず生き抜いてみせた作者自身を描き込んだ作品群となった。

この「作家・鄭承博」が生まれたのは、栗須との出会いが大きく作用している。栗須は大阪府水平社設立に尽力したが、ほどなく解放運動史から姿を消している。いくつか資料にあたったが、その後の活動はたどれなかった。大恩があるので作家・鄭に神聖化された人物かなと、気になっていた。ところが今夏、廣畑研二《ひろはたけんじ》著『水平の行者　栗須七郎』（新幹社）という500ページ余の厚い本が出版された。時代と運動の背景を合わせた、綿密な考証に驚かされる。大変な労作である。

そこに、栗須が、水平社運動から離れ、部落差別に対する裁判闘争が終わった28年頃から45年の大阪空襲で焼け出されるまで、質素な暮らしのなかで「水平道舎」を構えている姿が描かれているのだ。水平道舎とは大阪・西浜の長屋の自宅をそうよび、時に朝鮮人少年を書生として寄宿させ、さらに近所の朝鮮人少年を集めて勉強させていたのだ。戦前の朝鮮人差別の激しいなか、人の道を説き家族のように接していた。生活面では厳しかったが、自分の政治上の愚痴はもらさなかったようだ。近隣の朝鮮人が不当に警察に留置されると身柄引き取りに奔走し、「豚箱」から「先生は足音でわかった」とありがたがられた。

戦時下、解放運動が翼賛体制に引きずり込まれるなか、市井に埋もれた人のこれほど精彩に富んだ生き方があろうか。運動の喧噪《けんそう》を離れ、「水平道」に殉じた人と想像すればわかりやすい。こういう人がいたという感嘆と、そこから鄭という作家が出現したという、二重の感動を味わった。鄭は栗須伝を終生の仕事と決めていたが、未完のまま絶筆となった。

（06年11月6日号掲載）

チョン・スンバク　1923〜2001年。韓国・慶尚北道安東生まれ。72年、「裸の捕虜」で農民文学賞受賞、芥川賞候補に。『鄭承博著作集』（全6巻）が新幹社から刊行されている。

住井すゑ『橋のない川』

「人間平等」を掲げた底力

「部落差別」とひとことでいうが、いかに理不尽で苛烈であったか。作家・住井すゑが半生かけて書き続けた大河小説『橋のない川』（全7巻、新潮社、92年完）は、差別に深く傷つき闘う少年の成長物語である。だが同時に、少数者に対し多数者の都合を押しつける「差別の構造」は、過去の出来事ではないことも教えてくれる。

『橋のない川』は、明治末期から大正期、奈良盆地での米騒動、全国水平社の創立、小作争議を経て25年の普通選挙法の成立までを背景として描く。舞台は畝傍《うねび》、耳成《みみなし》、香具山《かぐやま》の大和三山に近い被差別部落「小森」。父親を日露戦争で亡くした「畑中孝二」は尋常小学1年生。5年生の兄と母、祖母の4人暮らし。2反の小作地と3畝の畑、草履表作りで生計を立てる貧しい農家。反当たり7俵の収穫があっても5俵は小作料に取られるのだ。

学校では、部落外の子たちが何かといえば差別語ではやし立てる。惨めで、親には言われず、「部落とは何か」とひとり悩む。母親の里に行きたいのだが、それらの地域を抜けることになるので母親を誘えない。集団ではやし立てるのを、母親に聞かせたくないからである。

高等小学校では表面的な差別は少なくなり副級長に選ばれもするが、修学旅行の夜、同室の級友4人は便所に行くと言って部屋を出たまま戻ってこなかった。いっしょの部屋では寝られないとの暗黙の行為だった。

卒業後は草履職人になる。高等小学校の同窓会の日、孝二は飛び入りで演説し、堰《せき》を切ったように説いた。

「同情や憐憫《れんびん》は要りません。あざけられるような曰《いわ》くは、わが身にも心にもないからです。人間は平等だと信じています。だが、現実には人間は平等ではありません」と。会場の５００人は静まりかえった。

水平社結成後は小森の副支部長に押しあげられ、ある日、小学校での差別言辞に謝罪を求めて団体で押しかける。話し合いの席に村の名士らが割って入り、「傲慢無礼な脅迫だ」と居直り、怒った部落の人が名士を外に放りだし吊しあげた。これが部落外に針小棒大に伝えられ、半鐘が鳴らされ、衝突事件に発展する。警察が動き、孝二たち7人が逮捕、70日間収監される。孝二は騒擾《そうじょう》罪の主犯格として「禁錮6月、執行猶予3年」の判決をうける。ここまでが第5部である。多数者の気儘さが、いかに少数者をどん底に突き落とすか。多数者の無神経というにとどまらず、これは多数者の既得権益をまもる暴力であるとさえおもわせる。

第6、7部は、執行猶予の期間のためか、孝二に目立った動きはなく、小作争議に関心を寄せつつ、日常にかまける生活が描かれる。ことに第7部は、住井が19年間の間隔を置いて90歳で書きあげた執念の作品。「天皇制」に由来する貴賤《きせん》の構造にこそ、部落差別の根源があるとの考えを強調している。

この『橋のない川』は、住井が孝二を自分と同年齢に設定し、自分の少女時代に奈良盆地で見聞した史実を織り交ぜ、生き生きとした歴史の証言ともなっている。また、ちょうど藤村が『破戒』で筆を置いた明治の末期からはじめており、『破戒』以後の部落解放、すなわち「人間平等」をかかげた解放の闘いを反映している。

特徴的なのは、孝二が『破戒』を読み強く心騒がされるものの、丑松の謝罪告白とはあっさりと決別し、「人間平等」を信念として力強く掲げていることだ。が、ひとつ気掛かりなのは、社会的な差別に対して体当たりした孝二だが、私人としては旧弊をこじ開ける気概を示していないことだ。

というのは、孝二には思慕している小学校同級生「杉本まちえ」がいる。彼女は部落外の「名家」の娘。孝二はあらかじめ溝を作って自分を卑下し、近づこうとしないことだ。一方で孝二には、少年の日に読んだ物語のことが胸に焼き付いている。それは、部落の青年が愛し合う女性をともない生家を訪れる途中、家を間近にして、意を決して部落に生まれたことを告白する。すると女性も自分もそうだと明かして2人が泣き崩れたあと、2人は並んで家路をたどる。幸せを暗示する結末だ。だが、孝二は青年たちが結局こうして部落に閉じ込められることに、心を痛めるのだった。

そんな孝二なのに、孝二の従妹《いとこ》に思いを寄せる部落外の信頼する先輩から、従妹の気持ちを知らせてほしいと兄を介して頼まれたとき、葛藤するでもなく、なすすべなく傍観した。従妹はやがて部落内の青年と婚約した。人の内面のさらに奥深くに影のように住みつく差別観念との闘いは、『橋のない川』が積み残した課題といえる。

（14年2月17日号掲載）

すみい・すゑ　1902〜97年。奈良県磯城郡平野村（現田原本町）生まれ。17歳で上京。『夜あけ朝あけ』（毎日出版文化賞）、『向い風』など。『住井すゑ作品集』（全8巻）がある。

朝治武『差別と反逆―平野小剣の生涯』

「解放」への情熱の転身

「人間の尊厳」を唱え、燃えるような情熱で水平運動を切り拓きながら、やがて国家主義に転身し、水平運動の正史から姿を消した平野小剣《ひらのしょうけん》。「裏切り者」とさえいわれた。一体、何があったのだろうか。大阪人権博物館で研究に勤《いそ》しんできた朝治武が評伝『差別と反逆――平野小剣の生涯』（筑摩書房、13年刊）を世に問うた。これまでふれられることの少なかった平野の後半生の追跡に力を入れている。「平野に対する否定的評価への異議申し立てをも意図している」という。研究者とあって文献的な史料を重視し、日時、場所、参加者名が煩雑なほど克明だ。ノンフィクションライターのものとはひと味違い、事実と事実とをつなぐ空白は予断を加えず、多くが読者の想像に委ねられている。

平野は1891（明24）年、福島県の被差別部落の7人兄妹の5男として生まれる。青少年期、差別の辛酸をなめている。東京で印刷所の文選工に従事するが、そのつど出自を言い立てられ職場を転々としている。労働組合運動に活路を見出し名をなしたころ、偶然に関西・奈良での水平運動の準備を知り、関東からただ一人駆けつけ水平社創設に加わった。西光万吉の「水平社宣言」の添削をしたことで知られる。

「我等民族の祖先は尤《もっと》も大なる自由と平等の渇仰者であって、又実行者であった。そして尤も偉大なる殉教者であった」との言い回しが、平野のそれ以前の檄文に登場している。民族とは部落民衆をさす。「自らエタと呼ぶのはどうか」との意見があったが、平野は、「エタを尊称とする時代を創造するのだ」と突き放した。「人間の尊厳」に力を込めた。そして、部落民の手での「解放」を説いた。融和運動をきっぱりと排した。被差別部落の人たちの感激を引き寄せた、新しい思想といえる。水平社結成（1922年）の後は、雑誌発行、講演、糾弾、関東での支部結成にと精力的に活動する。講演では雄弁が評判だった。「人間の自由――奪はれた霊魂を奪還する――これが吾等の使命」といった、肺腑を衝《つ》く表現。筆も立った。

転機が訪れた。共産党の結成（非合法）など政治の季節をむかえ、水平運動も社会主義運動に積極的にかかわるかどうかを迫られた。背景には、あきらかに時代のアナ・ボル論争の影響があった。アナはアナルコ・サンディカリズム（労働組合中心主義）。平野はアナ派の実力者とみられた。日本の労働運動は革命ロシアの主導するボルことボルシェヴィズム（ロシア社会民主労働党左派の路線）に傾き、社会主義の政治闘争へと向かっていった。平野は24年、直接には友人・遠島哲男《とおじまてつお》の警視庁スパイ事件に巻き込まれ、全国水平社から「実際運動に参加せしめざること」と「除名」されたのだ。朝治は、「日和見主義者」としてボル派に追い落とされたとみている。が、平野はひるまず水平運動を続けた。

翌年、世良田村事件という群馬県での差別事件に、糾弾の先頭に立って獅子奮迅の活躍をした。だが、「除名」は解けなかった。しだいに居場所がなくなっていった。

このような時期に国家主義者との交際を広げ、中国へたびたび足を運び、28年、「支那膺懲《ようちょう》」、つまり中国たたきの論を張る。中国渡航では、時に内務省警保局から「旅費」が支給されていたとの朝治の証明には驚かされる。33年、政治団体の機関紙「革新時報」を発行し、さらに「日刊中外通信」主幹におさまる。立場は、純正国家主義、国難打破、弱小民族の解放から、共産党撲滅、一国一党のファシズム体制の確立……と激越になっていく。あれほど嫌っていた「融和」も時節として容認した。

天皇機関説に対しては、天皇をないがしろにするものだとして「機関説撲滅」の先頭を走った。40年、急性肺炎で倒れた。49歳だった。

アナかボルかと二者択一の態度決定を突きつけ、相手を追い落とそうとした時代。警察監視下での公然活動か、地下に潜るか。執拗な思想取り締まりの治安維持法が追い込んだ面はある。平野のありあまる情熱は、公然活動のできる天皇制国家主義に突き進んだ。平野は、水平運動にも関係しようとするが、もはや影響力はなかった。

朝治は、平野に対して「親近感と同時に、違和感や嫌悪感を抱かずにはいられなかった」と。平野の後半生は、活発に時代を引っ張っているようにみえるが、それは時代を旧に揺り戻す方向ではなかったか。「反逆」が、人間尊重の絶対性を手放し、行き場を見失ったとしか思えない。学術的な論証には、まだ空白の多い時代でもある。

（13年9月16日号掲載）

あさじ・たけし　1955年、兵庫県生まれ。大阪人権博物館長。『水平社の原像』『アジア・太平洋戦争と全国水平社』や論文多数。

土方鐵『地下茎』

差別とたたかう原点は

被差別部落に生まれた作家・土方鐵が、差別を真正面にすえた小説『地下茎』（三一書房、63年刊）で新日本文学賞を得てからちょうど半世紀がたつ。差別に抗う原点は何だったのだろうか。そして、差別からの解放はどう進んでいるのだろうか。

「地下茎」が雑誌『部落』で連載をはじめた61年、部落の人たちのたたかいの足取りをたどった住井すゑの『橋のない川』の連載も他の雑誌ではじまっていた。が、「地下茎」は、差別される側からの懊悩《おうのう》と反発を描いたものとして画期的だった。島崎藤村の『破戒』からは五十数年、引き続き差別にさいなまれながらも、「丑松」の卑屈な〝告白〟からは遠いところに来ている。

物語に移ろう。主人公の「おれ」沼田広は、肺結核の生活保護患者として国立療養所に入院しているが、病状は思わしくなく、肺葉切除の手術で危篤状態となる。長く音信のなかった広からの電報で、母親「牧」、妹「絹子」が病院に駆けつける。その3人のそれぞれの独白で一家の過去が語られる。

語りは、親指だけを折りまげた手を、ひらひらされたことからはじまる。「おれ」はものも言えず、顔に血を上らせ相手から眼をそらす。その二重の屈辱が尾を引く。

この兄妹は二人とも私生児。畳1枚の土間と4畳半の部屋。ドブ臭い袋路地。母親・牧は闇屋をし、複数の男の相手をして生き抜いてきた。いまは日雇い。「あてらみたいな貧乏な人間に、それも女ひとりでどんな生き方があったのや」。汚れた過去の何が悪い、と居直る強さがある。

「おれ」は、そうした牧を嫌い、中学生のときに家を飛び出し、独力で大学に進んだ。が、つきあう女性には、部落のあまりの貧困に愛想をつかされるのだ。あるいは、眼に見えぬ垣根を感じ「おれ」の方で離れていった。

妹の絹子は、気性が強い。窮屈な学校を嫌い、学校の教室や校庭でウンコをする行儀の悪い子だが、差別には昂然《こうぜん》と反発する。

4本指の手のひらを出した男に、「四つてなにえ」と問い詰めていく。「ようみといてや。五本そろってるやろ」と、靴下をぬいで足を突きつける。男を「わかった。かんにんしてくれ」と謝らせる。そして兄を、部落を隠して卑怯《ひきょう》だとなじる。「差別する人間こそ、赤恥かかしたるね」と。

「おれ」は、理屈ではわかっているのだが……。身上調書による就職の壁。「差別する人間を追いまわしていっても、蠅《はえ》を追うように、それはつきることなく」と、猜疑《さいぎ》的にさえなる。

生死をさ迷った「おれ」は蘇生し、「部落に生まれた人間にとって、もっとも価値高い人生を生きるとはどういうことか」と自問する。そして、絹子に思いがいたる。「絹子よ、前をみつめて歩いていけるか」「なにか、あたたかいことばをかけてやらねばならないのだ。母にも！　妹にも！」との境地になるのだ……。

差別からの解放とは、人間解放でもあることを確信させる。だが、その道筋は、一様ではないとも。

つづく土方の中編小説『浸蝕』は、部落に住む2人の臨時工がそれぞれに、貧困のなかでの苛酷な過去を語りながら生き方を模索する。女性への性的な優位で征服感を充たす場面がしばしば登場する。最後は、会社の争議で、両者が反対の立場で鉢合わせする。ここでも、すえたにおいの路地へのこだわりが幾度も繰り返される。

とくに差別からの解放の展望が示されているわけではない。そのかわり、差別をうけるものの感情の襞《ひだ》を深くえぐってみせている。ここを明らかにし、乗りこえていかなければ、たたかいは続かないというように。たたかいの永続のためには、たたかいのなかに身近な生活意識の革新が必要だ。そんな文化性に土方は着目していたのではないだろうか。

これらの小説のあと、60年代末からの同和対策事業特別措置法などの施策が33年間続き、生活環境がいちじるしく改善された。差別への組織的なたたかいの成果として、公然とした差別は影をひそめた。が、近年ではネットでの差別言辞が目にあまる。そこでは、差別する側の卑しさといった、生活意識の文化性にまでメスを及ぼさなければ、差別の根元はとらえられないことがわかる。

土方の示唆した生活意識の重視は、もっと注目されていいのではないだろうか。

（13年11月11日号掲載）

ひじかた・てつ　１９２７〜２００５年。京都市生まれ。作家。小説『妣（はは）の闇』、評論『差別と表現』『解放文学の土壌』。「解放新聞」編集長、「差別とたたかう文化会議」事務局長。

中上健次『枯木灘』

「路地」に何を発見するのか

骨太な作家・中上健次が亡くなってはや20年。メディアは、「路地を文学に高めた」「戦後文学のスーパースター」と、賛辞でふり返っている。が、中上健次の「路地」は、そう簡単に見晴らせるものではない。代表作『枯木灘《かれきなだ》』（河出文庫など）を手がかりにいま一度、「路地」を考えてみたい。

この作品は、芥川賞を得て文壇の足場を固めた『岬』を、ほぼ同じ登場人物のまま、さらに発展させたものだ。中上自身の複雑な家族関係を投影した格好で、路地の狭い町にひしめく血縁者たちの日常が描かれている。

中上を思わせる26歳の「秋幸」は、義父「竹原繁蔵」が営む土建業のもとで、現場監督の修業をしている。ダンプを運転し、率先してつるはしをふるい汗にまみれるのだ。この義父に連なる「竹原」の一統は「男振りのいい男たち」を出している。が、秋幸に帰属感はない。一方、町内であくどい男として、〝蠅の王〟と噂《うわさ》にのぼる血脈の実父「浜村龍造」のことが、秋幸には気になる。やがて、龍造の息子の手で、秋幸の姉の娘の連れ合いが半殺しの目にあう……。

『枯木灘』には、血縁へのこだわり、つまり今風にいえば家族の「絆」が大きな影を落としている。秋幸は3つの絆の結び目にいる。3つの絆は母親の男遍歴の結果でもある。1つは、母親の前夫「西村勝一郎」との間の4人の兄姉である。2つ目は、秋幸を私生児として身ごもらせた実父・龍造との血のつながり。3つ目は秋幸を連れ子に再々婚をしている今の義父・繁蔵の一統やその連れ子との関係である。秋幸は日々、土建業をこなし、「日に染まり、風に撫《な》でられる」ことに満足しているが、次々と波乱がおこるのだ。

この作品から4年後、中上は自分が新宮《しんぐう》の被差別部落に生まれ育ったことを新聞で明かした。それゆえ、この狭い「路地」は部落のこととして注目されるようになった。だが、作品は、路地の被差別を見据えたり、抑圧からの解放を訴えたりするものではない。じっと人間の営みの根源を見つめている。

たとえば、柳田国男《やなぎたくにお》『遠野《とおの》物語』が取り出した濃密な土俗空間は、岩手県遠野に限って存在していたわけではない。佐々木喜善という見事な語り部と柳田の筆によって浮き彫りになったものなのだ。それと同じように、「路地」は中上の卓越した語りで隈取《くまど》られた濃密な人間空間なのである。部落を語ったには違いないが、そこを通してもっと深く、もっと広く人間の性《さが》をえぐろうとしたように思える。人間の本性を抑え込んでとり澄ますのではなく、いきり立ち、涙し、過去をよく覚えている人たちを造型している。

『枯木灘』で語られる「路地」には、噂が飛び交い、喧嘩《けんか》や殺しがある。駆け落ちがある。こってりの絵の具を塗りたくった油絵のように描く。1つの色彩の下には何層もの色が重ねられている。

ただし、中上が「路地」を取り出して語るとき、被差別部落の子の暴力への感覚に目を向ける。それは殴る殴られるという行為だけでなく、目に見えない排除としてあるというのだ。「部落の中で大手を振っている者が、目くばせ一つ、ひそひそ声一つでたちまち打ちくだかれている」のを子どもたちは知っているとして、「芸術的感性が、そのような目にあう子らに育たぬ道理がないのである」（「生《き》のままの子ら」）というのだ。生身の力による抑圧をバネに生きている姿を示唆する。

この後もさまざまに路地を描き、『枯木灘』の6年後の『千年の愉楽』は、その1つの到達点だ。路地のただ1人の産婆として人々の生年月日、命日をそらんじる「オリュウノオバ」を登場させる。路地の出来事はみな見知っている巫女《みこ》のような存在。路地では博徒、盗人、スリらアウトローの者たちが入り乱れる。オリュウノオバには、人の物を盗んではいけない、殺《あや》めてはいけないといった道徳はない。「何をやってもよい。そこにおまえが在るだけでよい」と。男振りの者たちは、放埒《ほうらつ》な性交渉やしのぎに明け暮れ、24歳で背中を刺されたり、10代で桜の木に首をくくったりと、若くして死んでいく。張り詰めた男の性《さが》、凝縮された人生の時間を見せつける。オリュウノオバは、「生きる事と死ぬ事がよじれ合ってたてるふつふつという音」が耳に聴こえ、なにもかもが有難いと涙を浮かべるのだ。

規範社会、人倫社会とは次元を異にする、始原的な死生観が描かれている。中上は、「理」にむしばまれる現代社会に対して、「性《さが》」を手がかりに、生の輝きを掘りおこそうとしたと思う。

46歳という短命な中上の死は、オリュウノオバの言葉を借りると「見事な男振り」の死ではあっても、「人の在ることの意味」を、もっと世界に向けて語り続けてほしかったと惜しまれる。

（12年11月19日号掲載）

なかがみ・けんじ　１９４６～92年。和歌山県新宮市生まれ。『鳳仙花』『地の果て　至上の時』『軽蔑』など。『中上健次全集』（全15巻、集英社）。

佐川光晴『牛を屠る』

「屠畜場」への偏見に挑む

食卓にのったビフテキの話題となると誰でも目を輝かせるが、そのために牛を屠《ほふ》る血の場面の話になると目を背ける。露骨に不快感さえ示す。この非論理的なギャップは何だろう。

佐川光晴は、埼玉県大宮《おおみや》市の「市営と畜場」に勤めた経験をこのほど『牛を屠る』（解放出版社）に託して世に問うた。自身が10年半従事した職場なのだ。斃牛馬《へいぎゅうば》の処理は、江戸時代まで被差別の部落の人々に任された仕事とされていた。遠く平安時代に「牛馬の死体に触れた者は5日間の忌み」と法（延《えん》喜式《ぎしき》）で定め、被差別の人たちの役割として割り振っていたことに遠因があるとみる説がある。この「忌み」の感情がどこかに潜み、屠畜《とちく》の仕事に影を落としているのだ。

「私」は、大学を出て出版社に勤めたが失職。職安で思い立って屠畜場の仕事の面接を受け、その日の内に決まる。大卒はいない職場に足を入れると、「おめえみたいなヤツの来るとこじゃねえ」とまず一撃された。それまで何人もが数日中に辞めていた。

踏みとどまった「私」はやがて、ここは技の世界だと思うようになり、「一人前」をめざし精進する。というのは、肉・臓器は迅速に処理することで鮮度を保ち、その日の内にセリ市に出さなければならない。だから、午前中にやり遂げる手早い仕事のためには、技が求められるのだ。

ナイフの研ぎ方、使い方、皮のはぎ方……。身体に覚え込まさなければはかどらないのだ。牛、豚を殺し、手早く血を抜き、皮を剥ぎ、臓物を出し、背割りし、洗って冷蔵庫に送り込む。屠殺の過程を淡々と描く。現実には、どこにも「忌み」が入り込む余地はない。

ここで見逃せないのは、「私」の屠殺へのこだわりだ。「われわれは自分たちの仕事を〈屠殺〉、職場は〈屠殺場〉と、そのものずばりの呼び方をしていた。ちなみに〈屠殺場〉は〈とさつば〉と発音する。〈とさつじょう〉とは言わなかった」

また、この屠畜場に勤めていて結婚できた者はまれだという現実をさりげなく観察する。「このままでは結婚できない」と職を辞す同僚を前に、周囲はかける言葉がみつからない。職場にある人々の連帯感と、そこでの抑えた悲しみがにじむ。

佐川には、同じ屠畜場を舞台にしたもう1つの作品がある。勤めているなかで書いた小説「生活の設計」（双葉文庫『虹を追いかける男』に収録）だ。こちらは、屠畜場への忠勤の一方、勤めていることへの引け目を描いている。他人から「お仕事は」と尋ねられる場面を避けようとする。そのくせ仕事は結構気に入っているのだ。

小説では、友人が「キミは昔から勉強そっちのけで、第三世界だアイヌだ山谷だ被差別だって上映会やシンポジウムをやってばかりいたんだからな」と指摘する場面がある。勤める動機にはこれらが何らかの背景となっているはずだ。が、「とつぜん屠殺場で働くしかないと思い立った」などと、このことを外して動機を語っているのがいささかもの足りない。

しかし、「生活の設計」から『牛を屠る』に到達したなかで、佐川が描きたかったことは、屠畜場への偏見の払拭だろう。どこにも、声高には語っていないので、なおさらこの場で強調したい。

「屠る」は「はふる」とも読む。「祝」の字も「はふり」と読み、白川静《しらかわしずか》『字訓』によれば、「屠る」と同根の語。祝は、「犠牲を供して、けがれを祓《はら》い清める職にあるもの、神官をいう」とある。「屠る」には、語源的に生《い》け贄《にえ》を捧げる、聖なる思いが込められているわけだ。手を汚さない神官と分離し、ケガレに押し込めたのは政治的な作為なのだ。

実は、佐川が「屠殺」にこだわっていたのはこのことではないか。自分を回想して、「差別偏見を助長しかねない〈殺〉の字を重ねなければ、われわれは自らが触れている〈熱さ〉に拮抗できないと考えていたのではないだろうか」と。ここでの熱さとは、牛豚を処理するときの牛豚の体温だ。「われわれは〈屠殺〉という二文字の中に作業場でのなにもかもを投げ込んでいた」。こう言い切っている。まさに聖なる清めの気迫である。

（09年11月9日号掲載）

さがわ・みつはる　1965年、東京都生まれ。「生活の設計」で新潮新人賞を受賞しデビュー。『縮んだ愛』で野間文芸新人賞。「銀色の翼」「家族の肖像」など芥川賞候補に5回。

藤代泉『ボーダー&レス』

「在日」との溝を凝視

一見、軽やかな若者の友情小説である。新世代の若者らしいたおやかな心理の綾《あや》が、活写されていると思って読めばそれでいいのかもしれない。だが、日本の若者と「在日」の韓国・朝鮮人の間に横たわる〈溝〉が静かに描かれていることに注目すれば、深い問題を投げかけている小説だ。09年の文藝賞を得た『ボーダー&レス』（河出書房新社、09年刊）である。

「僕（江口理倫）」は、東京の会社に入社して、同期の「チョ・ソンウ（趙成佑）」と気が合う。喫煙仲間として、言葉を交わし、知り合うようになる。ソンウは在日4世である。江口の女性とのかかわりを絡めながら、ソンウとの日常的なつきあいが描かれていく。そんなある日、ソンウのアパートのドアに「在日は帰れ」の落書き。一緒に消しながらソンウの国籍をめぐる会話がはじまる。

従来の「在日」文学と大きな違いは、「在日」ということへのこだわりの軽やかさである。おかげで、旧世代から見るとのけぞりそうな現象が起こっている。江口は、ソンウの通名「豊田」を知り、きょとんとして「偽名使ってるの?」と聞き返すのである。一方で、ソンウの日本語を「恐ろしく流暢《りゅうちょう》な日本語」と驚く。

この世代は、100年前の日韓併合やその植民地化による朝鮮半島の受難も素通りしている。韓流《ハンりゅう》ブームで、日韓の垣根がなくなったかのようである。本当に隔壁がないのなら、肩肘張らない世代のさわやかさと見過ごすこともできよう。だが、昨今の高校無償化での朝鮮学校排除や永住外国人の地方参政権反対の動きからは、まだ隔たりが埋まったとはとうていいえない。

一方、ソンウのように日本生まれの父母のもと、日本で育った4世では、感覚は日本の環境にすっかりなじんでいる。自分自身は植民地化の名残のような差別は受けていないかもしれない。が、集団の記憶として差別の感覚はある。時に、現実として資格・身分上の差別が立ちはだかってくる。その警戒感として、無邪気な日本人との間に〈溝〉が現れるのは当然である。この作品の新しさは、その溝の前で立ち往生してばかりいないところだ。

ある土曜日、2人は私鉄の駅で落ち合い、特に目的地もなく電車に乗る。僕・江口は、「溝とかあってもいい。それはもうしょうがないと思う」としつつ、「僕は知っていることも少ないから語れる語彙は少ないが、向き合う」とソンウに語りかけ、「だからよろしく」と手を差しだす。が、ソンウの握手は「何の実感も湧かない」ものだった。江口は絶望的な溝を実感するのだ。

そして、2人は「山にでも登るか」と山道をたどりながらの他愛ない会話。が、やがてソンウが家族の打ち明け話をし、気持ちが打ち解けていく。途中でかわす携帯電話のおどけたメールがその仲をとりもつ。さりげなさを装う修復の流儀。現代的だと思う。

もう1つ。文体が大きく違ってきていることに戸惑いつつ、感動する。「笑い声がどよどよと響いた」「ほのぼのとボールを追って」「ぺろんぺろんに仕事をして」。こんな表現が大手を振って闊歩している。極めつけは、「きっとそこには今まで感じたことのないくらいの正しい感があると思う」の〈正しい感〉

である。このような要所となる概念に、熟し切らない語をいとも気軽に使っていることだ。大正、昭和と進められてきた文体から、さらに抜けだし、完全に近い言文一致体である。若者の話し言葉がごく自然に小説の言葉となっている。今の若者特有の〝ぬるい〟感じは、この文体だからこそ盛られているといえる。

この作品は、今年1月の芥川賞候補として選考の俎上《そじょう》にのぼっている。だが、「戦後文学」を潜ってきた黒井千次《くろいせんじ》が1人推しただけで、他の選考委員はほとんど問題にしなかった。なかには、日本人の主人公がステレオタイプだとする、狙いを読み違えているのではないかと思える評があった。黒井千次は、「テーマの重さと、それに愚直なまでに対決しようとする姿勢に注目した」と、的確に評している。合わせて、江口の女性への身勝手さも見逃さず指摘している。

文化共生への視点を擁した文学として、もっと読まれてほしい作品だ。

（10年4月5日号掲載）

ふじしろ・いずみ　1982年、栃木県生まれ。広告代理店勤務をへて主婦。09年、文藝賞でデビュー。

野間宏『青年の環』

部落から何を学ぶか

2段組で全5巻、原稿用紙にして8千枚に及ぶ大長編の野間宏『青年の環《わ》』（全5巻、河出書房新社、71年完）は、いろいろな読み方ができる。住井《すみい》すゑ『橋のない川』（全7巻）のように被差別部落を真正面にすえたものではないが、被差別部落への姿勢が底流になっていると読みとることができる。時代は1939年の夏から秋、前年に成立した「国家総動員法」が強化され、海外では第2次世界大戦へと進む短い間の出来事である。明と暗という対照的な性格をおびた二人の青年を軸に展開する。作品は、「全体小説」をめざし、周辺の人物までが心理劇のような綿密な会話によって構成されている。

2人の青年は、「矢花正行」と「大道出泉」。矢花は、学生時代に政治運動にかかわるが、卒業後は大阪市役所の社会部福利課に職を求め、市内14の部落の厚生事業に携わっている。大道は、関西の電力業界の有力者を父にもち自由気ままな道を探るが、従者のように連れ歩いていた「田口」という足の悪い男に逆にゆすられる。大道は、自分が婚外子だと知り、さらに父親が「囲った女を田口と結婚させた」ことを探りだし、父親を呪う。「大道家には恐ろしい秘密がある」と。

矢花が直面するのは、戦時統制にさらされる部落の困窮。「西浜」の部落で進めている経済更生事業をほかにも広げることに力を注ぐ。そのひとつが「中淀区経済更生会」である。上司の牽制に抗い、

「西浜の僕の友だちたちが、ほんとによい人ばかり」と、部落に肩入れする。

この背景設定は、現実の野間宏の大阪市役所勤務と重なる。のちの野間宏の述懐によると、部落問題に身を置くことで、「ほんとうに人間としての自覚を作り上げることができた」（日本図書センター『作家の自伝73 野間宏』から）のだった。それは、部落の人々が「人間解放のために闘ってきた闘いこそは、また私自身を解放するところのものだったのである」と。つまり、「人間が他の人間を差別する、軽蔑する、いやしむというようなことがある限り、それは決して近代的な人間とはいいえないのである」との自覚だった。作品のなかの矢花も同じような言葉を口にしている。

矢花はすでに、自分の差別意識からは解放されていて、経済更生事業を実のあるものにしようと骨身を砕く。が、中淀の更生会では「会長」が失踪。矢花は自分の資金をつぎ込んで、経済破綻の帳尻あわせを図る。反面、この経済更生事業に組織された部落の役員たちが、短い間に見違えるほどの能力を発揮することに、目を細めるのだった。こうした経済更生活動が、部落内で金貸しなどをしている封建的な旧勢力との対立をまねく。

一方、みずからの性病を隠し、屈折した行動をとる大道は、「田口」のゆすりが大道家の秘密にも及ぶと信じ、田口と対決しようとする。だが、その田口が部落の出身と知り煩悶《はんもん》する。最終の第6部で大道は、田口に対する強い決意からひそかに護身用のピストルをもち、旧勢力との対立で部落に立てこもる矢花を訪ねる。

大道「部落民を殺すということが（注、暗に田口をさす）どういう意味を持つか、言ってくれないか。（田口は）自身の差別されてきた生涯の復讐をとげるのに憑《つ》かれていよるのや」

矢花「部落出身の犯罪の原因がどこにあるかというところまで問題をひき戻して、それから考えていかんといかん。別に殺すというようなところまで行かずとも処理できんということはないやろう」
大道「俺のように腐り、敗れる身のなかに身を置かんことには、ほんとうに生きることも死ぬことも出来んのやということを教えてやれる。この身をつきつけることによってな。……この戦争のなかで、やがて俺のような人間が数多く生まれてくるにちがいないと思うよ」
矢花「……」
自分の身体を投げ出すことで、自分の正義を証そうとする大道。戦争に殉じる人たちのことも予言する。だが、えたいの知れぬ焦りも読みとれる。泰然として動じず、現実的に処理しようとする矢花。光と影の2人の長い議論は、必ずしも噛《か》みあってはいなかった。そして事態は大きく動く。だが、なにかがすっきり解決したわけではない。登場人物の体を張った軌跡だけが尾を引く。「中淀」部落の人たちのおびえを押しての旧勢力との闘いが、強い印象を残す。
ここに描きだされているのは戦時体制下、部落の人たちの切羽詰まったなかでの〝たたかいの文化〟だ。我執から自分をさいなむ大道出泉は、そんな部落に身を置いてぶれない矢花の意見を、確かめようとしたのだった。
矢花を中心に据え、「解放」に身を向ける者のしなやかな強さが浮かび上がっている。

（14年8月18日号掲載）

のま・ひろし　1915～91年。神戸市生まれ。『暗い絵』『真空地帯』『わが塔はそこに立つ』。後半生は『完本 狭山裁判』をだし、狭山差別裁判糾弾闘争にとりくむ。

13　厄災からの救済

木辺弘児『無明銀河』

「震災後」を生きるとは

阪神大震災から15年が経つ。あの年に生まれた子がはや高校生になろうとしている。震災の記憶はどうなっているのだろうか。

木辺弘児の長編『無明銀河』（編集工房ノア、98年刊）は、それへの答えを用意している作品だ。被災後に入院した「私」の病室を訪れる２人の男女。その奇妙な行動のうちに死者につながる２人のそれぞれの人生が浮き彫りになってくる。

木辺は、おもに同人誌に作品を発表し、「水果て」「月の踏み跡」が芥川賞候補になっている。震災時には兵庫・西宮《にしのみや》の自宅で被災。震災直後から「被災記」「杭《くい》を打つ土地」などを書き続け2年後、『廃墟《はいきょ》のパースペクティヴ』（大阪文学学校・葦書房）に連作の10作品をまとめた。「書き残さなければ」との使命感による激震のドキュメントといっていい。

『無明銀河』は、そのうえで、腰を据えて震災の意味を問おうとした長編だ。「無明《むみょう》」とは、仏教用語でいう、煩悩にとらわれて真理を悟ることのできない状態。「銀河」は高台から見た神戸の細長い市街地の夜景から。だが、題名はこの深い闇のなかに、人間の無数の輝きを見つけ出そうとしているように思える。

ストーリーは、震災後、ストマ（人工肛門）を付け、3つの管でベッドにつながれた「私」の病室に、控え目な看護婦Sこと「フミさん」と、同室の「覚さん」を訪ねて無口な大男の「樋口」が出入りする。

フミさんは、手術後も快方に向かわない私が彼女に八つ当たりしたことをきっかけに、気持ちをひらき、看護以上の行為をする。彼女は震災時、1人の意識を失った少年の看護に当たり、路上でマウスツーマウスの人工呼吸などするが、生き返らせることはできなかった。それが、トラウマのようになっていることがわかる。「優柔不断」だったと。

やがて、フミさんは病院から姿を消す。私は退院後、保育園の保母さんとなっていることを知って訪ねる。フミさんは、「みんな、生き残った自分の、後の行方がまだ掴《つか》めないようね」と応え、私を近づけさせない。被災のつらい思いを、ひとりで抱え込んでいるとしか思えない。

覚さんは、この病院に入院中に震災にあい、つぶれた病棟5階に同室の3人と閉じ込められ、16時間後に救出されている。そのとき、隣室の「野太い声の男」と救出を待って声をかけあったが、覚さんが「助かったらあんた何をするんかね」と問いかけると、隣室の男は「安心しておれるのはここだけだ」と、救出を希望しなかった。気がかりなその男は、救助された仲間のなかにはいなかった。

樋口は、淡路《あわじ》航路のフェリーの甲板員。神戸で消息を絶っている兄を必死に捜している。覚さんにはその兄と隣室の男が似ているように思うが、その証拠はない。

私は後日、路地のゴミ収集車にぶら下がって、超人的に働く作業着姿の樋口らしき姿を見つける。臭気にまみれて働くなかに、新天地を見つけたのだろうか。私は、一つの生き方を見た思いで、「路地裏を突進する愚直の聖者？」とつぶやく。

作者・木辺は、「覚さん」に次のように言わせる。

「わたしが考えているのは、わけ、意味ですよ。こういうことが起きたことの……」。そのためには、「それまでとは違う人間になる、ということですよ」。木辺は多くの犠牲者を出した震災の体験は、無にはできないとする。

これは、文学的な命題にとどまらない。震災15年目を迎え、最近の新聞に目をひく記事がいくつか載っている。父親を3歳で失ったある女子高生は、父親の記憶はほとんどないにもかかわらず新潟県中越地震や中国・四川大地震の被災地を訪れ、「震災、防災に一生かかわりたいと心に決めている」と言う。心に刻まれた死者の影を思わずにはおれない。

また、阪神大震災では、1万人余が重傷を負ったとされるが、実態は把握されていない。07年に「震災障害者と家族の集い」が作られており、その人たちが語る。「背負い続けた荷物を少しずつ下ろしたい」「行き場がない思い。取り残された気分」と。被災者調査では、「けがや病気」の人の気持ちは、いまに癒されることなく、むしろ強くなっているという。

震災を〝あの理不尽な暴力〟と呼ぶ木辺は、その不条理のもとでの生き方を探る。生き方は一通りではない。が、何もなかったかのように生きることへの強い疑問を突きつけている。（10年1月18日号掲載）

きべ・こうじ　1931～2008年。神戸市生まれ。『ラスト・パントマイム』『ズガ池堤の家』など。同人誌「森時計」主宰。

石牟礼道子『苦海浄土』

業苦の果てに「聖」を見る

近ごろ、東日本大震災の被災の向こうに、水俣《みなまた》病を透視する見方が散見される。水俣病発生から60年。なにが通底するのだろうか。水俣病への世間の関心を一気に引きつけ、鎮魂の書といわれた石牟礼道子『苦海《くがい》浄土――わが水俣病』（講談社、69年刊）をひもといてみた。

熊本県水俣市で、手足が痙攣《けいれん》し、中枢神経を冒される「原因不明」の重篤な病気として水俣病患者第1号が発見されたのが1956年。患者の発病はその3年前にさかのぼる。「有機水銀禍」と認定されるまでにはさらに12年かかっている。この間、「奇病」としての風評被害にもさいなまれる。さらに水俣市は、発生源企業である新日本窒素肥料の企業城下町だったことに留意する必要がある。「窒素を潰すな」との市民の声に、患者や石牟礼は孤立感を深めたのである。

石牟礼は発生を知って「悶々《もんもん》たる関心」をもっていたが、実際に水俣病特別病棟を訪れるのは59年。ベッドに投げ出された立派な漁師顔の老患者「釜鶴松」と対面する。「かなしげな山羊のような、魚のような瞳と流木じみた姿態と、決して往生できない魂魄《こんぱく》は、この日から全部わたくしの中に移り住んだ」と書いている。

『苦海浄土』は、7章からなる。工場廃液を垂れ流し続ける新日本窒素との交渉経過を交えながら、患者との交流が描かれている。

発狂状態で入院し、面会の妻女を見分けられないまま10年後に亡くなった「40人目の死者」の、寂しい葬儀を見送った石牟礼は粛然とする。いわれなき非業の死。「僻村《へきそん》といえども、われわれの風土や、そこに生きる生命の根源に対して加えられた、そしてなお加えられつつある近代産業の所業はどのような人格としてとらえられねばならないか」と、現代文明に深い懐疑を投げかけた。立ち迷っている死霊や生霊の言葉があるとすればそれを引き受け、「近代への呪術師」にならねばならないと、想うのだった。

小学校に上がる直前に発病した「ゆり」は、横たわったままでまばたきもしない。それまで人一倍元気な子だった。いまや17歳。「何の因果でこういう姿になってしもうたかねえ」と母親は身体を拭いてやり、つぶやく。

「赤子のときとはまた違う、肌のふくいくとしたよか匂いのするもね。ゆりが魂の無かはずはなかよ。木や草と同じになって生きとるならば、その木や草にあるほどの魂ならば、ゆりにも宿っておりそうなもんじゃ」と。

石牟礼の周囲の多くの患者が漁師の家族。「杢太郎少年」の場合は、父親が発病して母親は家を捨て、寝たきりの少年を祖父母が看取っていた。少年は祖父母たちに言われるままに何一つ逆らわない。

祖父は、少年に語りかけるのである。「わかるかい杢。お前やそげん体して生まれてきたが、魂だけは、そこらわたりの子どもとくらぶれば、天と地のごつお前の魂のほうがずんと深かわい」

「この杢のやつこそ仏さんでござす。口もひとくちもきけん、めしも自分で食やならん。それでも目はみえ、耳は人一倍ほげて、魂は底の知れんごて深うござす」と。

病気が、水俣の一地方だけのうちは、企業は「責任はない」として、見舞金「死者30万円」との姿勢を崩さなかった。石牟礼は、「日本国の人権思想の値段」と嘆いた。有機水銀が原因と突き止められても、企業は責任を否定し、逃れ続けた。

やがて、裁判にもち込まれ、幹部が告訴・有罪となり、企業は追い詰められ、補償金は跳ね上がった。政府の責任をも認める最高裁判決が出たのは04年である。患者を軽んじたなんと長い年月だったことか。

だが、石牟礼の主な関心は魂についてである。石牟礼は、業苦の果てに「聖」を見ている。魂の尊厳を難なく了解し、受け入れたからだ。鎮魂はそこからはじまる。そして、企業文化の180度転回が求められる。あるべき姿は、企業が人間重視になることにある。本人のあずかり知らないところからくる苛酷な運命を業苦というなら、資本主義の華である大企業がもたらす罪深さはどうだろう。企業みずからは何の救済対策もしようとしなかった。

非業の死、あるいは生きのびる業苦に対して、石牟礼が求めた「鎮魂」は、東日本大震災ではどれほど進んでいるだろうか。ましてや、企業城下町ならぬ「原子力むら」が頭をもたげる事態を、容認していいのだろうか。


（13年4月8日号掲載）

いしむれ・みちこ　1927年、熊本県天草郡生まれ。『天の魚』、全詩集『はにかみの国』。『石牟礼道子全集・不知火』（全17巻、別巻1）がある。02年、朝日賞。

辺見庸　詩集『眼の海』
震災に対峙するためには

藍色の海がドス黒く変身し田畑と家屋を、走る自動車を、どん欲に呑《の》み込んでいく。別の浜では堤防を乗り越えたうねりは、家並みの路地に殺到し、すぐさま家々をも奪い去った。あのテレビ映像を見た世界の何億人もの人の眼には、東日本大震災は遠い土地での抽象的な厄災ではなく、眼前の惨事となったはずだ。あれから1年。

辺見庸の詩集『眼の海』（毎日新聞社）は、全身をかけてこの度はずれた厄災に言葉で立ち向かっている。厄災は、「神意の表象」なのか、「毀れた神々」なのか、「めくられた光」なのか。ましてや「不条理」の一言で片づけるわけにはいかない。

かつて名辞だったもの
かつてシステムでありえたもの
かつて等価交換しえたもの
かつて愛になりかわったもの
かつて内面になりかわったもの

おまえたち　例外のない過去の残骸
昏々《こんこん》としてただ在るだけの
実体のない無
燻《くすぶ》りたつモノの名残りの
煙と影
ばさばさと飛びたつ　半透明の
黒いカモメの群れ
定位をなくしたモノたちの眠りがひろがる

（「わたしはあなたの左の小指をさがしている」から）

4000人もの死者・行方不明者を出した宮城県石巻《いしのまき》市出身の辺見庸が見たものは、まずは得体の知れない喪失だった。死者たちは、「首も手も足も　舫《もや》いあうことなく」ただよって、「ことばなき部位たちが海の底にしげった」。どうやら喪失といった生やさしいものではないようだ。「巨大な無」「無音」、あるいは「無」と表現する。

津波と死者を、豊かな想像力でさまざまに形象化する。時には、「水中都市はできた」と神話化もする。「無」でありながら、存在しているのである。そして、「死者の唇ひとつひとつに／他とことなるそれだけしかないことばを吸わせよ」と切望する。「きらかなことばを匿《かく》せ／うたえ」「どこにもなにも意味も確証ももとめるな／うたえ」とも。

「NPO法人佯狂《ようきょう》監視協会」の出現という奇妙な現象をも仮想している。「佯狂」とは、精神に異常をきたしたふりをする者たちだ。その監視と取り締まりなのだ。厄災のもと、魔女裁判のような不気味な風潮の招来を警戒しているかのようだ。

主題の「左手の小指」探しでは、あらゆるものを残骸と化した巨大な何者かに対し、「制馭《せいぎょ》できないもの／馴致《じゅんち》できないもの」として、辺見庸は、はたと立ち尽くす。それでも、それの「支配をこばむために」と小指を探し続けるのだ。大いなる悲観に打ちひしがれながら、「それでもなお　ノアザミが咲くだろうことを」をかすかな頼みとし、小指を「かきいだくため」の彷徨を続ける。

辺見庸は、厄災の不条理と拮抗する、思想のあり方を求めているように思える。そういう手応えを感じさせる詩集である。この『眼の海』は今年度の高見順賞に選ばれ、今月18日に贈呈式だ。

今度の大震災では、「文学に何ができるか」と、多くの言葉が紡がれた。ことに中原中也賞詩人の和合亮一《わごうりょういち》は、直後からネット上のツイッターで短い詩片をくり出し、注目を集めた。『眼の海』とは対照的に、日々の自分の心の動きを伝えた。「言葉が無くなってしまった／ある時　話を聞いてくれる人が現れた／これまでのことを／空っぽになるまで話し続けた／空っぽになるまで話し続けると／変わることがある／気づくことがある／聞いてくれて　感謝します／きづなを知った」（『詩の邂逅《かいこう》』から）と。

易しい言葉で人と人との絆を見つけて安堵感を広げた。そこが人気の秘密のようだ。

しかし、『眼の海』では、震災と向き合うためには安易な折り合いではなく、厄災を深く恐懼《きょうく》せよと訴えているようだ。

（12年3月26日号掲載）

へんみ・よう　1944年、宮城県石巻市生まれ。共同通信記者から作家に。「自動起床装置」で芥川賞。『もの食う人びと』（講談社ノンフィクション賞）、詩集『生首』（中原中也賞）。

歌集『震災三十一文字』

震災を詠む短詩形の意地

東日本大震災から2年を迎えようとしている。甚大な被災の記憶は、簡単に癒《い》えるものではない。「文学に何ができるか」という命題を課す人がいるが、この問いかけは文学者の垣根を出ないのではないか。

ここに被災した人たちが詠んだ歌と、被災の状況を集めたドキュメント『震災三十一文字《みそひともじ》――鎮魂と希望』（NHK出版、12年刊）がある。NHKが企画して市民から募集した短歌をもとに11年11月に放送した。このうち20人の歌の周辺を編集している。被災の切実さが際立つ。「文学」へのこだわりというのではなく、「私にとっての震災」という止むに止まれぬ思いを三十一文字に託しており、読む者の胸に深く染み込む。

火の海を燃えつつ沖へ流れゆく　漁船数隻阿修羅となりて　（内海和子　宮城県気仙沼市）

重油タンクの倒壊で町は火の海となり、沖に引き寄せられるように船や炎上する家屋が流されていった。3日3晩、消防隊も誰も、止める手立てはなかった。

津波引く時もまれゆきしか向き変り　我の二階が千切れてありぬ　（引地ふみ子　宮城県山元町）

被災から半月たってやっと訪れたわが家は、元の場所にはなかった。1階と2階が別々に、遠くに流され、ヘドロと瓦礫《がれき》で近づくことができなかった。

避難するおさな児達をバスが呑む　ハーメルンの笛響く夕暮れ　（志賀邦子　福島県南相馬市）

放射能汚染下の福島県の町々では、笛吹き男に誘い出されたように真っ先に、子どもたちが通学路から消えた。

罅《ひび》割れて風に吹かれて揺れている　それでも街は色づいてゆく　（阿部堅市　宮城県仙台市）

4月には桜が咲き、七夕も催された。大なり小なりみんな被災者。気持ちを明るくもつしかないと悟った。

胸に住むＰＴＳＤを退治する　笑い・音楽・ひとり泣くこと　（小南律子　宮城県亘理町）

ＰＴＳＤとは心的外傷後ストレス障害。逃げまどったあの恐怖と喪失感。人前で笑ったり、好きな音楽に没頭したりするが、癒えはしない。１人になると突然、涙が出るのだった。短歌が心の浄化作用をしてくれた。

ここにいたここにあったと思い出が　泣き声上げる東北の秋
（今野莉奈　気仙沼市）

この人は高校2年生。いくら破壊されていようとも、慣れ親しんだ町には思い出がまとわりついている。取り戻せない記憶が、あたかも東北の町々を覆った。

震災の歌は、東日本大震災にとどまらない。手元に、関東大震災を詠んだ『大正十二年震災歌集　灰《かい》燼《じん》集』（アララギ発行所、１９２４年刊）と銘打った歌集がある。当時の代表的な短歌誌『アララギ』に寄せられた歌を集めている。１５９人、９３１首という多さだ。たとえば、「たまきはるいのちをののき伏すわれの身にちかし物のくづるる音す」。生な感情を歌う前に、韻律という短歌の作法にとらわれているが、被災を歌に託そうとする真摯《しんし》さが伝わってくる。

３・11では、何万首と被災の短歌が作られた。そんななか、「俳句では震災は詠えない」と言った歌人がいるが、どうだろうか。ここに、俳誌『河』主宰者、角川春樹の震災句集『白い戦場』（文学の森、11年刊）がある。「遺棄されし海市《かいし》に骨の笛が鳴る」。眼差しを身辺に転じて、「ゆく春の来るはずもなきバスを待つ」。

17文字にも、大震災を封じ込める力がある証である。さらに、阪神淡路大震災を詠ったつぎの句が、いまも私の脳裏に食い込んでいる。

平成七年一月十七日裂ける

（神戸・川柳作家時実新子）

ちなみに、詩にも発信力がある。

砕けた瓦礫に
そっと置かれた
花の
くやしさ。

（神戸・安水稔和「くやしい」の全文）

これらの詩片を口に乗せると、無念さがまざまざと蘇ってくる。「言霊の幸《さきわ》う国」なのである。優れた記憶装置としての短詩形。真っ直ぐな気持ちに、向き直らせてくれる。

（13年2月25日号掲載）

重松清『希望の地図』

震災の絶望と希望

東日本大震災から1年あまり。数多《あまた》の短歌、俳句が紡がれ、いくつかの詩集が上梓《じょうし》された。が、小説は多くはない。ある人は「これこそが、語り継ぐべきこと」と多弁になり、他の人は「発すべき言葉を失った」と寡黙になる。未曾有《みぞう》の大震災のあと、文学は何と向き合えばいいのだろうか。

人気作家・重松清は、ちょうど1年目に合わせて『希望の地図』（幻冬舎刊）を世に問うた。題名のとおり被災地に入り、〈希望〉につながるさまざまな出来事を訪ね歩いている。サブタイトルは「3・11から始まる物語」である。が、そう簡単には進まない。

ことに小説の場合、関東大震災のあとも、阪神淡路大震災のあとも、体験談は数多く書かれたものの、小説となるとごく限られている。たんなる体験に終わらせず、この猛り狂う怪獣をどう理解し納得するかとなれば、なまじの想像力では追いつかないからだ。

『希望の地図』は、被災地の実在の事実をこまめに取り上げる一方、中学1年生の架空の少年「光司」を登場させている。この少年は、有名私学の受験に失敗して失意のなか公立中学に進んだものの、そこでいじめにあい不登校を続けている。作者・重松とおぼしきフリーライターの「田村章」が光司を連れて、被災半年目の9月からの現地を訪ね歩くという構成だ。震災に取り立てて関心をもっていない光司が、田村が引き合わせる現地の人たちの〈希望〉の営みに、そう単純には心動かされないというのが、小説たるゆえんである。

田村は、「想像力だぞ、大事なのは」と光司に言い聞かせ、東北の荒野で車のハンドルを握る。最初は、市街地の半分近く浸水を被った宮城県山元町《やまもとちょう》。そこに誕生した臨時ＦＭ放送局「りんごラジオ」に立ち寄った。産みの親は、「今回の震災で初めて気づいたもの、芽生えたものもたくさんあるんです」と言う。光司はただ聞くだけだった。

仙台では、ＮＨＫ放送局「被災地からの声」のスタッフが、検証や復興を性急に語りたがる中央のマスコミに違和感があるというのだ。「私たちの番組は、最後尾にいる人たちを支えていきたい。立ち直るスピードは、みんなそれぞれ違うんですから」と。だから、「がんばれる人だけが、がんばってください。無理のできない人は無理をする必要はありません」と語りかけたという。これは、光司にも印象に残った。

10メートルもの防潮堤を、津波がやすやすとこえた岩手県宮古《みやこ》市田老《たろう》地区では、大自然の脅威の前で人間の無力を思い知らされる。

リアス式海岸の町、同県大船渡《おおふなと》市でキリスト教の信仰をもつ社長は、理不尽な災害のなかで神に救いを求めなかったのかとの問いに、「救いは求めませんでしたが、ずっと祈っていました」と答えた。「震災という『出来事』も神の言葉であるならば、神様は自分に必ず道を示してくださるに違いない。そういう安心感、信頼感が自分の中にはあるんです」と。状況のなかにきっと希望はあるはずだと、心の耳を澄ませていたというのだ。

宮城県南三陸町《みなみさんりくちょう》の避難所の公民館にボランティアに入った大学生は、2人の幼い兄弟にいきなり抱きつかれ、おんぶや抱っこをせがまれた。2人は母親を津波で流され身寄りがないのだ。大学生が変わっていく。

「被災地の様子を目の当たりにして、『人を救う』なんていう言葉は軽いんじゃないか、と思った。痛みをわかり合うことはできなくても、この子たちに寄り添うことはできる。一緒にいて、話を聞いて、遊びに付き合ってあげる、それだけでもいいんだ……」と。

光司は、旅の終わりに、その南三陸町の全壊した家々を眺める。「(不登校で)ごめんなさい」の言葉しか出ない。「もっと大切な言葉が、絶対あるはずなのに」、それが見つからないのだ。「僕には忘れずにいることしかできないけど……でも、せめてそれだけは、絶対守ります」と、つぶやく。それが、被災地から受け取ったバトンだった。「一生かけてバトンを渡す相手をさがせばいい」と田村が声をかける。

『希望の地図』は、希望に向かってさまざまに挑戦し、前を向くことのできた人を足で〝検証〟している。フィクションというより、ノンフィクションの手法を十分に生かしている。だが、それでもなお、取り残されている現実の多くの人たちの絶望の深さには、たどり着けないもどかしさが残るのではなかろうか。文学の文学たるゆえんの課題は、まだ持ち越されている。

(12年5月21日号掲載)

しげまつ・きよし　1963年、岡山県津山市生まれ。『ビタミンF』(直木賞)、『十字架』(吉川英治文学賞)。『いとしのヒナゴン』など作品の映画化多数。

池澤夏樹『双頭の船』
被災地を生き延びるメルヘン

作家・池澤夏樹は、一昨年の東日本大震災の直後から被災地に入り、新聞などのコラムにとりあげ、被災に目をこらしてきた。このほど、その思いをついに小説『双頭の船』（新潮社、13年刊）に昇華させた。作家にとって、途方もない出来事の全体像をとらえて小説にするには、年月の経過が必要だといわれる。池澤自身、沖縄の基地体験を小説『カデナ』にしたのは約10年後だった。

叔母が仙台《せんだい》で被災し、直後から被災地でのボランティア活動をした池澤だが、被災地に向ける目を新聞のコラムからたどると、「死者を忘れずどう生きていくのか」の問いを発し続けたことがわかる。

死者を悼む営みを大事にしたうえで自然災害に対しては、地震列島の住人として「覚悟を決め、準備をした上で、それを仮に忘れて明るく生きる」という、無常の哲学にたどり着いている。一方、原子力については、人間の手に負えないものとして、「原発は最初に安全だと言ってしまったから、後は何もしなかった。非常に不健全な育ち方をした」という。

さて、『双頭の船』にはいくつもの仕掛けがある。なによりも、空をも飛びかねない「双頭の船」が登場する。双頭というのは、頭が2つ並んであるわけではない。瀬戸内海の島々をつなぐフェリーのように、乗船したら反対側から出られて、今度はそちらから乗船できる、前後ろが同じな船である。この

「双頭の船」は、手を加えるとどんどん大きくなり、成長するのだ。

語り手は、ぶらぶらしているところを恩師の指示で、「人の役に立ついい仕事を」と船に乗り込んだ「海津知洋」。船内にめし・うどんの店が開店し、乗員8人で瀬戸内海を出発。知洋の仕事は自転車の修理である。途中、放置自転車がどっと積み込まれ、自転車を必要とする津波の海岸に向かう。やがてその海岸で仕事をする200人の手弁当組が乗り込み黙々と働く。津波に襲われた海岸に上陸した知洋は呆然《ぼうぜん》とするが、100匹の犬を連れた獣医が乗船する。

さらに、船上に500戸の住宅を作り、2000人の住民をむかえる。カギ開け名人の「金庫ピアニスト」は被災地の金庫開けに活躍。熊の臭いのする「ベアマン」が乗船し、オオカミを連れにシベリアに行き、オオカミを北海道に戻したいと要請する。「船長」は、すべてを引き受け、これらヘンな人たちはそれぞれに居場所を見つける。こうして膨らんでいく流れのなかで、寓意《ぐうい》にとんださまざまなエピソードが展開し目が離せない。

たとえば犬たちはある日、半数が忽然《こつぜん》といなくなる。死んでいる犬だったのか。獣医は、「野生の動物ならばみんな自分で納得して旅立つんだけど、人間に飼われていた動物はもうそのやりかたを忘れているんだ。だから少しだけ手助けがいる」と話す。

船上の盆踊りは盛り上がった。演奏家の「アルベルト」は、このなかにはもう向こうの側の世界にいるはずの人がたくさんいると言うのだ。「みんな、ちゃんと向こう側に行きましょう」と誘う。「向こう側に行ってもこっちは見えます。声は掛けられなくても気持ちは通じる。だから行きましょう」と。アルベルトが、ひょいと海に降りると、客席から人が列を作って海に降り、音楽に導かれて水の上を沖に歩いた。残された人が泣き、身内の名をよぶ声が行き交った。別れを納得するために人は何度も何度も別れをしなければならなかったのだ。

船は、作り足されて２０００戸の大コミュニティーになる。やがて、このまま広い世界への航海を唱える指導者があらわれ、現地にとどまる沿岸派と航行を願う独立派とに船は２つに分かれる。

とどまる組がこだわったのは、「人は土の力で生きている」「人間は供養する存在」といったよびかけだった。津波に呑まれるが奇跡的に助かった無口な「才蔵」は、もう前の名前で暮らす気にはならなくなり、航海を選ぶ。被災者のこれからを象徴するような成り行きだ。

ストーリーは、夾雑物《きょうざつぶつ》をさっぱりと振り切っており、メルヘンとでもいえよう。では、はたして池澤の「事実の地平から、もう一つ上に行きたかった」という意図は、成功しただろうか。成功していると私は思う。

とどまった船は、足を土地に下ろして静かに成長するだろう。航海に出た船は、南洋の寄港地に新しい希望を見つけるだろう。そう思わせる。イメージを神話的に単純化できたのは、小説ならではの業である。当然に、厄災からの「解放」の願いをこめて。

（13年6月10日号掲載）

いけざわ・なつき　１９４５年、北海道帯広市生まれ。「スティル・ライフ」で芥川賞。『マシアス・ギリの失脚』（谷崎潤一郎賞）『静かな大地』、被災地のルポルタージュ『春を恨んだりはしない』。

ハッピー『福島第一原発収束作業日記』

新手法による真実の解放

数年前に、ケータイに小説を書くことがブームになった。07年には小説のベストセラー10位までにケータイから単行本にした5作品が入り、文学の形に一石を投じた。今度は、ツイッターに寄せた呟《つぶや》きをまとめたハッピー著『福島第一原発収束作業日記』（13年刊、河出書房新社）が話題をよんでいる。こちらは小説ではなくノンフィクションである。

著者名のハッピーは、ツイッターで使った発信者のハンドルネーム「Ｈａｐｐｙ１１３１１」に由来する。発信者は福島第一原子力発電所で働く「協力会社」の現場作業員で、２０１１年3月11日を忘れず、被災者のハッピー（幸福）を願うとの思いからという。

この作業日記は、副題に「３・11からの７００日間」とあるように、１Ｆ、通称いちエフとよばれる福島第一原子力発電所での一作業員の2年間の見聞とつぶやきである。自称を「オイラ」とし、ＮＨＫ大河ＴＶドラマ「八重の桜」で聞き慣れた会津《あいづ》弁を交えたくだけた語り口である。

震災には、１Ｆの原子力建屋最上階の作業フロアで遭い、ふと足元を見るとくるぶしまで水に浸かっていた。「あぁ燃料プールの水が地震の揺れで溢れてるんだ」とわかったと、記している。灯が消え真っ暗になった建屋を出たときには、もうガードマンも誰もいなかった。道路には巨大なタンクがはみ出ていた。ケータイは通じずこの夜、自発的に1Fに居残る。こうして長い収束作業がはじまった。

どの場面もないがしろにはできないが、ツイッターで特に印象的だったところを拾ってみる。

3号機の爆発は、鼓膜が破れるかと思うほどの凄《すさ》まじさだった――「入ってきた所は線量が300ミリシーベルト／時（時間当たり）以上あって危ないから別な場所から外に出た」。

自衛隊や消防隊への賞讃にさいして――「協力業者は27ミリシーベルトの被曝どころではありません。50～100ミリシーベルト以上で頑張っています。消防隊のように決して賞讃されませんが……」。その頑張りは、「タイベック（防護服）を2枚重ねにして、その上に常にアノラック（合羽）を着ていたし、全面マスクも、朝Jヴィレッジ（宿舎）を出発して夕方戻ってくるまで6時間くらいずっと外せなかった」。

原発を9カ月内で冷温停止にするという行程表が出ると――「どうみても現実的な根拠のある行程には思えなかった」。東京電力の事業計画を知った日、「なぜ次世代エネルギーや再生エネルギーの開発や転換って項目予算がないの？」。

放射線量には敏感だ――。国が一般の年間被曝線量の基準値を20ミリシーベルトに上げようとしたときには、「定期検査時のオイラたちの管理値と同じっておかしいよ。管理区域を設定して、毎日被曝管理して、10時間超えないようにしないと法令違反だ」。作業員は規則で5年間で被曝線量は100ミリシーベルトまでとされている。

目前のことも気になる――「正面のガードマンは全面マスクしていなかったけど大丈夫かなぁ？　汚染トラックがいっぱい通過してるんだけど……」。

警戒区域の解除にさいしては――「国や自治体は、線量と汚染は違うという事、汚染を体内に取り込んだら内部被曝する可能性がある事をちゃんと住民に説明して欲しいよ」。

一作業員のここまでの心配りには感動する。長年携わってきたプロならではといえる。当事者の東京電力が早くも原発再稼働に動いているが、一つにはこの人命第一への発想の差であろう。

渾身《こんしん》の力をこめた一章がある。

「特に原発稼働を賛成している自治体は！　絶対安全なんてないし、人類の考える対応策じゃ今のところ太刀打ち出来ないこの現実を！　事故が起きた後の町の現実を！　故郷を奪われた人の生活の今を！　今この現状を見てから、その報告を町人、市民、県民に伝えた上でもう一度考えて欲しい」

「本当にあなたの地域に原発必要なのか」

作業日記には、「今日もコツコツ無事1日が終わりました」とのつぶやきが何度も登場する。「コツコツ」と「無事」が、オイラにとっての充足感の最大の表現なのだろう。ささやかといっていいのか、スゴイといっていいのか、読む者の視線しだいだ。私は、スゴイなと思う。

作業日記が示しているものは、表現は粗野であってもその切実さゆえに、埋もれた真実、あるいは埋没した人間性が解き放たれる醍醐味《だいごみ》であろう。


（14年3月17日号掲載）

ハッピー　20年近く原発作業に従事している作業員。避難区域に指定された地元の出身。

14　状況への肉迫

鎌田慧『橋の上の「殺意」』

魔女裁判への危険を解明

裁判員制度の導入で裁判への関心が高まっている。法廷では、検察側の説明が弁護側よりわかりやすく親切だとの〝珍現象〟も起こっている。ノンフィクションライター鎌田慧が、裁判をめぐるメカニズムに挑んだのがこのほど出した『橋の上の「殺意」』（平凡社）だ。

副題に「畠山鈴香はどう裁かれたか」とある。3年前の06年4月、秋田県藤里町《ふじさとまち》で起きた2人の児童が相次いで殺された事件である。今年5月、仙台高裁秋田支部で女児の母親、畠山鈴香《はたけやますずか》の「無期懲役」が確定している。鎌田が見据えるのは、〝魔女裁判〟の危険に対してである。鎌田は70年代、ルポ『自動車絶望工場』で登場し、社会派ノンフィクションの先頭を走ってきた。

この事件は、何カ月にもわたって世間の耳目を奪ったが、その後も全国で次々と起こる凶悪不可解な事件で、いまや記憶の彼方に押しやられている。この事件もたしかにヘンな事件だった。小学4年の女児が川の中州で死体で見つかり、事故死として処理されたのに対して、母親の鈴香が「事件として捜査をしてほしい」とビラを配り訴えた。1カ月余り後、2軒隣の小学1年の男児の死体が土手で見つかったことで謎が深まり、マスコミが騒ぎ立てた。この半月後に鈴香が男児の死体遺棄容疑で逮捕された。そして、女児を殺害し、「女児と一緒に居るところを見た」男児をも殺した、とされた。当初は同情されていた鈴香は、「殺人鬼」「稀代《きたい》の悪女」と最大限の言辞で非難された。

鎌田は、鈴香の少女時代からの生活歴を綿密に追い、裁判に臨む。

少女期、露骨ないじめにあい、窃盗で無期停学にもなっている。父親の暴力から逃れるための主体性を失った従順さの像も浮かび上がらせた。

事件の1年前、シングルマザーの鈴香は、持病の貧血、立ちくらみに加えて、体の不調と失業から睡眠導入剤を服用し自殺をはかっている。

近所からは、1人っ子の女児に同じ服を何日も着せて服が汚れ、「だらしない女」と見られていた。ボーイフレンドの出入りもあった。近所とはあまり交渉がないので、噂ばかりふくらむ。相談できる人はなく、追い詰められ孤立を深めていくばかりの鈴香だった。

取り調べでは、「人間として許せない」との世間の声に応えて、警察と検察が、既存の犯罪類型にはめ込もうとする。鎌田は、「殺意を認めれば情状を軽くする」などとした検察の利益誘導を指摘する。その結果、女児も「殺害した」との調書となる。2児に対する「殺害」が成り立ち、「冷酷非道」「鬼畜のなせる業」と死刑の論告求刑がなされた。が、鈴香は、裁判では女児への「殺意」をガンとして否認し続ける。

鎌田は、鈴香の精神鑑定にある「解離性障害」のうち「心因性健忘」に注目し、「橋の上で何が起きたか記憶にない」とする鈴香の主張に耳を貸す。つまり、わが子には、意識的に手をかけたわけではないと理解するのだ。

1審の判決は、死刑は当然との世間の予想に反し「無期懲役」。鎌田は判決を支持。「マスコミが、遺族の処罰感情に依拠して裁判所を突き上げるのは、世論に迎合する安楽の言論である」と新聞にコメントを出す。

控訴審でも新事実が出たわけではない。引き続き「無期懲役」の判決だった。この判決に対し、鈴香は1度は上告を試みたが、それは刑期の軽減を訴えたのではない。わが子への殺意が認定されていたから、それをくつがえすためだった。鎌田は、「自分の子を『手にかける』というのは、彼女にとって譲ることのできないモラルの一線」だった、とみる。

「2人以上殺せば死刑、1人の殺害でも凶悪なら死刑」とされる最近の死刑判決の傾向。結論ありきで、安易に死刑に送り込もうとする風潮に対し、加害者の真の姿を照らし出さないかぎり、事件は、繰り返されると、鎌田は示唆している。

被害者側の処罰感情に導かれた多数派を相手に、反対意見をのべるのは勇気がいることだ。しかし、真実追究の声をあげなければ〝魔女裁判〟の構造は増幅されるだろう。それでは、裁判は社会の闇の解明に何の手がかりも残さないだろう。

（09年12月14日号掲載）

かまた・さとし　1938年、青森県弘前市生まれ。『死刑台からの生還』『六ヶ所村の記録』（毎日出版文化賞）、近著『絶望社会』など多数。『鎌田慧の記録』（全6巻）がある。

吉田修一『悪人』

「悪」なるものへの復讐

吉田修一の小説『悪人』（朝日新聞出版）が大ベストセラーになっている。映画化では人気俳優の妻夫《つまぶ》木聡《きさとし》と深津絵里《ふかつえり》が演じ、モントリオール世界映画祭で最優秀女優賞を得て、文庫本（同社、上下2冊）は表紙カバーで「200万部突破」と豪語する。メディアミックスによる人気の演出。だが、「悪」という人間性の暗部の極を描くことで、裏返しにすれば「人間性の解放」を暗示していて、心打たれる。

この小説は、06年3月から朝日新聞に1年近く連載されたものだ。連載時には、出会い系サイトにまつわる性悪な男と女たちの犯罪ドラマのようで、私は興味が定まらないままに飛び飛びに読んでいた。単行本になり、文庫化されたので通して読み、その表層の下にやるせない叫びが隠された社会派の物語であることに気づいた。

主人公の「清水祐一」は、車好きの青年。母親に置き去りにされ、祖父母に育てられる。高校を卒業後は親類の解体業会社で土木作業員として真面目に働き、ファッションヘルスや出会い系サイトで女を探し付き合っている。そして、出会い系で知り合った保険外交員の女性を深夜の峠道で絞殺してしまう。悪意からではないものの殺人行為であり、逃避の身となる。

殺人の9日後に出会い系のメールで知り合ったのが紳士服量販店の販売員「馬込光代」である。職場とアパートを自転車で行き来する独身女。その光代は「笑わんでよ。私、本気でメールを送ったとよ。私、本気で誰かと出会いたかったと。そんなの、寂しすぎるやろ?」と話す。「……俺も」と祐一。殺人を告白し、自首しようとする祐一に、逃避行を誘うのは光代だ。10日余り逃げ続けるが、隠れ家を警察に取り囲まれる。彼女の首を絞めようとするところを取り押さえられ、祐一は「(馬込さんは)逃げるときの金ヅル」と供述する。

この小説の大きな特徴は、ノンフィクションのスタイルで書かれていることだ。祐一の生き方は、彼の行動に密着した作者の目で、外形的な出来事として語られる。彼が心情を吐露することはない。祐一の内面は、彼から話を聞いた者のモノローグとしてわずかに知ることができるのだ。したがって、彼を取り巻く人々の営みを克明に描くしかなく、ストーリーは重層的に展開する。それが社会そのものの現実として浮かび上がってくる仕組みだ。格差社会を必死に生きる人々が見えてくる。

背景として重要な役割をもつのが、現代を象徴する携帯電話の出会い系サイト。文字どおり出会いのときめきのサイトであると同時に、「援交」こと「援助交際」の舞台にもなる。そのいずれともつかぬ気持ちで利用する男たちは多い。祐一もそうだった。だが、30歳過ぎた光代は、そのお手軽さに躊躇《ちゅうちょ》しながらも、出会いに期待をつなぎながらメールを送ったのだ。

頭を金髪にし、車とラブホテルを行き来する無口な祐一だが、光代は自分と同じ孤独のにおいを嗅ぎ取る。時間だけが欲しい2人の冷めた逃避行に対し、殺人犯の留守家族には興奮したマスコミが寄せる。光代も殺人犯の同行者として批判の血祭りに上げられようとしている。

悪漢小説という分野がある。ピカレスク小説の訳語でもある。詐欺師など悪の側に身を置いて社会を眺める。人間の本性を丸出しにするカタルシス（精神の浄化作用）がある。社会の欺瞞《ぎまん》が見える場合もある。が、いずれにしてもうら悲しい。この『悪人』は悪漢小説ではない。

絞殺と絞殺未遂の2つの「悪」。1つめの絞殺は、悪意の有無にかかわらず「人殺し」の汚名を着る。そして続く「殺人未遂」も、「殺人者だから……、やはり、衝動的な殺意……」と同列に見られる。が、祐一のこの殺人未遂は、光代を護るための思いやりというだけではない。社会から冷ややかに見られる者の「悪」への復讐《ふくしゅう》だと思えてならない。自分を社会への未練からきっぱりと断ち切ることで、「悪」の小ずるさを超越した。祐一は、再び無口な男に返るのだろう。「悪人」と後ろ指さされながら。

人間性の解放の道は、一筋縄ではいかない。

（10年12月13日号掲載）

よしだ・しゅういち　1968年、長崎県生まれ。法政大学経営学部卒。「パーク・ライフ」で芥川賞。「悪人」は、大佛次郎賞、毎日出版文化賞を受賞。

佐藤泰志『海炭市叙景』

地方に「生きる意味」とは

東京からテレビ、雑誌をとおして先端文化がこの国の津々浦々まで振り撒かれる一方で、地方からは地方分権、いや地方主権が叫ばれている。しかし、このような世事とは無関係に、地方都市とそこに寡黙に生きる人々を描いた一風変わった小説が、昨年秋に文庫本化された佐藤泰志『海炭市叙景』（小学館文庫）である。

佐藤はこの小説執筆の最中、41歳の命を自ら絶っている。小説は18編の短編の連作からなるが、実際はある町の春夏秋冬の1年を描く計画だったという。作品は冬から春までのまま未完となったものだが、各物語が独立しているので中途半端な終わり方というのではない。

ある町とは、かつて炭坑と港で栄え、いまは疲弊している地方の架空の都市である。あえて「海炭市」と名づけ、人々が身を寄せる舞台として、また生命体のように変わりゆく町として、大きな存在感を担わせている。自分が生まれ育った函館《はこだて》の地理が下敷きになっている。

佐藤は芥川賞候補に5度なった作家。この作品は文芸誌『すばる』に連載され、没後に単行本になったがさして話題にならず絶版となっていた。昨年、函館市民の募金活動で映画になり、同時に文庫本として出版され、にわかに注目を浴びた。

最初の短編「まだ若い廃墟《はいきょ》」は、象徴的な物語だ。炭坑の閉山で失業した兄と21歳の妹が、２人だけで暮らす。元旦に日の出を見るために、家中のありったけのカネを集めて山にでかける。日の出の瞬間、周りの喜びの声のなかで、兄は放心したような表情だった。

下山のとき、ロープウェイの２枚の切符が買えず、兄は妹を振り切って歩いて下りた。妹はふもとの待合室のベンチで待ちつづける。３時間、６時間……。「まるでそれが、わたしの人生の唯一の目的のように」と。妹には、見切りをつけるきっかけが見つからない。やがて電話に立つ。警察の「なぜ、こんなにも長い間待ったのか」の質問。妹は、「わかりません」と答える。

読み終わって、兄妹へのやるせなさと同時に、妹のこれからの長い人生を思わずにはいられない。居るのか居ないのかわからないような、頼りなさのなかで暮らすのだろうか。

「裂けた爪」は、家業のプロパン店を継いだ晴夫の家庭を描く。妻に去られた晴夫は、後妻に同級生だった勝子を迎えるが、勝子は晴夫の連れ子の小学生アキラに暴力をふるう。勝子とも仲良しだったもう１人の同級生・千恵子と晴夫が付き合いつづけるのが原因だ。アキラのあざを見た晴夫が、勝子を鼻血がでるほど殴った日、勝子は「あんたは千恵子と結婚すればよかったのよ」と晴夫をにらみつけた。その後もアキラのあざは絶えず、晴夫は離婚を決意する。

ここでは、晴夫は自分の身勝手さに気づかず、勝子もそれをうまく伝える才覚もなく、泥沼に落ち込んでいく。アキラは、じっと耐え殻に閉じこもる。

「ネコを抱いた婆さん」では、昔からブタを飼い畑仕事をしてきたトキ婆さんは、産業道路の開発で立ち退きを持ちかけられるが耳を貸さない。「市民」といわれる前から土に親しみきった人の強さを描く。

いずれも登場人物は、自分を言い立てるでもなく、寡黙に人生の局面と向き合う。映画は、5編を選び、ほぼ忠実に小説世界を再現している。各物語は、シーンとシーンとをつなぐように、沈黙がちに進行していく。山から眺める夕日の市街地、ダンプの行き交う雪の街路、雑然とした市場、人々が黙々と乗降する市電……、人々の営みを育む、くすんだ街の風景が印象的だ。どの地方都市にも心象風景としてあるような、さりげない風景が心に食い込む。

「地方」とは、産み込まれた場所としてある。人々は何も疑うことなくそこで生きる。いや、夢と希望にこだわる人たちは大都会に吸い寄せられただろう。残っている登場人物に、ドラマらしいドラマはない。ただ、思いの丈を注ぎ込んだ人生の局面、局面がある。その局面の一つひとつに誰に相談するでもなく、葛藤し、それぞれの思いで立ち向かう。その真摯な姿をあぶりだしている。大都会の華やかに彩られたシーンと、この地方のくすんだようなシーンとは、結局は人の営みとして等価なのである――『海炭市叙景』は、そんなことを静かに訴えているように思う。

（11年6月6日号掲載）

さとう・やすし　1949～90年。函館生まれ。國學院大學入学のため上京。「移動動物園」で新潮新人賞候補になりデビュー。07年、『佐藤泰志作品集』。

村上春樹『1Q84』

異世界はどうなるか

目下の話題の村上春樹の『1Q84《いちキュウはちよん》』（BOOK1、2の2巻＝新潮社）をとりあげる。理由は2つある。1つは、ジョージ・オーウェルが全体主義体制を鋭く告発した政治小説『1984年』を下敷きにして、どう対比されているのだろうかという期待。2つ目は、出版とほぼ同時にベストセラーとなり、評論家がこぞって賛辞を投げかけた社会現象への関心から。

作品は『アフターダーク』以来、5年間の沈黙を破っての長編だ。「青豆」という本名をもつスポーツインストラクターで殺し屋の女性と、「天吾」という予備校で教え小説を書く青年が当初、交互に無関係に登場して展開する。青豆は、富豪の老婦人に依頼されて性的に女性を蹂躙《じゅうりん》する有力男性を次々と殺害し、宗教団体のリーダーの殺害に挑む。天吾は奇妙な美少女の応募作品に手を加えて新人賞をとらせ、ベストセラーにする。が、加筆の発覚におののく。2巻目になって2つの物語の背景に閉鎖的な宗教集団があることがほのめかされ、宗教集団の背後に、それをマインド・コントロール（暗示操作）する「リトル・ピープル」という異世界の存在が浮かび上がってくる。

何よりも次々と意表をつくように物語が繰り広げられ、村上春樹のストーリーテラーとしての資質を堪能させてくれる。青豆が男性を漁り、性的に楽しむ場面もある。老婦人のセレブで気品のある謎めいた暮らしものぞき見できる。だが、文学的な核心はなんといっても「リトル・ピープル」である。オーウェルが、恐怖の近未来として周到に描いた『1984年』（1949年刊）にあわせて、日本社会の見えない恐怖を描いているのかなという期待は外れた。95年に現実に地下鉄サリン事件を起こした宗教集団を直接に題材にしているのでもない。『1984年』が最終的に描こうとしたマインド・コントロールを、別の次元で追求しているようだ。だが残念ながら、そのさわりが登場するだけで、どのような意志をもったものなのか、どのような実態なのかまでは描かれていない。

では、「リトル・ピープル」とは、何だろうか。

現実の1984年に対して、「1Q84年」という、人の心が紡ぐ異世界の存在が対置されている。意識の世界ともとれる。そこを支配するのがリトル・ピープルだ。オカルトの宗教集団リーダーがそれを体現する力をもつ。「リトル・ピープルが何ものかを正確に知るものは、おそらくどこにもいない」「地上に生きる人々の意識と、リトル・ピープルの発揮する力とのバランスを、うまく維持する」ために、人々の代表としての王（リーダーか）が存在するというのだ。興味津々な構想がもちこまれているが、肉付けされているとは思えない。

3年前に出された三崎亜記《みさきあき》の『失われた町』には、人間を超えた巨大な意志が1つの町を飲み込み消滅させる様が迫真のリアリティーで描かれていた。このことを思い起こすと、これから何が起こるかわからない。だから、次巻以後の展開を見なければ論評のしようがない。

ところで、この作品については、評で結末にふれにくい気分がある。結末にふれると、これから読もうという読者の作品への興味が失せるのではないかと思うからだ。エンターテインメントのミステリー仕立てになっているのがその理由だ。

この作品は、発売2週間たらずで100万部売れたと宣伝されている。待ち構えたように新聞、雑誌に出た数々の賛辞の論評。村上春樹のこの5年の沈黙の間に巻き起こったことは、ノーベル賞候補の作家として注目されるようになったことだ。そのうえでの狂躁《きょうそう》としか思いあたらない。

評論は曰《いわ》く。現在の他の日本の小説家の小説とは「桁違い」「隔絶している」「それくらいすばらしい」「現実と虚構は境をなくし、因果関係が反転する。作者の扱ってきたテーマがぎっしりの力作だ」など。深読みに感嘆させられる。

文学的なテーマについては、リトル・ピープルのこと、教団のこと、奇妙な少女のこと、老婦人のことなど何一つ結末が示されておらず、次巻なくしては消化不良を起こしそうだ。

（09年9月14日号掲載）

むらかみ・はるき　1949年、京都市生まれ。『ノルウェイの森』『海辺のカフカ』など作品は海外でも評価が高い。地下鉄サリン事件の被害者にインタビューした作品『アンダーグラウンド』がある。

平野啓一郎『空白を満たしなさい』

「死」を解き明かせるか

古来、人は突然に襲ってくる「死」に苛《さいな》まれてきた。では、死から蘇生して生前の自分を眺めることができれば、死の不条理から解放されるだろうか、確かな自分が見えるだろうか。「自分」という同一性を探し求めている平野啓一郎が長編小説『空白を満たしなさい』（講談社、12年刊）で、そのことをひたむきに問うている。死をとおして、生の核心に迫ろうとする500ページ近い作品だ。

死んだはずの製缶会社社員の「土屋徹生《てつお》」は、3年後に蘇生して病院の診察室にいる。死んだ前後の記憶が空白なのだ。4歳になっている息子と残された妻は、徹生の顔を見ても手放しでは喜ばない。あなたは私たちを捨てたのよ、と。「てっちゃんと元の生活に戻るのは無理そう」と言うまでに妻は思いつめていた。徹生の死は、屋上からの飛び降り自殺とみられていた。

少しずつ記憶を取り戻す徹生には、自殺の動機が思い当たらない。むしろ幸福の絶頂にあった。死の前に警備員の男との間にちょっとした不快な出来事があったことから、徹生は警備員に殺されたと疑いはじめ、警備員の行跡をさぐる。

警備員は、「土屋さんはね、生きることに殺されたんですよ。しかも、幸せに生きることに。家族は土屋さんにとって、とんでもない重みでしたよ。これ（自殺）は、家族に対する自爆テロみたいなものです。社会に対しても」と、言い放っていた。

自分が何者かわからなくなっていた徹生は、癒しを求めて帰省する。穏やかにこの世から遠ざかっている祖母の背中を見て、命を呑み込む恐ろしい「死」ではなく、存在するものが音もなく消え入る「まっさらな〈無〉」を感じるのだった。

そのころ全国各地で、死んだ人間が生き返る奇跡が次々と報じられた。「復生者」の会までできる。徹生も会に参加する。復生者が振り返って語る死に方には、いろいろあった。それは、「現世の業《ごう》を浄化するために、魂がそれぞれの旅をするのだ」と知る。

このように、筋をたどるだけでも起伏が多く、ミステリー小説のようにハラハラさせられる。背景には、1歳半のときに36歳の父が畳の上で突然死した作者・平野の実体験があり、それが投影されている。

やがて徹生は、自分の死は他殺ではなく自殺だったと悟るようになる。そして、さしたる動機のない自殺を納得するために、「分人《ぶんじん》」という考えにいたる。自分とは、単一の自分ではないというのだ。いくつもの分人が同居しているのが自分なのだ。自分の分人が、不快なほかの分人を「消した」のだと。殺したのではない。

そのうち、復生者たちが潮が引くように消えていくようになった。蘇生は、一過性の社会現象だったのだ。小説ではさりげなく、「奇跡の潮が引き、世界のシステム・エラーは修復され、……日常が、少しずつ戻って来始めた」と説明している。

徹生は、死後も持続する自分を願う。死者が残せるものは、記憶、記録、遺品、遺伝子、影響の5つであると。これは、平野が執筆中に3・11があり、父の死と被災者の死が重なって切迫感があったことに由来するという。徹生は、自分が消滅する前に自分を記録し、妻や息子の記憶に残そうと必死になった。だが、突然に「自分は完全に間違っているのではないか」との疑いが頭をよぎる。

妻子といつまでも一緒にいたいと願うなど許されるのだろうか。「死んだ人間は、生きている人間を圧迫すべきではない。だったら、死者は進んで無になるべきではなかろうか」と。妻には、いつか誰かと恋に落ちたら結婚をするようにと言い含める。

蘇生《そせい》の奇跡で、死んでも再び生き返るなら人はいつまでも死者への未練から解放されないことになる。徹生は、「一つしかない命を、全力で生きようとする人間の姿こそが美しい」と思うようになった。消滅を待つ身の徹生は、「目立たないように」との境地になったのだ。

死後の世界は、キリスト教者には最後の審判のあと天国が待ち、仏教徒には西方浄土がある。が、この作品には宗教が導いてくれる死とはまた別の、安息の死が描かれているように思う。技法を賞讃される小説が多いなか、ひるむことなく〈死と生〉という永遠のテーマを追求した作品だ。自分を縛る自分からの「解放」の試みといえる。

心の準備をして「消滅」を待つ徹生はたしかに美しい。とはいえその姿は限りなく切ない。

（14年6月23日号掲載）

ひらの・けいいちろう　1975年、愛知県に生まれ、北九州で育つ。京大在学中に『日蝕』で120回芥川賞を受賞。著書は、『顔のない裸体たち』『決壊』『ドーン』など。

岩城けい『さようなら、オレンジ』

言葉による尊厳を明かす

言葉は内に向かえば自分をあぶり出し、外に向かえば他者との橋渡しになる。だが、ことはそれほど単純ではなく、言葉は不思議な毒気と起爆力をもっているのではないだろうか。昨年の太宰治賞になった岩城けい『さようなら、オレンジ』（筑摩書房、13年刊）は、そんなことを考えさせる。

異国に生きるために、現地豪州（オーストラリア）の職業訓練学校で言葉を学ぶ女性たちの奮闘を描いたこの小説は、構成にアッと驚くような高度な趣向がこらされている。だから、文学的に読み解くのが本来の筋だろうが、私は母国語から引き離された人にとって、言葉とは何かについて注目し、問うてみたい。引き離されてはじめてわかる言葉の力を見つめたい。

小説は、読み進めるうちに事情がしだいに鮮明になってくるというスタイルを取っている。この稿では、この経過の時間を飛び越えて説明を試みる。

物語は、豪州の移民局がお膳立てした無料の英語クラスに集った3人の女性の数年間である。1人は、語り手の「サリマ」。アフリカの砂漠の国から、戦火で家族と生き別れになって同郷の男と逃げてきた。2人の男児をもうけているが、ここで男に去られ、生鮮食品の加工の仕事に黙々と精を出し、やがてチーフとして認められる。

大学研究員の夫に連れられてきた、直毛の髪の東洋人（日本人）は「ハリネズミ」。夫は彼女を顧みず研究に没頭。女児を産むが託児所のベッドで死んだ。彼女はやがて永住を決意する。イタリアからの年配の女性は「オリーブ」。この国には長く、力任せの英語を話す。「だれもこの国では私を護ってくれないし外にも連れ出してくれない。言葉もわからず取り残されるのがこわい」という。三者三様の事情を抱えて言葉と直面している。異国で言葉を使えない惨めさと孤独はふれるまでもない。

サリマは、戦乱でまともに読み書きを習っていない。英語は文字に出会うところからはじまっている。宿題をこなしながら知らないことの恐怖が、知ることの歓びに変わるのを、夜の静けさのなかで味わうのだった。

子どもの学校から頼まれ、「わたしの故郷」というテーマで話したとき、飢えと戦乱にふれ、「ここにきて、できなかったことができるようになった。ここもいいところ」と力をこめた。やがて息子の存在が支えになり、書くことは厄介であっても、思いをみたす最善の方法と思うようになった。

ハリネズミは、英語は書けるがうまく話せない。「英語学校がこの国への入り口」と考えている。カギのかかった入り口。英語の恩師への手紙という形で訴えるには、「言葉とは、異郷に住む限り、その主要な役目は自分を護る手段であり武器です」。武器なしでは戦えないという。だが、その前に、「表現することをやめられないのは、なにかを伝え、つながりたいという人間の本能でしょうか」とも思う。そして、「思考の支えになる言語」を養うと、頭のなかでさまざまに形を変え繁殖するというのだ。

永住を決意したときに恩師に書いた一節は痛切だ。

「先生、私は犬と同じです。忠誠という首輪を嵌《は》め、つながれた鎖は永遠に祖国という主人から切りはなされることはありません」。どういうことかというと、まず、現在を取り巻く英語によって、「新たに躾《しつけ》なおした思考と行為」がある。それに対して、母語の日本語は、「祖国からたったひとつだけ持ち出すことが許されたもの、私の生きる糧を絞り出すことを許されたもの、それで悪魔の大好物を創り、罵《ののし》られながら彼がそれを咀嚼《そしゃく》することに私は喜びを覚えるでしょう」と訴えるのだ。「悪魔の大好物」とは、自分が母語で物を書くという行為をさしているようだ。どう見られようと最奥の砦《とりで》。そして、「私にとって母語とは、日本語とは、そういうものなのです」と結ぶ。

長い引用になったが、これはハリネズミにとどまらず、二つの言語の境界を長年歩いてきた作者の述懐であろう。ハリネズミは、これからも、原罪のように二つの言語の狭間を歩くことになるのだろう。もちろん、現在を生きるために第二言語の英語に身を委ねる途はある。が、ハリネズミはその選択肢を取らない。母語を手放さないということは、感情の裏づけとして養ってきた、おびただしい語彙の記憶を守り続けるということである。そこには過去への誠意があり、自分の尊厳の根拠となるのであろう。この小説は、言葉の奥深さを教えてくれる。

言葉には、さらにいろいろな問題が潜んでいるはずだ。

（14年4月21日号掲載）

いわき・けい　1971年、大阪市生まれ。大学卒業後、豪州に渡り在豪20年。この第1作で太宰治賞、大江健三郎賞を受賞。芥川賞候補に。

15　近未来の像

眉村卓『司政官』

仮想空間での人間造形

昨年夏に7年間もの宇宙の旅を果たして帰還した探査機「はやぶさ」は、宇宙への夢をぐんと近づけてくれた。ＳＦの宇宙小説をひもときたくなった。

眉村卓のＳＦ「司政官」シリーズは、太陽系の小惑星群に次々と植民が進められ、その新世界を統治する最高権力者「司政官」の活躍と苦悩をリアルに描いたものだ。単なる冒険物語ではなく、惑星に応じて統治の機構を綿密に構築し、そのうえで統治者のあり方を追求しているのだ。だとすると、未来の「はやぶさ」に求められるものは何なのだろうか。

初期の短編集『司政官』（早川書房、74年刊）は、植民星を長年統治するなかで起きるさまざまな出来事と向き合う。惑星間は連邦経営機構が統括し、移動には５０００人を乗せる宇宙船が船団を組んで輸送する。パトロール船もある。司政官を悩ませるのは、先住民と植民者との共存の問題だ。先住民は常に不可解なものと映る。

短編「炎と花びら」では、アミラとよばれる植物から進化した先住の知的生命体は「人類より劣る」と登録されているが、司政官「クロベ・PPK・タイジ」は、先住民がテレパシーで思考を交換していることに気づく。人間以上かもしれないと思える知性を実感する。彼らの交信手段の水蒸気噴出音、つまり言語音声は人間でいえば身振りにあたるにすぎないと知る。

だが、人間に対して物言わぬ彼らの真意をわからぬままに、宇宙経営は進められていくのだ。「人類の理想高い宇宙進出」であるものの、地球での俗気が持ち込まれる危険を静かに暗示している。

泉鏡花賞の長編『消滅の光輪』(同、79年刊)は、壮大なドラマだ。植民星ラクザーンは、灼熱消滅することが明らかとなり、司政官「マセ・PPKA4・ユキオ」は、8年以内に1000万人の住民を他の小惑星に移住させる使命を帯びる。移住輸送のための人口把握の戸籍整備や費用捻出の人頭税設置、為替差益の先取り、経済処置の法令など、一部住民の抵抗を押し切って断行する。ついには反乱軍と直面し、連邦軍の出動となる。ここでも移住計画に誰ひとり名乗りをあげない数十万人の先住民ラクザーンが悩みの種となる。

マセは、穏和な先住民が年功とともに予知能力を備えることをさとる。彼らは自分たちを太陽の子と信じており、やがて光となって「宇宙意志」へと消滅転身していく。不可解な現象だが、私たち読者は、未知の世界を駆け巡るこのような想像力を楽しむことができる。

マセは、私邸を持たず、家族もなく、政庁のなかに休息の一室があるだけである。「趣味は仕事」というたとえがあるが、マセはロボット官僚が絶え間なくあげてくる「情報」を分析、組み立て、それを公正に実行することだけを生き甲斐《がい》にしているとしか思えない。近未来、人は糧食や居住の不安がなく・

なると、食や家、財産への執着がなくなり、情報だけが愉悦となるのだろうか。司政官としてのマセは、ストイック（禁欲）なことに苦痛は感じない。だが、理性的に振る舞えば振る舞うだけ、ロボット官僚と自分との境目がわからなくなるようで思い煩う。

市井人の暮らしにはふれられていないが、興味深い記述がある。ここでも逮捕はあり、悪質なものは睡眠処置がとられる。重いものは「無期限処理」だが、100日以上も眠ったままにされて肉体的に年をとっていくのが、「人間には耐えられないこと」なのだという。

司政官シリーズの集大成的な長編『引き潮のとき』（同、第1巻88年刊、第2巻89年刊）では、何世紀かへた宇宙経営では、先に植民した集団と新参者の集団の間に階層ができ、力のある植民星は連合して連邦経営機構に対抗しようとする。司政官はそれらを抑える密命を帯び、そこでの苦闘が描かれる。地球上の教養小説のような様相だ。眉村宇宙小説は、大きな円周軌道を描きながら、結局は地球に戻ってきたようだ。

未来宇宙は、たとえ地球上の悪しき慣行や人間性が持ち込まれたとしても、真っ白な画布に絵を描くような自在さがある。そこでは人間性を根本から吟味し直すゆとりがのぞく。現世的な欲望をそぎ落とした司政官だが、結局は達成感と孤独感の間をさまようのだろうか。「解放」をはばむものとしては、何があるのだろうか。

（11年2月21日号掲載）

まゆむら・たく　1934年、大阪生まれ。SFや司政官シリーズのほかに、『僕と妻の1778の物語』『なぞの転校生』など多数。

小松左京『日本沈没』
地球が主役の時代に

米文学の名作『白鯨』では、巨大な白鯨モビー・ディックを追う執念のエイハブ船長は、まだ主役として輝いていた。だが、日本沈没という巨大な地殻変動の前には、人間のどんな偉大な営為もちっぽけな欠片《かけら》になってしまった。小松左京『日本沈没』（上下、小学館文庫）を読み終えての深い嘆息だ。東日本大震災と合わさって、この思いは深まるばかりだ。

この本は、第1次オイルショックのあった73年に刊行され、大ベストセラーとなった。2度にわたり映画化もされた。そして東日本大震災を経たいま、再び注目をあびている。40年近くなるが色あせていない。

発端は、変人あつかいの地球物理学者「田所博士」が日本海溝海底の異変に気づき警鐘を鳴らすところからだ。だが、学者たちは常識をくつがえす壮大な説に聞く耳をもたない。説を実証するために主人公の潜水艇操縦者「小野寺」がおこなう海底８０００メートルの潜水艇探査は、迫真に描かれている。

地球の内部には、地殻と核の間にマントルという厚い中間層があり、これがマントル対流として緩やかに対流している。小説では、太平洋プレートの下のマントル対流が急変し、日本列島が日本海溝に引き込まれ沈没するのだ。これらを、科学誌を読むような克明さで描いている。

田所博士がこれに気づくが当初、確証がなく言葉少なくしか語らない。しかし、総理大臣も認識するところとなり、極秘プロジェクトを作り事態究明と脱出作戦にうつる。やがて、巨大地震と富士山、浅間山の大噴火や海底の火山の噴火が次々と起こり、日本沈没がはじまる。

国をあげての日本脱出の段階になると、田所博士の出番はなく、小野寺さえ影は薄い。読むほうも、個人というより政府の動きが気がかりになってくる。この状況でのパニックはいかに抑えられるのか。

ところで、東日本大震災にともなう福島第一原発事故では、首都圏の3000万人の避難の事態を想定していたと、菅直人《かんなおと》首相が辞任後にのべている。さきの9月に猛威をふるった台風15号では、名古屋市が100万人を対象に避難勧告をだした。実際には、これだけの人々をどう退避させることができるのだろうか。事前に想定されていなければパニックは目にみえている。

『日本沈没』の終章は、日本を脱出した船室のなかで、小野寺の「もう沈んだのかな。……煙もみえないか？」との問いに、少女が「なにもみえないわ……」と答えて、物悲しく終わる。

末尾は、「第一部　完」となっている。もともとは、国土が消失して漂流する民を描くのが目的だったのだが、その前史が長くなったというのだ。だが、多忙から小松が第2部の筆を執ることはなかった。これを書くためには、膨大なデータがいるとも嘆いていた。たしかに、漂流の民とはいえ、流浪のユダヤ人とは違った現代の状況下を描くためには、国ごとに難民、移民、技術移転などと受け入れかたは違うだろう。興味深いが、至難の構想でもある。

そして、第2部は06年に刊行された。小松の構想をもとに討議し、新鋭作家の谷甲州《たにこうしゅう》が執筆したとある。3000万の日本人が脱出をはたし、数百万人がニューギニアに入植し農業などに従事し、中央アジアでは難民のあつかいの境涯にある一方、日本海に浮体構造物のメガフロートで日本の領土再生を試みるストーリーだ。日本海には、中国の軍艦が出没して牽制《けんせい》してくるというSFアクション風になっている。総理大臣が存在し、日本政府からの援助や指導もあるのだが、臨時の日本政府がどこの国に打ち立てられ、どんな機構なのか、予算の基盤は何なのかなどの素朴な疑問には応えてくれない。別の作家による別の物語だと思ってしまう。やはり作品は、作家が全知を傾け懊悩《おうのう》して生まれる本人だけのものなのだ。

本を読み進めて痛感するのは、自然の巨大な物理現象、つまり大震災や地球温暖化、あるいは核戦争などと対峙《たいじ》するためには、個々の人間の営みをこえた、集団意思の形成や国家意思の洞察が求められるのではないだろうかということだ。かつて、「組織か個人か」といった文学テーマがあったが、そういった選択の余地のない、巨大な力と向き合う〝苛酷な命題〟を突きつけられている。

集団意思は、国益とか国境にこだわっていたのではますます迷路にはまり何も解決すまい。狭隘《きょうあい》な人間絶対主義から解放されて、自然と親和性のある多様な道を探らなければ生き延びるすべはなかろう。当然に文学も、個人から集団へ発想の広がりがあっていいのではないか。

多くの示唆を投げかけた小松は今年7月、肺炎のため亡くなった。追悼の寄稿文のなかに、「知の巨人」とする言辞があった。

（11年11月14日号掲載）

こまつ・さきょう　1931〜2011年。大阪市生まれ。SF作家。代表作に『日本アパッチ族』『復活の日』『果しなき流れの果に』『首都消失』。大阪万博のサブプロデューサーも。

三崎亜記『となり町戦争』

試される戦争への想像力

ミャンマーでカメラマン長井健司《ながいけんじ》さんが射殺されるテレビ映像を見て、私は、「あっ、これは戦場だ」とおもわず声をあげた。武装した軍隊が、無抵抗の人間をしかも背後からあっさり銃撃する。その直前まで、いつもの平和な通りであった場所で。

「宣戦布告なき戦場」といえばイラクである。いつもの生活の場所が、突如としてダイナマイトの炸《さく》裂《れつ》する場所になり、大砲の弾丸が飛び込む場所になる。ここまで思いをめぐらせたところで、三崎亜記のシュールな小説と思っていた『となり町戦争』（集英社、05年）が、にわかにリアリティをもって立ち現れてきた。

作者の三崎亜記がどんな人物か知らない。この作品で04年に小説すばる新人賞を受賞し、直木賞候補となってデビューした寡作な人だからだ。だが、この小説の着眼は並大抵ではない。ここでは逆に、戦争が市民の目から遠ざけられているのである。

独身の「僕」が住む舞阪町が、通勤で通る隣町と戦争を始めた。それは、毎月届く「広報まいさか」の6行の簡単な「お知らせ」で知るのだ。その後は、「人の動き」の欄にたとえば「死者23人（うち戦死者12人）」と載ることで、わずかに戦争の成り行きを知るわけだ。

ある日、舞阪町から「戦時特別偵察業務従事者の任命」という通知がくる。従わなければどうなるのかの問いには、「強制出頭の手続を取らせていただきます」と答えがかえってきた。通勤途上の町の様子を所定の記録表に書き込み郵送する任務を与えられる。やがて、「となり町戦争推進室分室」勤務を命じられ、拠点偵察員として隣町のアパートに住まわされる。そこで女性室員と便宜上の結婚をして普通に生活し、見たことを簡単に報告させられるのだが、戦争の形は見えない。一度だけ、「拠点に査察が入る」との舞阪町の指示で、敵の検問をかいくぐって隣町から逃走する。その逃走を助けるために1人の拠点偵察員の女性が殺されたことを後になって知る。

「僕」が、なぜ戦争をするのかと疑問を投げかけても、町の担当者は「議会は戦争への積極投資に前向きな姿勢を持っている」「今の時点で事業の方向性を否定することは、議会自体も求心力の低下を招く」と答え、すれ違うだけなのである。三崎亜記は、「戦争＝絶対悪」としただけでは、思考停止同然になってしまうと訴えるのだ。

戦争は、国家と国家が宣戦布告して始まるという古典的な定義ではとらえきれなくなっているのは、昨今の国際情勢で明らかだ。これまでの文学では、既存の体験の戦争を描き、書き尽くしたと錯覚してきた。たかだか、「政治の延長としての戦争」が暴露されたといえる。この小説では、戦争は、「施策の延長としての戦争」に〝進化〟している。侮《あなど》れない発想だ。

近作の『失われた町』（集英社、06年刊）では、ある日突然に1つの町が消滅する。町の建物はそのままで住民が忽然《こつぜん》と消えるのである。巨大な意志のエイリアン（異星人）を想像するしかない。しかも、人々を消滅させたその奇怪な「町」のエネルギーは、周囲の人が町の消滅を悲しむ感情をもつと、「触覚」を伸ばしてその人から意識を奪い、植物人間にしてしまうのである。このため政府は「管理局」を設置し、消滅した町への記憶を周囲の住民から「回収」する。こんななかで、不気味な「町」の正体を突き止めようとする人々を描いている。絶望的な戦いとしてはカミュの『ペスト』を連想させ、精神にまで国家管理が行き届く場面ではオーウェルの『一九八四年』を思わせる。それにもまして、ホラーとはいえないリアリティーがある。

両作品は、21世紀の新しいステージで展開される宣戦布告なき戦争、国家管理……といった近未来を予測させる警告の書ともとれる。若い世代の作家に、戦争への壮大な想像力の必要性を促された格好だ。「未来」を解放するために。

（07年11月19日号掲載）

みさき・あき　1970年、福岡県生まれ。熊本大学文学部史学科卒業。他に短編集『バスジャック』（集英社、05年刊）がある。福岡市在住。

有川浩『図書館戦争』シリーズ

「限定戦争」は可能なのか

若い人たちの戦争観を知りたいと思い、その題名にひかれて有川浩の『図書館戦争』(アスキー・メディアワークス、06年刊)を手にした。「正化三十一年」という架空の近未来が舞台だ。それは昭和の最終年度に、公序良俗や人権を侵す表現を取り締まるものとして「メディア良化法」が施行されて31年目でもある。この法をもとに良化特務機関が設置され、検閲部隊が書店や図書館、放送局、出版社に押しかけ、書籍を検閲・没収する。童話の「こじきのおじいさん」も「こじき」が違反語として指定され、「狩られる」のだ。どうやら、戦前の治安維持法と特高を思い出させる。

これに対して図書館側が、「図書館の自由」を宣言し、武器を携帯する図書防衛隊を組織して対抗する。そのなかの特殊部隊堂上班の一人が主人公「笠原郁」である。不器用で熱血の女性である。

だが、戦争を真正面に描いているわけではない。むしろ、戦争の合間に交わされる会話の妙であり、期せずして静かに進むラブロマンである。

たとえば、「郁」と同室の女性「柴崎」との会話。ある男女2人をさして柴崎が言う。「あの二人、あたしの長期ウォッチ物件なんだから」と。「郁」が「何それ?」と問いただす——

「ああいうのは黙って推移を見守るのが面白いのよ」
しれっとそんなことを吐《ぬ》かす柴崎はつくづく人が悪い。
「うわー、あたしあんたには絶対好きな人とか気づかれたくない」
「あんたの情報は敢《あ》えて要《い》らんわ、どうせだだ漏れだし」

（『図書館内乱』から）

といった調子で、現代の若者の会話を反映させるような軽快で粋なやりとり、時にギャグの応酬が繰り広げられる。

作者・有川浩は、「浩」を「ひろ」と読ませる女性作家だ。ライトノベル界から登場した。ライトノベルは、ケイタイ小説とならんで近年、にわかに若者を引き寄せているジャンルだ。恋愛を中心に自在にストーリーが展開し、会話の今日性、イキのよさがきわだつ。

とはいえ、「図書館戦争」は、軍隊的な組織による命令と仲間意識が人間関係を支えている。メディア良化委員会の仕掛けで次々と「戦争」が起こり、郁たちの特殊部隊が活躍する。組織にともなう階級はあるものの、上下関係はフランクなのも近未来的だ。

シリーズは、『図書館内乱』『図書館危機』『図書館革命』と続き4部作となっている。そして、今年に入って『別冊　図書館戦争Ⅰ』『別冊　図書館戦争Ⅱ』と刊行されたのだ。大学の図書館で借りようとしたら、予約順番待ちの人気だった。

「戦争」については、4部作最終の『図書館革命』のエピローグで、火器の使用を禁止する法が整備され、「メディア良化法」からも、「図書館の自由法」からも、火器の使用を許可する施行令や細則が削除される。シリーズの進行で、戦争が〝軍縮〟へと一歩、進展している。

ここには、憎悪と殺戮《さつりく》で泥沼化するという戦争観はない。法規の範囲で暴力を行使し、優劣を争い決着する。米ソ冷戦体制のなかで持ち出された「限定戦争」の概念を、発展させているように思える。さきの大戦を知る世代には思い及ばない発想である。

発想の自在さは大切なことだ。ただ現実には、アメリカが進める「限定戦争」のはずの対テロ戦争は、市民を巻き込み、殺戮を引き出すばかりで泥沼化している。

「限定戦争」観が破産して、今後の戦争小説の成り立ちが変わるのではないだろうか。たとえば、地球の環境危機に直面して、これからの近未来小説が「宇宙戦争」をとりあげるのは想像に難くない。そこでは、問題の解決が「戦争」では古くさく、「外交術」といった設定になることは望めないだろうか。

（08年11年10日号掲載）

ありかわ・ひろ　1972年、高知県生まれ。03年『塩の街』で電撃ゲーム小説大賞を受賞しデビュー。『空の中』『海の底』とあわせて自衛隊三部作。『クジラの彼』『阪急電車』など。

柴崎友香『わたしがいなかった街で』

流れる「時間」を慈しむ力

地球資源の有限を悟ったこれからの生き方として、「LOHAS《ロハス》」が追求されている。訳せば、「健康で持続可能な生活スタイル」となる。あせらず、ゆっくり生きよう、ということのようだ。柴崎友香『わたしがいなかった街で』（新潮社、12年刊）を読んでいると、主人公に対して、「この人ならできる」と思ってしまう。

といって、柴崎友香がロハスを意図しているわけでは全然ない。主人公「平尾砂羽」のごく平凡な交遊と日常を淡々と描いているだけだ。だが読み進むと、この自分で交際下手だと思い込んだ控え目な砂羽が、とても好ましく思えてくるのだ。

砂羽は、離婚歴のある36歳の女性。大阪で大学を終え、東京に出て8年、2回目の転居でいま、世田谷区に移って勤めをしている。大阪で半年間、写真教室にかよったときの男女の仲間と、途切れ途切れに付き合っている。

生活態度はごく普通の女性である。ただ、元夫の「健吾」が譲ってくれたマンションを売った金額の一部を、「難民を支援しているいくつかの団体」に寄付している。

それ以外で少し変わっているといえば、時間について立ち止まって考えることだ。45年8月に、広島の「T字型の橋のたもと（原爆投下の地）のホテルでコックをしていた」祖父が、そこにいたら私はいなかったと考えるのだ。いなかったのは、祖父があの年の6月にホテルを辞めて呉《くれ》に引っ込んでいたかならだ。砂羽は、その思いを引きずっている。

砂羽の生活感覚をのぞいてみると――

出会いのころの健吾が自分と色違いのニット帽を持っているのを見たとき、同じ店で買ったことを確信し、「自分が知らなかった頃の健吾に触れた気がして感動」するのだった。あの場所にあのとき、わたしも立っていた、同じドアを触って店に入った、と。

それまで行ったことのなかった祖父のゆかりの地、呉の音戸《おんど》大橋の前に立ったとき、「帰ってきた、と思った」というのだ。そこは、自分の記憶の場所ではない。祖父が帰れなかった場所だ。祖父が橋の名前を言うのを私だけが聞いていたからなのだ。

母に祖父母のことをもっと尋ねていいのだが、聞かない。「映画やテレビドラマのようにまとまって納得してしまうことが怖かった。ところどころしか知らない、空白の多い、だけど、自分自身が確かに接した」記憶として残しておきたいのだ。

そんな砂羽を、長い友人の「有子」が評して、「砂羽は脳内会議が長すぎるんだって。脳内で、ああでもないこうでもないって、だめなおじさんみたいなやつが居並んで会議ばっかやっている」となじる。

砂羽の生活信条は――

路地をでたらめに歩きながら思うのだ。

「暑くも寒くもなく弱い風が吹き、そのような空気の中を一人で自由にただ歩けるということは、もしかしたらこの時間が自分の人生の幸福で、これ以上のスペシャルなことは起こらないし望んでもいないのではないか」と。といって、平穏な日常こそが素晴らしいというのではない。あらかじめ確かなものとしての「日常」がそこにあるとは思っていない。

写真教室のころの男友だちと東京タワーに上り、展望台のざわめきを耳に、下界の街の営みを見て思うのだ。

「日常」という言葉にあてはまるものがあるなら、それは、「穏やかとか退屈とか昨日と同じような生活とかいうところにあるものではなくて、破壊された街の瓦礫《がれき》の中で道端で倒れたまま放置されている死体を横目に歩いて行ったあの親子……、そういうものを目撃したときに、その向こうに一瞬だけ見えそうになる世界なんじゃないか」

「当たり前のことがなくなったときにその大切さに気がつくというような箴言《しんげん》とはまた別のことだ。自分がここに存在していること自体が、夢みたいなものなんじゃないかと、感じること」と。

このように人が時間を自在に行き来し、自然体で生きられるのは、小説の世界だけかもしれない。が、かく造型された人物を垣間見るのは仕合わせだ。砂羽を特徴づけているのは、過ぎ去った過去そのものより、流れる「時間」を慈しむことができる力にあると思う。

（13年5月13日号掲載）

しばさき・ともか　1973年、大阪市生まれ。『その街の今は』で芸術選奨文部科学大臣新人賞、織田作之助賞大賞など。『寝ても覚めても』で野間文芸新人賞。

原民喜「心願の国」

核のない地球は幻か

米国オバマ大統領の「核兵器なき世界」の提唱で、にわかに核のない地球のイメージが現実味をおびてきた。被爆作家の原民喜《はらたみき》が、遺書のように書いた短い「心願の国」から半世紀余が過ぎている。その作品のなかでつぎのように願望を語っている。

「人々の一人一人の心の底に静かな泉が鳴りひびいて、人間の存在の一つ一つが何ものによっても粉砕されない時が、そんな調和がいつかは地上に訪れてくるのを、僕は随分昔から夢みていたような気がする」

原爆にさいなまれ、未来へ不安を募らせながら、少年のような純粋さで渇仰したその世界は、幻のようで、幻ではないのだ。いまその扉に手がかかろうとしている。

原民喜は、広島の軍需被服製造の裕福な家に育った。文学を志して慶応義塾大学英文科に学び、卒論は「ワーズワース論」だった。29歳のとき掌編小説集『焔』を自費出版し、以後はおもに『三田文学』に短編を発表し続けた。極端なまでに無口な彼のよき理解者である妻・貞恵が6年間の闘病の末、結核で亡くなる。子どもはいない。「妻あての手記を書く」と郷里・広島の長兄のところに身を寄せて7カ月後、原爆に遭ったのだ。爆心地から1・4キロと近かった。

その体験を「天が命じた」とばかりに描いたのが被爆の翌々年の『夏の花』であり、詩集『原爆小景』だ。大田洋子《おおたようこ》の『屍《しかばね》の街』と並び被爆小説の代表作にあげられる。

これらの作品は評判をよんだが、やがて被爆体験に寄りかかりすぎだとの批判も出た。しかし、原民喜は、原爆体験にまつわる短い作品やエッセーを書き続けた。原爆のトラウマに襲われながら、原爆をどんどん内面化していった。

「夏の花」発表の1年後、「原子爆弾の殺人光もそれが直接彼の皮膚を灼かなければ、その意味を感覚できないのであらうか。人間が人間を殺戮することに対する抗議ははたして無力に終わるのであらうか」（「戦争について」）と、原爆への警告が伝わらないことに苛立ちをみせる。やがて、「この地獄と抵抗して生きるには無限の愛と忍耐を要する」（「平和への意志」）との境地に至る。

死の1年前、「現在の悲惨に溺れ盲《めし》ひてしまふことなく、やはり眼《まな》ざしは水平線の往方にふりむけたい。（中略）内側にしっかりとした世界を築いてゆくより外はないのであらう」（「死について」）と。このころである。内面に憧れの形としての独特の陰影をもつようになる。

「飢ゑながら焼け跡を歩いてゐるとき、突然、眼も眩《くら》むばかりの美しい幻想や清澄な雰囲気が微笑みかけてくるのは、私だけのことであろうか」（同）と。あの「碑銘」の世界への到達である。

遠き日の石に刻み／砂に影おち／崩れ墜つ　天地のまなか／一輪の花の幻

この「花の幻」こそ、原民喜の内面を支えたものではなかろうか。

戦後の闇市と物価高のなかで純文学の原稿料は微々たるものだった。親からの遺産の株券と家屋敷も長くは糧にならなかった。被爆から5年7カ月後の51年3月、鉄道自殺した。45歳だった。

友人たちに宛てた十数通の遺書は、さりげなさを装っていた。『三田文学』の仲間の遠藤周作《えんどうしゅうさく》には「これが最後の手紙です。去年の春は楽しかったね。では元気で」と。よく世話になった丸岡明《まるおかあきら》には「主婦之友の印税が入ったら」として、「参千円」「弐千円」の二件の借金の返済先を頼んでいる。通帳の残高は293円だった。

もう一度、「心願の国」に戻ると、死後の『群像』5月号に「絶筆」として掲載された。その最後は、「僕は今しきりに夢みる、真昼の麦畑から飛びたって、青く焦げる大空に舞いのぼる雲雀《ひばり》の姿を……。(中略)今はもう昇ってゆくのでも墜ちてゆくのでもない。ただ生命の燃焼がパッと光を放ち、既に生物の限界を脱して、雲雀は一つの流星となっているのだ。(あれは僕ではない。だが、僕の心願の姿に違いない。一つの生涯がみごとに燃焼し、すべての刹那が美しく充実していたなら……。)」

死への畏怖でもなければ、陶酔でもない。未来を見据えることができた者の安らぎすら感じられる。不思議な解放感の境地にたどり着いている。

(09年8月10日号掲載)

はら・たみき　1905〜51年。広島市生まれ。48年、『夏の花』で第1回水上滝太郎賞受賞。死後、『定本原民喜全集』(全3巻と別巻、青土社)、『原民喜詩集』など。

『破戒』をめぐって

ルポ『破戒』のふるさとを歩く

島崎藤村《しまざきとうそん》の代表作『破戒』は、長野県を北へと貫く千曲川《ちくまがわ》沿いの町で繰り広げられる苛烈なドラマである。被差別部落出身の教師・瀬川丑松《せがわうしまつ》が理不尽な差別のもとでのたうち、希望を手に入れようとする姿が、読者に強い衝撃を与え広く読み継がれてきた。ただ、読み方しだいでは被差別部落への偏見を抱きかねないという危険な名作でもある。ちょうど100年を経た今、ゆかりの地をめぐってみた。

小説『破戒』は、こう始まる。

「蓮華寺《れんげじ》では下宿を兼ねた。瀬川丑松が急に転宿《やどがえ》を思い立って、借りることにした部屋というのは、その蔵裏《くり》つづきにある二階の角のところ」

蓮華寺というのは、長野県の北部、飯山《いいやま》（飯山市）にある。主人公の丑松は、ここから尋常高等小学校に勤めたのである。飯山は、寺と雪の多い町だ。『破戒』には地名や地理がそのままで登場する。

丑松が下宿した「蓮華寺」はいまもあった。真宗寺という名の浄土真宗の古刹である。だが、本堂が焼失しており、当時のたたずまいはたどれない。『破戒』の原稿をあしらった碑があるだけだった。

生徒に慕われた丑松だが、最初の下宿では別の部屋に居た金持ちが部落出身だとわかっただけで、同宿者が「不浄だ」と騒ぎたて追い出した。ひそかにショックを受けた丑松は、蓮華寺に下宿を替えたのだ。ここで、重く暗い心をはげまし、どう生きるべきか深く悩んだのだ。いまはごく普通の大きな寺だ。

藤村が『破戒』の想を練ったのは、ここから千曲川をさかのぼった小諸《こもろ》（小諸市）だった。小諸義塾の英語・国語の教師として足掛け7年滞在した。その間に、隣家の小学校校長から、「信州高遠《たかとお》（長野県の南部）の人」が出身が知れて教職を追われたことを聞き知った。その人の名は大江《おおえ》磯吉《いそきち》。立派な先生だった。騒ぎがあったのが飯山だった。

藤村にとって被差別部落は初めて身近に知る存在だった。小諸の部落のお頭《かしら》に会い、その識見に驚きつつ部落の知識を得る。ここの部落を丑松の出身地に選んだ。

この、お頭の墓は、共同墓地の一角にどっしりと立っていた。黒い墓石に書家の手で、戒名無しに名前だけがきりりと記されている。筋を通した生き方を証明しているようでもあった。

「『破戒』を読んで、びっくりして胸を締め付けられるような感じだった」と話すのは小諸に住む解放同盟の小諸市協議会副議長の高橋俊雄さん(82)だ。若いときには大阪に出て働き、深刻な差別の記憶のないまま戦後に小諸に戻り、『破戒』を読んだのだ。

「部落出身者はこのように謝らなければいけないのかと思った。読むのがつらかった。作者に差別意識があるようにさえ思った」とも語った。

たしかに、被差別部落の人にとって、けっして愉快な小説ではない。部落をさす野卑な差別語や、当時の人々の部落を見つめる蔑視観が矢のように突き刺さってくるのだ。しかし、そんななかで、丑松が深く悩みながら真摯な行き方を探る姿がある……。

丑松の第二の故郷に選ばれている小諸の西北、根津《ねっ》村を訪ねてみた。丑松の父親が出身を隠すために移ってきた地であり、ここで丑松に素性を「隠せ」と強く戒めたのだ。小諸義塾で藤村の同僚、図画教師の丸山晩霞《まるやまばんか》の家があったところだ。

晩霞の旧宅のそばに住む成澤孝典さん(76)は「祖父は絵が好きで晩霞さんと交流があった。藤村と一緒に散歩しているのを見たと言っていた。昔の風景は今もそんなには変わっていません」と、懐かしむ。

丑松の心の救いの地として描かれており、実際、山腹に広がる落ち着いた風景のなかにあった。

丑松が、小諸の郊外、根津村から飯山へと帰る途中、川船に乗った蟹沢《かにざわ》（豊野《との》郊外）には、藤村の文学碑が建っていた。

「……奥深く、果てもなく白々と続いた方から、暗い千曲川の水が油のように流れて来る」と。10 0年を経ても驚くほどの生々しさで千曲川の流れが描かれている。

藤村は、和綴《わと》じの冊子と矢立を片手に実名で出る土地を訪れ、正確な描写に心血を注いだ様がうかがえた。

藤村が舞台に選んだこれら長野県東部の地域は、多くが小さな戸数の部落だった。部落出身者は少数のまま分断されていた。それが、丑松を孤立へ、無力感へと押しやったのではあるまいか。

じつは、『破戒』は1929（昭和4）年の出版を最後に絶版となったが、10年後には字句を改めた改訂本が出された。さらに戦後の民主化の風潮のもとで、再び初版に戻されるという数奇な運命をたどっている。丑松の深い煩悶《はんもん》の反面で、土下座して謝罪する丑松の姿勢や作者自身の偏見を思わせる表現から、作品の差別性が問われたのだ。

「吾が特殊部落民よ団結せよ」と宣言した全国水平社が結成されるのは、出版から16年後の1922(大正11)年である。水平社によって、差別する社会との闘いの方針が打ち出され、丑松の謝罪告白はいかにも卑屈にみえるようになった。

飯山と小諸の中間にある長野市を訪ねた。ここに住む『破戒』研究者の東栄蔵《ひがしえいぞう》さん(81)は、「同和・解放教育が進み、作品に対する見方が変わった。だが、『破戒』は世界に通用するテーマを取り上げ、大きな課題を提起している」と強調した。

モデルとされる大江《おおえ》磯吉《いそきち》を追った近著『大江磯吉とその時代』では、飯山の差別事件の詳細を掘り起こしている。それは、寺に宿泊する磯吉が部落出身だと知った寺が、直ちに追い出しただけでなく、泊まった部屋の畳を替え、塩をまいたというのだ。

そういう深刻な差別社会のなかで、丑松は「私はその卑賤《いや》しい穢多《えた》の一人です」と告白の行動に出た。実在の磯吉が差別に屈せず生きたことを知っていたはずの藤村が、なぜ、このような人物を造型したのだろうか。時代の苛烈さのなかでの普遍的なテーマとして問おうとしたのだろうか。時代背景に身を置きながら、突き放して読むしかないように思えた。

ところで、飯山の子どもたちは、土下座というぶざまな姿に惑わされることなく、丑松の真摯さを理解した。それゆえ、丑松が去る日、校長の制止の意向を振り切って雪のなかを見送ったのだ。

その千曲川の「上の渡」の場所は、いまはコンクリートの橋が架かり、面影はない。丑松の取材を終えて飯山を南へと去るとき、山腹を走る国道１１７号から振り返ると、千曲川が平野の底をいくたびも蛇行して白く光っていた。深い沈黙は、丑松の煩悶を、差別される悲しみを、すべて呑《の》み込んでいるのだろう。これら先人の苦難の上に明日をどう切り開こうとしているのか、今度はわれわれに問うているようだった。

（06年1月2日号掲載）

文学史に見る『破戒』

詩人・島崎藤村が作家として一躍脚光を浴びた長編『破戒』（1906年刊）は、被差別部落を真正面から扱った名作として読み継がれてきた。しかし、読み進むうちにハンマーで殴られたような、衝撃的ないくつかの描写場面に遭遇するのではなかろうか。世間の部落に対する偏見に満ちた目だけではなく、藤村自身にも固定観念から脱出できていない描写があるからだ。真の生き方を深く求める主人公・丑松への深い感銘の一方で、差別的な表現にとまどう。差別と向き合う文学として、なぜこうも広く読まれてきたのだろうか気がかりになる。文学史の面からと時代背景の面からの両方から眺めてみたい。

■『破戒』以前に部落を扱った小説

『破戒』以前にも部落を取り上げたいくつかの作品があった。帝国憲法発布の前年にあたる1888（明治21）年、松の家みどり『開明世界 新平民』が文学史に登場する最初と思える。新しい時代の社会問題として取り上げており、封建時代と決別するのだとの清新な気風がみなぎっている。わざわざ自序を設け、いまや「学問の世界なり知識の戦場なり」として、「此書は新平民の一志士を掲げ其目的の如何《いかん》に因《よっ》て社会の交際をなし世間の信用を博せる一斑を記せり」と説いている。部落の少年が上京して学問を修め、身を立て雄飛する物語である。

啓発的ではあるものの、当時の悲惨な現実からは、あまりにかけ離れている。自由民権運動にかかわる楽天的な政治小説の流れと見たらいいのだろうか。松の家みどりはこの前後に数編の新聞小説の作者として名が見えるが、詳細はわからない。

若き幸徳秋水《こうとくしゅうすい》に『おこそ頭巾《ずきん》』（１８９４年）という中編の新聞小説がある。民権思想家・中江兆民《なかえちょうみん》の書生として薫陶を受け、人権への強いあこがれがある。主人公・荘吉に「新平民の子、宜《よろ》しう御座います、心理からも平等の人間一匹、華族でも新平民でも何の高下《こうげ》、新平民結構です、王侯将相種あらんやです、私は是から立派に新平民と名乗ります」と言わせている。現実から書き起こしたというより、社会変革の理想を表現したものといえる。秋水はこののち、部落についてとりくんだ形跡はない。

小説らしい体裁をもったものとしては、尾崎紅葉《おざきこうよう》門下の四天王の一人といわれる小栗風葉《おぐりふうよう》の『寝白粉《ねおしろい》』（１８９６年）だ。部落に生まれた器量よしの娘とその兄。兄の献身的な愛情に支えられ娘は結婚して幸せをつかんだのもつかの間、部落の出だとして離縁される。結局、兄妹の二人暮らしに戻るという筋。「美文調でつづられた悲劇」で終わるのかと思っていると最後に一文。「爰《ここ》に一つ合点行かぬは乳首の色、腹の形も次第に異《おか》し、と風呂にて見し近所の女房等が陰言。抑《そも》誰が種にやあるらむ、あさまし」と、妹にまつわる噂話《うわさ》で結んでいる。近親相姦《きんしんそうかん》を想像させるからと発禁処分になった。残酷な終わり方である。耽美《たんび》的な世界を描き出すために、部落が舞台に使われたとしかいいようがない。

１９００年代に入ると二つの評判作が出た。作家記者の渡辺霞亭《わたなべかてい》による新聞連載『想夫憐《そうふれん》』（１９０４年）と大阪朝日新聞懸賞当選作の大倉桃郎《おおくらとうろう》『琵琶《びわ》歌』（１９０５年）だ。両作品とも、念願かなっての結婚、離縁、復縁と展開する悲劇性と救済。ストーリーに起伏があって、大衆小説の醍醐味《だいごみ》にはあふれている。華族や士族、金満家も登場する。評判をよんで舞台にもかけられた。

が、部落の悩みに深く身を入れたと思われる描写には行き当たらない。新しい時代のうずきというものは感じられない。藤村は、これらの評判を耳にしながら、「私の作品が出たら世間はあっと驚くだろう」と歯を食いしばって『破戒』の仕上げに力を込めていたに違いない。

これら、『破戒』以前の作品の描き方は判で押したようだといえる。「身分違いの恋」というのである。その劇的な舞台として部落が使われているのだ。

1871（明治4）年、太政官布告で「穢多・非人」の称を廃止する、いわゆる「賤民解放令《せんみんかいほうれい》」が出たものの、翌年には戸籍に華族、士族、平民の記載が始まり、「新平民」として区別された。現実には、「解放令」は新しい身分制の入り口にすぎなかった。そんな現実が見落とされている。

■『破戒』と触穢思想

藤村は正確な自然描写の必要性に気づき、「千曲川のスケッチ」で筆を磨いた。藤村の三男の島崎蓊助《おうすけ》によると、藤村は「画家の用いる三脚などを持って山野を歩き回り、自然対象のスケッチなどをノオトに試み」（『藤村私記』）ている。ヨーロッパ文学のリアリズムを日本に実現しようとの野望を抱いたのだろうか。田園の交友を生き生きと描いたツルゲーネフの「猟人日記」を熱心に読んでいる。

藤村は、小諸の部落に出入りした。モデルとなる実在の教師・大江磯吉への差別事件のあった長野県北の飯山に取材に行くなど周到な準備をして、執筆に着手している。

主人公・丑松の内的な葛藤、丑松を取り巻く父親、同僚、部落出身を隠さない著述家、これらへの目配り、構成力、丑松の生を包み込む大自然。それまでの作品と違うのは誰の目にも明らかだった。

だが、登場人物の会話や考え方では、当時を反映してか、部落が否応なくおとしめられている。戸惑うものの、小説のリアリズムとして読み進める。が、作者の説明としてこんな一文が吐露されるとおもわず立ち止まる。

「いずれ紛《まが》いの無い新平民――殊に卑賤《いや》しい手合と見えて、特色のある皮膚の色が明白《ありあり》と目につく。一人々々の赤ら顔には、烙印《やきがね》が押当ててあると言ってもよい。……」

どうしてこのような決めつけができるのだろうか。それは明治に引き継がれている根強い「触穢《しょくえ》の思想」を解き明かさなければ理解できないのではないだろうか。

平安時代に、触穢が法文化されている。死に触れるとケガレが移るとして、浄化するのに必要な日数を明文化したのである。延喜式《えんぎしき》（967年施行）によると、人の死は30日間、牛馬の死は5日間。江戸時代の服忌令《ぶっきりょう》ではこの期間をさらに事細かく定めている。この名残としていまでも、日本の会社では「忌引き」としてそれぞれ、両親は7日、祖父母、兄弟は3日など日数を決めて公休を認めている。牛馬の死体を扱う部落は、長くこれと結びつけて見られてきたのだ。小説に見るこの呪縛は深く、根強い。

明治の「解放令」で、部落は斃死《へいし》牛馬の処理や警固の任を解かれると同時に、経済政策として租税を課された。それまで皮革の処理を占有し、部落にも経済的にゆとりのある階層が存在したが、その権利を取り上げられ困窮を極めていく。当然に教育を受ける機会も奪われた。貧苦と無知、それが明治の部落の外見だったと思える。先に挙げた小説をはじめ部落を扱った多くの小説がこの外観に寄りかかって、ここから出ようとしていない。

■『破戒』と「血統」意識

部落の人たちが刻苦して幸せをつかもうとするときに次に現れるのが、「血統」へのこだわりだ。『破戒』にはそれを乗り越えようとする気構えは見られる。たとえば、丑松が士族である同僚の娘お志保に思いを寄せ、友人がそのことをお志保に打ち明けると、お志保は「私はもうその積りで居りますんですよ」と、いともあっさり受け入れる。

だが、藤村は部落の先祖を「由緒ある血統」に求めて解決しようとすることで、もう一つの落とし穴に落ちている。丑松の父親が「おまえは武士の落人《おちゅうど》の末裔《まつえい》」と説くのである。実際、藤村は小諸の部落で、賢い部落の「お頭」に感服しつつ部落について教わる。そのなかに、これらの説があったと思われる。つまり部落の由来のよくわからない当時として流布していた説の一つだったようだ。しかし、時代を切り開くべき小説がこれでは、裏を返せば「素性が悪いから差別される」と言っているのと同じである。救いにはならない。時代的な固定観念を目の当たりにする。

部落起源を学術的に考察した最初の通史といわれる高橋貞樹《たかはしさだき》『特殊部落一千年史』が出るのは、ずっとあとの1924年である。多くの論者が民族説、人種説などにとらわれていた。

小説の最後に、丑松が劇的な土下座の告白の後に、アメリカ・テキサスへと活躍の新天地を求めて旅立つ場面。藤村の「逃避」の思想と断じられることが多い。丑松には部落民として闘う姿勢がないといわれてきた。だが、当時の時代背景を抜きにした酷な要求のようにも思える。というのは、いち早く部落の改善にとりくんだ「備作《びさく》平民会」の設立趣旨（1902年）でリーダーの三好伊平次《みよしいへいじ》は「県下の同族を打て一丸となし協力同心以て風教を改善し、道義を鼓吹し殖産教育を奨励し斯《かく》の如くして自主独立の基礎を鞏《かた》め、然る後外に向って其反省を促し」と提唱している。闘いの姿勢はなく、部落民自身の精励、自助を勧めているのである。

また、民権思想家で先駆的に部落運動にかかわった前田三遊《まえださんゆう》も「卿等は甚だしき侮蔑を以て扱はれたり」としながら、その理由を「自から侮り自から蔑みたるに由《よ》らずんばあらず」（1903年、「天下の新平民諸君に檄す」）と力説し、自らの卑下や自信のなさを取り上げ、誇りの自覚を促している。世間への抗議の姿勢はない。

詳細に見ると『破戒』に登場する著述家「猪子蓮太郎《いのこれんたろう》」の思想もこのあたりに依拠している。兆民の影響を思わせ、「我は穢多を恥とせず」と宣言するものの、実践的な言動に及んでいない。部落の酷薄な現実から出発した藤村も、「部落解放」のあり方には深入りしていないように思える。

藤村が、日露戦争で明治の時代矛盾が露呈するなか、部落を見つめようとしたことは確かだ。部落という明治の暗部を見つめることで、近代の光明を希求した『破戒』が大局的にはたした役割は大きい。

『破戒』以後にも部落を取り上げたいくつかの作品は送り出されている。だが、1911（明治44）年の大逆事件では、幸徳秋水ら社会主義者だけでなく、和歌山県新宮《しんぐう》で部落と深くかかわった僧侶・高《たか》木《ぎ》顕明《けんみょう》までもが連座し、24人に死刑の判決が下された。部落を時代の根底の問題として取り上げようとする動きに水を差されたのではないかと思える。大逆事件後、部落を社会問題として扱おうとする作品がばったり途絶えている。

■大正・昭和前期の部落像

大正期には、岩野泡鳴《いわのほうめい》『部落の娘』、宇野浩二《うのこうじ》『因縁事』『屋根裏の恋人』などの作品があるが、部落は「素性を隠さなければいけないところ」との観念のままである。

1922（大正11）年に水平社が創立され、「改良から解放へ」と闘う部落解放運動が叫ばれ、様相が一変してくる。

昭和に入ると、「闘う立場」に立たない『破戒』は、差別的だとの部落民からの抗議で1929（昭和4）年の発刊を最後に絶版になったあと、39（昭和14）年に全集の一環として改訂版で復刊させた。だが、この経緯については、藤村は後書きで「ところどころ字句を改めたり省いたりするにとどめて置いた」と述べているだけだ。言明に反し部落にかかわる表現や語句を大きく変えている。後書きは素っ気ない感をまぬがれない。

昭和期、プロレタリア文学者、貴司山治《きしやまじ》の中編『記念碑』（1930年）と島木健作《しまきけんさく》の同『黎明《れいめい》』（1935年）はそれまでとまったく違った部落像を描き出した。出自を隠しながら貧しさから脱出するというのではなく、がんじがらめの束縛のなかで闘おうとする。敗北を予感させるが、そこに活路を見いだそうとしている。戦時下の融和の方針が出る前の労働、民主運動の時代の思想と軌を一にしているともいえる。

ただ、それでもなお、『黎明』にはこんな描写が見られる。

「太田は眼のあたりこの男の異様な風貌を見るのであった。……頭のいただきはやや尖《とが》りかげんで、額がおそろしく狭かった。……ぞっとするほどに野卑なものがひそんでゐた」
小説は、いつまでもこうも画一に部落を切り取るのか。島木健作にして見られる部落の人々に対する偏見の強い描写である。

■戦後の展開

戦後になると、まったく新しい展開が始まった。『破戒』が民衆芸術劇場の公演（1948年）で大当たりとなり、木下恵介《きのしたけいすけ》監督、池部良《いけべりょう》主演の映画（同年）では観客を大いに落涙させた。いずれも、丑松が解放運動に身を投じていく結末へと潤色されている。映画に感動した映画評論家・佐藤忠男《さとうただお》はこう書いている。

「明治時代に人権問題で苦悩する青年を主人公にした『破戒』はそういう意味で典型的な戦後民主主義啓蒙映画の一本であった（中略）。『破戒』のあと、木下恵介の作品には、確実に民主主義、平和主義、反戦思想などの比重がたかまってくる」（『木下恵介の映画』）と。『破戒』がもつ喚起力の一断面と理解したい。

戦後ほどなく、野間宏《のまひろし》は『青年の環』をひっさげて、まったく違った手法で部落に挑んだ。部落を悲劇の主人公にして社会矛盾を掘り下げるというのではなく、社会構造のなかでどう立ち動くのか、実験的な手法で見つめる。24年間かけて全5巻を完成させた。大西巨人《おおにしきょじん》の『神聖喜劇』（1960年）は全5巻が書き継がれた。これに対し、住井《すみい》すゑの『橋のない川』全7巻は、舞台を作者の故郷、奈良県の実在の地に求め、具体的で理解しやすく、ベストセラーとなり、映画に、舞台になった。

『青年の環』『神聖喜劇』は、大作であり力作であるが、皮肉なことに真摯《しんし》で深い大作であるがゆえに多くの人の話題に上ることが少ないのが現状だ。

同じころ井上光晴《いのうえみつはる》の『死者の時』『地の群れ』は、差別される側として部落だけでなく在日朝鮮人、原爆被爆者などの姿をあからさまに描いた。権力に抑圧されたエネルギーのありかを見つけようとしている。

70年代、中上健次《なかがみけんじ》が登場し、『枯木灘』『千年の愉楽』などで部落に蓄えられた情念を、「路地」という神話的な空間に構築して、高い文学性のなかで客体化してみせた。文学の可能性を拓いたと私は見る。

中上の作品に先行した土方鉄《ひじかたてつ》の『地下茎』（１９６３年）は、『破戒』を超える地点での部落の描き方を、追求していると思える。部落の兄妹を家族のなかで描き、自然体で周囲に抵抗する妹と、次第にそれに引き寄せられる兄の「私」。部落に生きる現実を、的確に切り取っている。だが、中上の作品に触れたあとでは、逆に整いすぎてなにか妙に物足りない気分になるのは自分だけだろうか。

それにしても文学史で見ると『破戒』刊行から１００年を経て、文学における部落の認識はあのころからずいぶん遠い地点に立った。『破戒』を部落理解の水先案内にしなくても、いや、『破戒』は豊穣な一文学作品として接することで、多くのことが得られるのではなかろうか。懇切な「注釈」が必要なほど時代の制約をまとった『破戒』だが、丑松の悩みの深さは、むしろ文学として現在を照射している。美しい自然に身を任す恍惚《こうこつ》とした感覚。部落というフレームを設定して、そのなかで近代人としての自らを救おうとする意志の居所。むしろいまのどの文学が描く人物造型より、彫りが深いのではなかろうか。

戦後はさまざまな迷信から決別したはずだが、21世紀の今日も、ひそかに「血統」がささやかれ結婚差別が絶えない。文学作品においても、この身分制の尻尾を引く暗部の心理は、深く追究されないまま持ち越されている課題だと思えてならない。

なお、明治から昭和初期にかけての部落を扱った作品を手に取ることができたのは、部落問題資料文献叢書刊行会編の『部落問題文芸・作品選集（全50巻）』（世界文庫）のおかげである。地道な出版に敬服したことを申し添えたい。

（『部落解放』06年6月号〔566号〕掲載）

あとがき

この『解放の文学』は、同じタイトルで部落解放同盟中央機関紙「解放新聞」に足かけ9年間連載したものです。正確には、06年4月から14年8月まで、ほぼひと月1回のペースで100回を数えました。

タイトルは私が持ちかけました。編集長の笠松明広《かさまつあきひろ》さんから文学コラム連載のお話があったときに迷わず、「解放の文学」でどうですかと提案すると、笠松編集長は「ああ、そうしましょう」とあっさりと承諾されました。内心は、こんな大仰なテーマを一介の読書人の身で手がけていいのだろうかとの思いがありました。でも、挑戦したかったのです。

〈差別からの解放〉と、テーマを据えるかぎりは解放はわかりやすく、作品選びに苦労はありませんでした。むしろ主人公たちがどう差別と向き合ったのだろうか、学べることは何だろうかと、はやる気持ちで読むことができました。たとえば、『橋のない川』全7巻は時代背景が生々しく、主人公「畑中孝二」の生き方だけでなく、解放の歴史書としての関心と重なって一気に読みました。「人間解放の希求」の項に収めた一群の作品がこれに該当します。しかし、広く知られた作品数には限りがありました。

「束縛への挑戦」「戦時下抵抗の形」の項の作品群も〈抑圧からの解放〉として、巨大な国家の権力と向き合う姿が幾重にもありました。戦前にはおびただしい作品が生まれていました。悲劇に終わろうとも、底光る人間性に触れることができました。山代巴《やましろともえ》の『囚《とら》われの女たち』全10巻では、敗戦まで5年間を刑務所にとらわれた「光子」の日々の闘いを何日もかけて読み、私自身が戦前を生ききったようでぐったりとしました。〈解放〉を唱えることのできる戦後が、輝く青空のように思えました。

戦争、原爆というものも〈抑圧〉の最たるものです。権力機構の最大の暴力として見逃せません。戦争や原爆をどうとらえるのか、ということが前段の課題であり、そこからの解放へどう向き合ったかが後段の読みどころです。ここでも追い詰められながらも、浄化する精神を発見することができました。

しかし、これらの〈解放〉の向こうに、広汎な日常生活のなかでの因習、固定観念、内なる驕慢《きょうまん》との闘いの領域が広がっていました。封建的な因習や頑迷な既成観念、世間の目といった外からの力は、まだ形が見えやすく、〈解放〉をとらえることができました。「近代への目覚め」の項がそれです。

内なる差別との闘い、言葉を換えると〈内なる解放〉は難物でした。私は、ぶれない「個」を求めるという準備段階が必要なのではないかと思い、「戦後思想の形成」や「植民地の傷痕」「アジアの叫び」などの項を立てました。「アジアの叫び」では、ことに東南アジアには自然のなかに充足する心に惹かれました。流行語でいうと、環境文学に属する内実を持っていると思いました。

このぶれない「個」に対立するものとしては、内なる驕慢や内なる迷い、内なる浮遊などといった難敵が複雑にもつれあっているように見えました。まさに、現代そのものです。「状況への肉迫」の項は、その闘いの一端を探ったものです。

煎じ詰めればこの9年間、人々のさまざまな闘いの現場を見て回ったということになるのでしょうか。忝《かたじけ》ないことです。〈解放〉は永続革命だというのが実感です。

なお、連載記事では説明不足だったと思う個所に、最小限の加筆をしました。文中の年月、肩書、年齢は掲載時のものです。

拙い原稿に辛抱強くつきあっていただいた、解放新聞の笠松編集長とスタッフの方々に心から感謝します。また、あいまいな表現を種々指摘していただいた、解放出版社編集部の小橋一司さんにお礼申し上げます。

２０１５年４月

音谷健郎

掲載一覧

（いずれも「解放新聞」掲載。日付は掲載日）

〈20006年〉

1山代巴「囚われの女たち」４月３日　**2**井伏鱒二「徴用中のこと」５月１日　**3**金子文子・獄中手記「何が私をこうさせたか」６月５日　**4**大佛次郎「敗戦日記」７月３日　**5**長津功三良・詩集「影たちの葬列」８月７日　**6**城山三郎「大義の末」９月４日　**7**有島武郎・評論「宣言一つ」10月２日　**8**鄭承博「水平の人」11月６日　**9**猪野睦「埋もれてきた群像」12月４日

〈2007年〉

10真継伸彦「光る聲」２月12日　**11**大岡昇平「レイテ戦記」３月５日　**12**大西巨人「神聖喜劇」４月２日　**13**プラムディヤ（インドネシア）「人間の大地」５月14日　**14**平出修「逆徒」６月11日　**15**中沢啓治・漫画「はだしのゲン」７月９日　**16**小田実「ＨＩＲＯＳＨＩＭＡ」８月13日　**17**高銀（韓国）・詩集「高銀詩選集」９月10日　**18**小田実「終らない旅」10月８日　**19**三崎亜記「となり町戦争」11月19日　**20**目取真俊「水滴」12月10日

〈2008年〉

21大江健三郎「飼育」１月21日　**22**トパス（台湾）「最後の猟人」２月11日　**23**柴田翔「されどわれらが日々――」３月10日　**24**金時鐘「再訳 朝鮮詩集」４月14日　**25**金石範「地底の太陽」５月12日　**26**鈴木六林男「全句集」６月９日　**27**青来有一「爆心」７月14日　**28**小林多喜二「蟹工船」８月11日　**29**井上光晴「ガダルカナル戦詩集」９月15日　**30**井上ひさし「夢の痂」10月13日　**31**有川浩「図書館戦争」（４部作）11月10日　**32**中野鈴子・詩集「花もわたしを知らない」12月８日

〈2009年〉

33辻井喬「終わりからの旅」１月19日　**34**黄晳暎（韓国）「パリデギ」２月16日　**35**森田草平「煤煙」３月23日　**36**オム・ソンバット（カンボジア）「地獄の一三六六日」４月13日　**37**宋友恵（韓国）「尹東柱評伝」５月11日　**38**井上俊夫・詩集「八十六歳の戦争論」６月８日　**39**吉田満「戦艦大和の最期」７月13日　**40**原民喜「心願の国」８月10日　**41**村上春樹「１Ｑ８４」９月14日　**42**鶴田知也「コシャマイン記」10月26日　**43**佐川光晴「牛を屠る」11月９日　**44**鎌田慧「橋の上の『殺意』」12月14日

〈2010年〉

45木辺弘児「無明銀河」１月18日　**46**火野葦平「革命前後」２月８日　**47**大江健三郎「水死」３月８日　**48**藤代泉「ボーダー＆レス」４月５日　**49**森鴎外「沈黙の塔」５月24日　**50**石川啄木・短歌「九月の夜の不平」６月14日　**51**古処誠二「線」７月12日　**52**金時鐘・詩集「失くした季節」８月９日　**53**柳田国男「遠野物語」９月13日　**54**プラムディヤ（インドネシア）「人間の大地」（４部作）10月11日　**55**長塚節「土」11月15日　**56**吉田修一「悪人」12月13日

〈2011年〉

57田中伸尚「大逆事件」１月24日　**58**眉村卓「司政官」２月21日　**59**有島武郎「或る女」３月28日　**60**黒岩比佐子「パンとペン」４月25日　**61**佐藤泰志「海炭市叙景」６月６日　**62**百田尚樹「永遠の０」６月27日　**63**大家眞悟「里村欣三の旗」７月18日　**64**高村光太郎・詩集「典型」８月15日　**65**閻連科（中国）「丁庄の夢」９月12日　**66**大城立裕「普天間よ」10月24日　**67**小松左京「日本沈没」11月14日　**68**江成常夫・写真集「鬼哭の島」12月19日

〈2012年〉

69西光万吉「水平社宣言」１月23日　**70**火野葦平ら「戦争×文学」２月27日　**71**辺見庸・詩集「眼の海」３月26日　**72**申京淑（韓国）「母をお願い」４月23日　**73**重松清「希望の地図」５月21日　**74**高橋和巳「悲の器」６月18日　**75**峠三吉「原爆詩集」７月16日　**76**井伏鱒二「黒い雨」８月20日　**77**武者小路実篤「世間知らず」９月17日　**78**孔枝泳（韓国）「トガニ」10月８日　**79**中上健次「枯木灘」11月19日　**80**赤坂真理「東京プリズン」12月17日

〈2013年〉

81莫言（中国）「豊乳肥臀」１月21日　**82**歌集「震災三十一文字」２月25日　**83**玄基榮「地上に匙ひとつ」３月25日　**84**石牟礼道子「苦海浄土」４月８日　**85**柴崎友香「わたしがいなかった街で」５月13日　**86**池澤夏樹「双頭の船」６月10日　**87**正田篠枝・原爆歌集「さんげ」７月15日　**88**プラムディヤ（インドネシア）「日本軍に棄てられた少女たち」８月19日　**89**朝治武「差別と反逆――平野小剣の生涯」９月16日　**90**アジジ（マレーシア）「山の麓の老人」10月21日　**91**土方鐵「地下茎」11月11日　**92**マァウン・マァウン・ピュー（ミャンマー）「初夏 霞立つ頃」12月16日

〈2014年〉

93池上永一「黙示録」２月３日　**94**住井すゑ「橋のない川」２月17日　**95**ハッピー「福島第一原発収束作業日記」３月17日　**96**岩城けい「さようなら、オレンジ」４月21日　**97**オルハン・パムク（トルコ）「雪」５月19日　**98**平野啓一郎「空白を満たしなさい」６月23日　**99**きょう竹会編「『原爆の子』その後」７月14日　**100**野間宏「青年の環」８月18日

音谷健郎（おとだに たつお）
1944年、広島県庄原市生まれ。広島大学政経学部卒、朝日新聞記者を経て帝塚山学院大学非常勤講師。現在、大阪文学学校講師。著書に『文学の力』（人文書院、04年刊）がある。

解放の文学——100冊のこだま

2015年５月25日　初版１刷発行

著者　音谷健郎

発行　株式会社 解放出版社
大阪市港区波除4-1-37 ＨＲＣビル３階 〒552-0001
電話 06-6581-8542　FAX 06-6581-8552
東京営業所
東京都千代田区神田神保町2-23 アセンド神保町３階 〒101-0051
電話 03-5213-4771　FAX 03-3230-1600
ホームページ　http://www.kaihou-s.com/

印刷　モリモト印刷

ISBN978-4-7592-5138-8　NDC914　340P　19cm